Max von der Grün
Wenn der tote Rabe vom Baum fällt

Max von der Grün – Werkausgabe Band X
Herausgegeben von Günther Butkus

Max von der Grün

# Wenn der tote Rabe vom Baum fällt

Prosa

Mit weiteren Texten
von Max von der Grün

und einem Nachwort
von Wolfgang Körner

PENDRAGON

Wir danken für die Förderung dieses Projektes
der Kunststiftung NRW

**KUNSTSTIFTUNG ◉ NRW**

Unsere Bücher im Internet:
www.pendragon.de

Veröffentlicht im Pendragon Verlag
Günther Butkus, Bielefeld 2011
© by Pendragon Verlag Bielefeld 2011
Alle Rechte vorbehalten
Lektorat: Martine Legrand-Stork
Umschlag & Herstellung: Uta Zeißler (www.muito.de)
Gesetzt aus der Adobe Garamond
ISBN: 978-3-86532-144-2
Printed in Germany

# Inhalt

| | |
|---|---:|
| Wenn der tote Rabe vom Baum fällt | 9 |
| Stephan Reinhardt, Wer viel reist … | 231 |
| Max von der Grün, Ein Tag wie jeder andere | 235 |
| Max von der Grün, Meine Erfahrungen mit Lehrern und Schülern | 277 |
| Max von der Grün, Lesereise | 291 |
| Nachwort von Wolfgang Körner | 299 |
| Editorische Notiz | 308 |

Wenn der tote Rabe vom Baum fällt

Wohin mich meine Reise führte, wusste ich, nicht aber, was mich erwartete.

Als ich in Düsseldorf ins Flugzeug stieg, erinnerte ich mich an einen Satz, den ein mir bekannter türkischer Gastarbeiter immer sagte, wenn er von der Zukunft sprach: Allah hat hundert Namen, wir Gläubige kennen neunundneunzig, den hundertsten kennt nur das Kamel.

Also werde ich unterwegs einmal ein Kamel fragen.

Im August 1973 sprach mich ein junger Mann vom Generalkonsulat Istanbul an, es war am Strand von Kumbaba am Schwarzen Meer, ob ich Lust hätte, einmal nach Istanbul zu einer Lesung zu kommen. Ich hatte Lust.

Ich machte damals Urlaub und arbeitete gleichzeitig an einem Drehbuch für einen zweiteiligen Fernsehfilm. Kumbaba – das heißt Sandvater. Kumbaba heilte vor hundert Jahren die Kranken mit Sand, aus ganz Anatolien pilgerten die Menschen zu ihm, so erzählen dort die Leute.

Aus dieser Zusage wurde eine lange Reise, und bis sie schließlich in allen Einzelheiten festgelegt war, vom ersten Briefwechsel mit Dr. Anhegger in Istanbul bis zum Antritt der Reise, verging über ein Jahr.

Weil am 1.11.1974 neue Flugpläne in Kraft getreten waren, einige Länder im Nahen Osten hatten Flüge ganz gestrichen, so dass ich zwei bis drei Tage auf das Anschlussflugzeug hätte warten müssen, wurde alles wieder umgestoßen. Ich war lustlos geworden, am liebsten hätte ich die Reise abgesagt. Ich begann schon nervös zu werden, wenn das Telefon klingelte, ich fürchtete, Istanbul, wo die Reise geplant wurde, oder die Zentralverwaltung in München würden mir erneut

Terminverschiebungen vorschlagen. Das entnervte mich im Laufe der Zeit so, dass ich am liebsten abgeschrieben hätte: Zum Teufel mit Goethe!

Absagen aber konnte ich nicht mehr, denn ich wusste aus Erfahrung, dass man die nicht enttäuschen darf, die zur Lesung eines Autors kommen, aus welchen Gründen auch immer.

Das Manuskript meines neuen Buches lag im Verlag, mit Stephan hatte ich vier Tage zusammengesessen, diskutiert und lektoriert, kurz vor Abflug hatte ich noch die Fahnen gelesen.

Eine gute Zeit zum Reisen.

Auf den technischen Ablauf im Verlag hat man als Autor sowieso keinen Einfluss mehr, dieser Mechanismus hat seine eigenen Gesetze, über den Autor wird nur noch verfügt.

In dem Bewusstsein, zu Hause nichts zu versäumen, trete ich die Reise an. Ich habe mich losgelöst von dem, was ich zurücklasse, und bin doch wieder unsicher vor dem, was mich erwartet. Ich muss lernen, mit der Unruhe fertig zu werden, muss lernen, mich auf das Neue einzustellen.

Der Frankfurter Flughafen ist eine Zumutung, es sind nicht allein die Entfernungen, die man zurücklegen muss, um von einem Gate zum anderen zu gelangen, er ist so gut beschildert, dass man den Wald vor lauter Bäumen nicht mehr sieht.

Auf dem Frankfurter Flughafen geht es mir, wie es früher meiner Mutter erging, wenn sie alle zehn Jahre einmal mit der Eisenbahn fuhr. Bis zur Abfahrt des Zuges fragte sie jeden, ob das auch der richtige Zug sei, und fuhr der Zug schon, fragte sie wieder: Ist das der Zug nach ...

Sie war eine misstrauische Frau, und sie sah sich einer Welt von Feinden gegenüber, wenn sie die vertraute Welt der Kleinstadt, in der sie lebte, doch einmal verlassen musste. Einmal hatte sie tatsächlich im falschen Zug gesessen. Vor Jahren wollte sie mich in Dortmund besuchen, in Stuttgart ist sie angekommen. In Nürnberg war sie in den falschen Zug umgestiegen, aber sie war darüber nicht unglücklich, denn Stuttgart kannte sie noch nicht. Warum der Schaffner ihr den Irrtum nicht erklärt hat? Hat er. Aber meine Mutter hatte ihn überzeugt, dass der Zug, in dem sie saß, nach Dortmund fahren müsse, weil ihre Fahrkarte nach Dortmund ausgestellt war. Der Schaffner hat ihr schließlich in Stuttgart ein billiges Hotel empfohlen. Als sie dann doch mit zweitägiger Verspätung in Dortmund ankam, schimpfte sie auf die Bundesbahn, dass sie auch nicht mehr das wäre, was die Eisenbahn in ihrer Jugendzeit einmal gewesen war.

Während ich auf den Aufruf warte, überprüfe ich noch einmal meine Brieftasche. Pass, Flugkarten, und für alle Fälle ein Scheckheft, Reiseplan, genau aufgeschlüsselt nach Abflug- und Ankunftszeiten, mit welcher Fluggesellschaft ich fliege, wo eine Zwischenlandung ist, wie lange ich warten muss und ob ich abgeholt werde.

Was tue ich, wenn mich niemand abholt?

Auch in meiner Aktentasche war, was ich brauchte: je ein Exemplar von »Stellenweise Glatteis« und »Menschen in Deutschland« und die Fahnen meines neuen Buches »Leben im gelobten Land«, aus denen ich auf Wunsch der Institutsleiter in Istanbul und Izmir lesen sollte.

Als Reiselektüre hatte ich mir »Guinness book of records«

mitgenommen und Heinrich Bölls Roman »Und sagte kein einziges Wort«, den ich, nach fast zwanzig Jahren, noch einmal lesen wollte. Trotzdem blieb die Unruhe. Hatte ich etwas vergessen? Ich reiste nicht zum ersten Mal, reisen gehört zu meinem Beruf, ein Schriftsteller sitzt nicht den ganzen Tag am Schreibtisch.

Vor vierzehn Tagen erst war ich aus Norwegen und Island zurückgekommen, und als mich vor Wochen die deutsche Botschaft in Reykjavik plötzlich anrief und fragte, ob ich im Anschluss an meine geplante Norwegenreise auch in Reykjavik lesen wollte, war ich verblüfft, ich hielt das erst für einen schlechten Witz. Was sollte ich in Island, einer Insel aus Eis und Schnee? In Reykjavik erfuhr ich dann, dass ich der erste deutsche Autor gewesen war, der nach 1945 auf der Insel gelesen hat.

Der Präsident der isländischen Notenbank hatte mich einen Tag lang durch das Land gefahren, mir Treibhäuser gezeigt, in denen ich von Bäumen Feigen pflückte. Er fuhr mich auch zu einem Geysir, vierzig Kilometer südlich von Reykjavik. Als wir an dem Geysir ankamen, sah ich nur ein Loch, aus dem es dampfte, keine Fontäne. Ich war enttäuscht.

Der Fahrer holte aus dem Kofferraum des Wagens einen Plastikeimer und trug ihn zum Loch, ich fragte, was in dem Eimer sei. Schmierseife, antwortete mir der Präsident.

Auf Island ist alles anders, dachte ich.

Der Fahrer kippte die Schmierseife in die handtellergroße Öffnung des Geysirs, und der Präsident sagte, in wenigen Minuten würde ich eine Fontäne sehen können.

Isländisches Jägerlatein, dachte ich, aber tatsächlich, zwei

Minuten später schoss eine Fontäne mit solcher Kraft aus dem Geysir, dass ich erschreckt weglief. Es war ein Schauspiel. Einer meiner Kindheitsträume war in Erfüllung gegangen.

Der Geysir war zwar noch aktiv, stieß aber nur alle zwei Stunden kochendes Wasser aus. Wenn Schmierseife oder Waschpulver in den Geysir geschüttet wird, sagte man mir, verkürzt das die Wartezeit. Innerhalb von fünf Minuten ist die Fontäne da.

Mittlerweile fand ich in einem Buch über Island bestätigt, was man mir vorgeführt hatte. Die Schmierseife verhindert den Austritt von Dampf und Hitze, die so angestaute Energie macht sich durch eine Explosion Luft.

Neben mir in der Abflughalle sitzt ein dicker Mann. Ich schätze ihn auf drei Zentner. Er schnauft. Atmet er tief durch, vibriert mein Stuhl. Will der auch ins Flugzeug, wo soll er sitzen? Aber vielleicht fliegt er erster Klasse, da sind die Sitze breiter. Deutscher oder Türke? Sein Gesicht ist kein Gesicht, das Kinn hängt auf die Brust herunter, die Augen liegen tief, sein unförmiger Bauch hebt und senkt sich langsam, er hat die Hände über seinem Bauch gefaltet wie zum Gebet. Wenig später bittet er mich um Feuer. Die Zigarre ist wie er selbst: unförmig. Er bittet mich auf Englisch um Feuer, in der Maschine, zwei Reihen hinter mir, unterhält er sich mit der Stewardess auf Deutsch. Also doch ein Türke. In einem Flugzeug weiß man nie genau, neben wem man sitzt.

Ich hatte wie ein treusorgender Vater mein Haus bestellt: Die Telefonrechnung war bezahlt, die Umsatzsteuererklärung abgegeben, die Miete war bezahlt, die Krankenkasse und die Versicherungen. Die Einkommensteuervorauszahlung war überwiesen, und auch den Zahnarzt hatte ich bezahlt. Nach wochenlanger Quälerei auf dem Marterstuhl muss man auch noch dafür bezahlen.

Stephan hatte ich einige Anlaufadressen gegeben, falls im Verlag wegen des neuen Buches etwas schieflaufen sollte oder sich im Text Unklarheiten finden würden. Ich hatte mich impfen lassen, gegen Cholera und Pocken, und war tagelang mit Schmerzen und einem dicken Arm herumgelaufen, ich konnte nicht einmal Schreibmaschine schreiben, und der Amtsarzt, den ich auf meine Schmerzen hinwies, antwortete nur: Da sehen Sie mal, wie notwendig diese Impfungen waren, ihr Körper hatte überhaupt keine Abwehrstoffe mehr. Die Schmerzen, die Sie jetzt haben, sind gesunde Schmerzen.

Hartmut Geerken hatte mir aus Kabul geschrieben, ich sollte mir einen Nassrasierer mitbringen, die Stromschwankungen in Kabul wären so stark, dass man sich kaum rasieren könnte. Ich besaß seit zwanzig Jahren keinen Nassrasierer mehr, wollte mir auch keinen kaufen, dann schon lieber mit einem Bart herumlaufen, wollte schon immer sehen, wie ich mit Bart aussehe. Meine Mutter war immer gegen Bart, sie sagte, nur Menschen ohne Gesicht lassen sich einen Bart wachsen.

Vor wenigen Tagen war in Afrika eine Lufthansamaschine abgestürzt. Was einem nicht alles so durch den Kopf geht, wenn man warten muss. Bin ich eigentlich versichert, und wie hoch? Schließlich bin ich der einzige Ernährer meiner Familie. Fragen, die man sich vor Antritt einer Reise stellen sollte. Meine Mutter hat immer gesagt: Sprich nicht vom Unglück, sonst rufst du es herbei.

Ich höre den Dicken hinter mir tief durchatmen. Mein Gott, muss das eine Qual sein, so dick und auf so schmalen Sitzen. So habe ich mir immer Menschen vorgestellt, die in einer Sänfte getragen wurden.

Die Maschine startet mit einer halben Stunde Verspätung. In Istanbul bleiben mir für den Weiterflug nach Izmir fünfzig Minuten Aufenthalt, aber mir ist jetzt schon klar, dass ich die Anschlussmaschine nicht mehr erreichen werde.

Hartmut hatte mir geschrieben, wenn ich nach Kabul käme, dann würde es ein Fest fürs Leben. Wie sich das anhört: Ein Fest fürs Leben.

Ich lese im »book of records«: Ein Lehrer war zehn Jahre lang mit dem Auto von Hamburg nach Dortmund zu seiner Schule gefahren. Täglich. Tägliche Kilometerleistung siebenhundert. In den zehn Jahren ist der Lehrer nur einmal zu spät gekommen.

Ein Verrückter, denke ich.

Oder: Seit 1496 v. Chr. hat die zivilisierte Welt nur 230 Friedensjahre erlebt, in 3500 Jahren Geschichte also. Auch ein Rekord.

Als die Maschine über Jugoslawien fliegt, höre ich plötzlich die Stimme meines Großvaters: Hinter Wien beginnt der Orient. Mein Großvater war im Ersten Weltkrieg Soldat an den Dardanellen gewesen, und immer wenn er erzählte, dann nur vom Krieg und von den Türken, die er verachtete.

Als die Maschine über dem Marmarameer kreist und auf die Landebahn einschwenkt, bin ich sicher, dass ich meine Maschine nach Izmir nicht mehr erreichen werde. Die Stewardess, die ich wegen des Anschlusses frage, tröstet mich, die Maschine sei nur dann abgeflogen, wenn heute Abend noch eine weitere nach Izmir fliege.

Ich sehe vom Fenster aus die neue Brücke über den Bosporus. Lastwagen fahren über die Brücke, von Asien nach Europa, von Europa nach Asien. Ein schönes Bild. Als würden Ameisen über einen Steg laufen.

Ich denke, wenn der Dicke sich jetzt erhebt, bekommt das Flugzeug Schlagseite.

Vom Rollband hole ich meinen Koffer und setze mich in die Abflughalle und sehe einer Katze zu, die über den glatten und staubigen Fußboden rutscht und dabei kleine Staubwolken aufwirbelt. Seit Jahren ist dieser Istanbuler Flughafen ein Provisorium, primitiv und schmutzig.

Die Katze will spielen, Fluggäste werfen ihr Papierkügelchen zu, und eine amerikanische Reisegruppe, die laut und besitzergreifend die Halle betreten hat, versucht, die Katze einzukreisen, ohne Erfolg, im letzten Moment schlüpft sie immer wieder durch die Beine und flüchtet auf ein Pult, hinter dem sonst ein Passbeamter steht. Nähert sich ihr jemand, wehrt sie sich mit ausgestreckten Krallen. Da es keine Abwechslung in der tristen Halle gibt, sehen alle Reisenden nur noch der Katze zu. Ich warte darauf, dass sie einem Fluggast ins Gesicht springt.

Zwei deutsche Geschäftsleute, die ebenfalls auf die Maschine nach Izmir warten, setzen sich neben mich auf die Bank. Einer von ihnen fragt mich: Was zieht Sie denn nach Izmir. Ich antworte: Nichts, nur so, zum Vergnügen.

Ach so, sagt der andere, nur zum Vergnügen. Möchte ich auch mal, nur so zum Vergnügen.

Ich habe keine Lust, die Unterhaltung fortzusetzen und lese wieder im »book of records«: Der größte Trinker aller Zeiten war der Engländer Vanhorn. Der Londoner leerte 23 Jahre lang jeden Tag vier Flaschen schweren Portwein. Als er 1811 im Alter von 61 Jahren starb, hatte er 36 000 Flaschen Portwein durch seine Kehle gejagt.

Ich sehe gelegentlich nach der Katze, die sich immer noch wehren muss. Einem Jungen aus der amerikanischen Reisegruppe hat sie den Handrücken zerkratzt.

Vor dem Flugzeug an der Gangway steht das Gepäck aufgereiht. Ich wundere mich darüber, dass es noch nicht verladen ist und dass die Passagiere, bevor sie die Gangway hinaufsteigen, mit Fußspitzen oder Händen Gepäckstücke berühren, ich denke nur, was soll das, aber in Izmir weiß ich, was es zu bedeuten hatte: Mein Koffer und meine Reisetasche sind nicht da. Ich hatte mein Gepäck nicht identifiziert. Nur das Gepäck wird befördert, das man als sein Eigentum ausgewiesen hat.

Wieder um eine Erfahrung reicher.

Mühlschlegel holt mich am Flughafen in Izmir ab. Große Aufregung, weil mein Koffer und meine Reisetasche nicht angekommen sind. Mühlschlegel telefoniert, redet auf einen Uniformierten ein, rudert mit den Armen und sagt mir dann, dass alles in Ordnung sei, morgen früh hätte ich meinen Koffer im Hotel.

Wissen Sie, sagt er später auf der Fahrt zur Stadt, hier im Orient kommt nichts weg, nur manchmal kommt es eben etwas später an. Bei uns ist alles anders.

Am nächsten Morgen stolperte ich über meinen Koffer,

den mir ein Angestellter des Hotels vor die Tür gestellt haben musste. Ich schlug so hart in den Flur, dass ich noch Tage später mein Kinn spürte.

In der Bar des Hotels Kizmet trinken Mühlschlegel und ich noch eine Flasche Bier.

Ich bin müde.

Ich schlafe traumlos.

## Dienstag, 26.11.1974

Gleich nach dem Frühstück, noch bevor Mühlschlegel mich abholt, laufe ich die zweihundert Meter zum Meer. Die wunderschöne Bucht von Izmir ist eine stinkende Kloake. Alle Abwässer der immer größer werdenden Stadt fließen ungeklärt ins Meer, und das Wasser steht, keine Strömung, die den Dreck der Halbmillionenstadt ins freie Meer hinausführen würde. Niemand unternimmt etwas dagegen. Die Stadtväter sagen: Izmir hat dreitausend Jahre überlebt, es wird noch einmal dreitausend Jahre überleben, Izmir und seine Menschen sind zäh.

Die kahlen Berge auf der anderen Seite der Bucht leuchten in der frühen Morgensonne, das graue Wasser ist wie ein Spiegel. Mühlschlegel sagt mir: Jetzt haben wir Winter, der Winter schluckt den Gestank. Im Sommer, bei vierzig Grad im Schatten, kann man den Gestank greifen.

Ich frage: Und was tut man dagegen?

Nichts, antwortet er, man gewöhnt sich einfach daran. Kizmet – Schicksal.

Mühlschlegel fährt mich zur Pädagogischen Hochschule nach Buca, einer Kleinstadt in der Nähe von Izmir, fast ein Vorort. Als ich aus seinem Wagen steige, möchte ich plötzlich schreien vor Freude.

In der Sonne ist es warm.

Dabei haben wir jetzt Winter, sagt Mühlschlegel.

Die Pädagogische Hochschule ist in Neubauten untergebracht, nur Verwaltung und Direktion befinden sich in einem Gebäude, das den englischen Kolonialstil verrät, und ich erfahre auch, dass die Engländer es gebaut haben, es war früher Verwaltungssitz einer englischen Eisenbahngesellschaft.

Der Direktor empfängt mich. Es gibt Tee. Überall in der Türkei gibt es Tee. Das Leben ohne Tee ist nicht denkbar. Auch einige Dozenten sind anwesend, alle sprechen gut Deutsch, die meisten haben in der Bundesrepublik studiert.

Zwischen den Gebäuden gepflegte Anlagen: Rasen, Blumen, Rosenstöcke, leuchtende Blüten, Kiefern, Zypressen, breite Platanen. Der Rasen ist grün, noch oder schon wieder blühen Rosen.

Eine Oase der Ruhe auf einem Berg, von dem ich eine weite Sicht über das umliegende Land habe. Braune, kahle Berge ringsum.

Hinter den Schulgebäuden befinden sich die Wohnheime der Mädchen. Ein Drittel der etwa 1800 Studentinnen wohnt im Heim.

Dr. Lippert, der schon sechs Jahre an der Hochschule Deutsch unterrichtet, führt mich später in einen Unterrichtsraum, wo ich lesen soll, und stellt mich den Studentinnen vor, es sind die beiden Abschlussklassen für Deutsch. Hübsche Mädchen. Lebhaft. Ich finde es besser, einfach ein Gespräch zu führen, aber die Mädchen drängen darauf, dass ich erst etwas vorlese. Ich lese zwanzig Minuten aus »Stellenweise Glatteis«.

Dann kommen Fragen. Ich weiß, dass sie den Roman im Deutschunterricht gelesen haben, und an ihren Fragen spüre ich, dass sie sich darüber Gedanken gemacht haben. Die Studentinnen sprechen gut und fließend Deutsch, einige sogar ohne Akzent. Wenn ich doch so gut Türkisch sprechen könnte, was hat man im Leben nicht alles versäumt.

Das Gespräch dauert bis zur Mittagspause.

Mittags esse ich mit einigen Dozenten in der Mensa. Die Dozenten erhalten das gleiche Essen wie die Studentinnen. Die Theke, an der das Essen ausgegeben wird, ist zwanzig Meter lang. Der einzige Vorteil, den die Dozenten haben, sie müssen sich nicht in die lange Reihe an der Essensausgabe anstellen, sie bekommen ihr Essen an einer abgesonderten Stelle der Theke.

Jeder setzt sich dorthin, wo gerade Platz ist, und ist alles besetzt, isst man auch im Stehen. Auch die Dozenten.

Die Dozenten sind stolz darauf, dass seit einigen Jahren auch Mädchen studieren dürfen und halten das für einen ungeheuren Fortschritt, sie sagen, das war nicht immer so, aber die Türkei habe aufgeholt. Wie hoch dagegen die Analphabetenquote in der Türkei ist, kann oder will mir keiner sagen, ich sehe ihnen an, dass ich ein heikles Thema berührt habe. In abgelegenen anatolischen Dörfern gebe es schon noch welche, aber auch dort werden jetzt Schulen gebaut, viele der Studentinnen hier an der Hochschule würden nach dem Examen in diese Dörfer geschickt.

Ob die jungen Lehrerinnen denn gern in die Dörfer Anatoliens gehen, frage ich einen älteren Herrn, aber der sieht mich kurz an und redet dann mit seinem Nachbarn türkisch.

Ich denke mir, es muss für diese Frauen bestimmt nicht verlockend sein, wieder in die Dörfer zurückgeschickt zu werden, aus denen sie aufbrachen, um das Joch der Jahrtausende abzuschütteln, und das ist ihnen nur möglich, wenn sie in die Stadt ziehen und einen akademischen Beruf ergreifen. Ein Teufelskreis.

Es ist warm wie im Sommer, den Kaffee trinken wir auf der Terrasse. Die Studentinnen hatten mich am Vormittag während der Diskussion gefragt, was ich am Nachmittag unternehmen würde, ich hatte ihnen geantwortet, ich wüsste es nicht, vielleicht würde ich am Meer spazieren gehen oder im Bazar. Sie hatten mich gefragt, ob ich auch noch nachmittags für sie Zeit hätte. Natürlich hatte ich Zeit.

Beim Kaffeetrinken erfahre ich, dass die Mädchen in der Mittagspause vom Direktor die Genehmigung dazu eingeholt hatten.

Bei der Diskussion am Nachmittag war ich mit den Studentinnen allein. Das Gespräch bewegte sich um Karin, die Tochter Karl Maiwalds in meinem Roman »Stellenweise Glatteis«, und um die Stellung der Frau in der Bundesrepublik und in der Türkei. Vielen Studentinnen schien es unwahrscheinlich, dass ein achtzehnjähriges Mädchen wie Karin von sich aus die Verlobung löst, wo sie doch froh sein müsste, verlobt worden zu sein. In der Türkei ist es noch immer üblich, dass Mädchen morgens in die Schule kommen und ihren Mitschülerinnen, nicht ohne Stolz, sagen: Gestern bin ich verlobt worden.

Mit wem?

Weiß nicht, mein Vater wird es mir sagen, wenn es so weit ist.

Vor mir sitzen sechzig Mädchen. Sechzig Studentinnen fragen einen Mann: wie Frauen in der Bundesrepublik an die Pille kommen, ob sie ein Arzt verschreibt, ob sie frei zu kaufen sind, wie es mit dem vorehelichen Geschlechtsverkehr ist, ob zwei Menschen zusammenleben können, ohne verheiratet zu sein, ob Lehrerinnen genauso bezahlt werden, wie ihre männlichen Kollegen, ob bei uns eine Frau von ihrem Mann geschlagen werde und ob sie auch verstoßen werden darf, welche Möglichkeiten in der Bundesrepublik Frauen im Beruf haben, ob eine Frau allein in eine Gaststätte gehen kann, ins Kino, ins Theater, wie das mit dem Abtreiben ist, ob Eltern auf Mädchen in Berufsfragen stärkeren Druck ausüben als auf Jungen, ob sie überhaupt Druck ausüben.

Es ging über Stunden, und ich dachte, bald würde die Frage gestellt: Was tut der Wind, wenn er nicht weht. Auf viele Fragen wusste ich keine Antwort.

Am Ende der Diskussion überreichte mir ein Mädchen einen großen, bunten Blumenstrauß. Lippert sagte mir dann, dass die Blumen nicht aus dem Institutsgarten wären, die Mädchen hätten sie von ihrem Taschengeld gekauft.

Lippert zeigt mir noch einige Institutsgebäude. Es ist empfindlich kalt geworden. Warm ist es nur, solange die Sonne scheint, wird es dunkel, braucht man einen Mantel.

In den Gebäuden müssten Heizungen montiert werden. Inschallah. Wann, frage ich.

Inschallah. Allah ist groß. Die Häuser wurden von einem Architekten gebaut, der schnell reich werden wollte. Freunde, die im Stadtparlament sitzen, verschafften ihm den Auftrag. In Izmir ist noch kein Bürgermeister als armer Mann gestorben. Wer hier nicht besticht oder sich bestechen lässt, ist selbst schuld, über ihn wird nur gelacht.

Deshalb, sage ich, muss man nicht in die Türkei fahren, um so etwas zu hören.

Stimmt, sagt Lippert.

Er fährt mich in mein Hotel. Ich dusche mich und laufe

die zweihundert Meter zur Bucht, am Hafen rieche ich den Gestank von Abfall und Fischen, ich setze mich in ein Lokal und bestelle ein Bier. Türkisches Bier. Es schmeckt. Ich habe Hunger, es ist halb sieben, aber ich bin zum Abendessen bei Lippert eingeladen.

Mitten in der Bucht hat ein großer Frachter Anker geworfen und bunte Lichter gesetzt. Von einem Berg auf der anderen Seite der Bucht rotiert von einem Turm ein Scheinwerfer.

Vor dem Lokal steht ein Bettler, er stützt sich auf einen Krückstock und hält eine schmuddelige Mütze in der Hand. Niemand wirft etwas in seine Mütze. Der Bettler steht regungslos, nur sein Kopf wackelt manchmal hin und her.

Auf der anderen Straßenseite gegenüber steht eine Bretterbude. Ein Mann in einem langen Mantel, der bis auf das staubige Pflaster reicht, verkauft Haselnüsse, Pistazien, Walnüsse. Auf dem Verkaufstisch steht eine Gaslampe, die grelles Licht wirft. Ein Auto hält an, vier junge Männer steigen aus und kaufen sich Nüsse, sie stehen am Bordstein, essen die Nüsse aus der Hand und lachen laut.

Neben meinem Tisch sitzen zwei alte Männer und spielen ein Brettspiel. Ich sehe zu und begreife nichts. Der eine der beiden Alten sieht so aus, wie ich meinen Großvater in Erinnerung habe. Wenn er mich anlacht, sehe ich eine Reihe gelber Zähne, sein Mitspieler ist zahnlos, wenn er mich anlacht, blicke ich in ein dunkles Loch.

Die beiden trinken Tee.

Lippert wohnt im sechsten Stock in einem Neubau oberhalb der Altstadt. Die Aussicht ist so schön wie auf der Ansichtskarte, die ich mir im Hotel gekauft habe. Von der

Aussicht aber kann man nicht leben, sagt Frau Lippert, der Gestank an heißen Tagen ist alles andere als schön. Nur Fremde staunen noch, wer länger hier wohnt, nimmt die Bucht nur noch wahr, wenn die Fenster geschlossen werden, weil der Gestank einfach unerträglich geworden ist. Ich stehe am Fenster und sehe hinunter auf die Bucht, sie ist trotzdem sehenswert. Hier hat vor über fünfzig Jahren Kemal Atatürk die Griechen ins Meer geworfen, das Wasser war nicht mehr blau, es war rot geworden vom Blut, so erzählt man sich.

Lipperts wollen in ein bis zwei Jahren wieder in die Bundesrepublik zurückkehren, zum Kummer ihres Sohnes, der schon mehr Türke als Deutscher ist, aber auf seiner Schule in Izmir kann er kein deutsches Abitur machen.

Lippert erzählt mir eine Geschichte, die ich nicht glauben will, die mir aber von anderen Gästen bestätigt wird.

Im Bayerischen Wald, in Cham, heiratete ein türkischer Gastarbeiter eine deutsche Frau. Zwei Jahre später nimmt der Türke zum ersten Mal seine junge Frau mit in sein Dorf, dreißig Kilometer entfernt von Izmir. Er gibt seine Frau in die Obhut des Familienclans, und bevor er allein nach Deutschland zurückfährt, schlägt er ihr die vorderen Zähne aus, damit sie sich nicht mehr in der Öffentlichkeit sehen lassen kann, die Frau hat keinen deutschen Pass mehr, er hat ihn ihr abgenommen, sie ist zur Gefangenen seiner Familie geworden.

Warum heiratet er sie denn, wenn er sie in der Türkei zurücklässt, frage ich.

Das erklären wir uns so: Irgendwann aber einmal muss er eine Frau mitbringen in sein Dorf, er muss eine Frau besitzen, nicht unbedingt mit ihr leben. Was wissen wir, was in ihnen vorgeht. Allah ist groß und Mohammed ist sein Prophet.

Es kommen fast unglaublich klingende Schicksale von deutschen Frauen zur Sprache, die mit Türken verheiratet sind. Im Goethe-Institut kam es schon zu regelrechten Prügelszenen, wenn deutsche Frauen – und nicht nur deutsche – Kurse belegten oder Veranstaltungen besuchten, ohne Begleitung ihrer Männer oder naher Verwandter. Frauen wurden von ihren Männern an den Haaren auf die Straße gezogen und im Treppenhaus verprügelt, Türken sahen amüsiert zu und klatschten Beifall. Warum sollten sie nicht, es ist ihr gutes und verbrieftes Recht, ihre Frauen an dem zu hindern, was sie selbst nicht billigen. Im Koran steht, dass die Frau der Besitz des Mannes ist.

Ich habe gut gegessen, ich bin angetrunken. In der Hotelbar will ich noch ein Bier trinken, aber sie ist schon geschlossen, es ist eine Stunde nach Mitternacht.

Im Bett lese ich noch im »book of records«:

Die größte Katze der Welt war achtunddreißig Pfund schwer und zwölf Jahre lang der Alptraum der Hunde in Carlisle/England. Sie musste 1872 eingeschläfert werden. Der hartnäckigste Schluckauf, der einen Menschen quälte, dauerte acht Jahre. Er hat in dieser Zeit hundertsechzig Millionen Mal geschluckt, und dabei hat sich sein Gewicht von dreiundsechzig Kilo auf dreiunddreißig verringert.

Was es nicht alles für Rekorde gibt, die Engländer haben Sinn für Groteske.

## Mittwoch, 27.11.1974

Es regnet.

Trotzdem gehe ich spazieren. Ein paar Straßen von meinem Hotel entfernt ist die Wirtschaftshochschule. Etwa zweihundert Studenten stehen vor dem verschlossenen Tor und verlangen in Sprechchören Einlass. Der Rektor hatte vor einer Woche die Hochschule schließen lassen. Linke und rechte Studenten waren aufeinander losgegangen. Es gab Schlägereien, Verletzte.

Militär ist in den Seitenstraßen aufgefahren. Mit ausdruckslosen Gesichtern sitzen die Soldaten in ihren Fahrzeugen.

Ich stehe auf der anderen Straßenseite und sehe eine Zeitlang der diskutierenden und schreienden Menge zu. Viele Studentinnen befinden sich in der Gruppe, sie schreien am lautesten.

Der Regen wird lästig.

Mühlschlegel wollte mich am Vormittag zur alten Judenstadt fahren, da es aber nicht so aussieht, als würde der Regen nachlassen, geben wir die Idee auf und fahren zur Universität im Norden von Izmir. Die Hochschule ist ein moderner Campus. Auch da hatte es tagelang Auseinandersetzungen gegeben. Mühlschlegel darf auf das Gelände fahren, er hat einen Ausweis. An der Mensa sind über hundert Soldaten aufgezogen, überall liegen Steine herum, mit denen sich die Studenten gegenseitig beworfen hatten. Rechte gegen linke Gruppen.

Was ist in der Türkei links, was ist rechts. Was links ist, weiß keiner so genau, rechts werden unter anderem die eingeordnet, die die arabische Schrift wieder einführen wollen und eine ausschließlich proarabische Politik fordern.

Dreihundert Studenten sind von den Soldaten umzingelt. Auch hier heftige Diskussionen untereinander. Die Soldaten aber wenden sich ab, wenn sie von einem Studenten angesprochen werden. Sie tragen Gewehre.

Als ich vom Auto aus eine Weile zugesehen habe, frage ich Mühlschlegel: Ob die Soldaten auf die Studenten schießen würden, wenn ...

Natürlich schießen die, antwortete er schnell, diese anatolischen Bauernlümmel, die nicht lesen und schreiben können, tun alles, was man ihnen befiehlt.

Ich nicke, denke dabei an unsere Polizisten, die keine Analphabeten sind und auch keine anatolischen Bauernlümmel, die aber, ohne mit der Wimper zu zucken, schießen, wenn es ihnen einer befiehlt, der nur einen Stern mehr als sie auf dem Schulterstück trägt. Und Benno Ohnesorg wurde erschossen, obwohl wahrscheinlich kein Schießbefehl vorlag.

Als ich die Studenten sehe in ihrer Ratlosigkeit und Wut, denke ich: Ich wäre gern Student gewesen, aber die Verhältnisse, die waren nicht so, ich bin nach dem Kriege Maurer geworden und später dann Bergmann, immer den Ratschlägen meiner Mutter folgend: Erst kommt das Fressen ...

Als wir vom Campus fahren, denke ich, ich komme, sehe und fahre wieder ab. Ich werfe nicht mit Steinen, ich bin kein Betroffener, nur Beobachter. Mittags esse ich mit Mühlschlegel in einem kleinen Lokal im Bazar. Der Bazar ist wie eine Insel in dieser hektischen Stadt. Wir essen Bohnen mit Fleischklößchen.

Ich mag die türkische Küche, wenn sie mir auch zu fett ist. Plötzlich sagt Mühlschlegel: Tut mir leid, dass ich Ihnen gestern die Spesen ausbezahlt habe, ab heute ist die Lira gegenüber der Deutschen Mark um vierzig Kurus abgewertet worden. Ich rechne nach. Es ist zu verschmerzen, aber hätte er mir auch mein Honorar in Lira gegeben, dann hätte ich einen beträchtlichen Verlust gehabt.

Er will mich zum Hotel fahren, aber ich gehe lieber zu Fuß. Es regnet noch immer Bindfäden. Ich laufe durch den Bazar hinunter zur Bucht. Das Meer ist für mich wie ein Magnet. Auf dem Wasser sind ein paar Boote, Angler. Dass es in dieser Brühe noch Fische gibt, muss schon ein Wunder sein.

Das Bier, das ich zum Mittagessen getrunken habe, ist mir zu Kopf gestiegen. Ich bin müde.

Ich schlendere am Meer entlang zu meinem Hotel zurück. Vor der Wirtschaftshochschule stehen immer noch Studenten, auf dem Vorplatz vor dem Haupttor haben sie ein Rundzelt aufgeschlagen, sie verteilen Handzettel an Passanten, auch mir wird einer in die Hand gedrückt. Auf meinem Zimmer versuche ich zu schlafen, aber ich wälze mich unruhig auf meinem Bett hin und her, es ist kalt im Zimmer, die Heizung funktioniert nicht, und wenn ich an die Lesung am Abend denke, wird mir flau im Magen.

Ich lese in Bölls »Und sagte kein einziges Wort«, ein schönes und doch deprimierendes Buch, die Geschichte zweier Menschen, die sich lieben und die doch nicht zusammen wohnen können.

Die Putzfrau hatte die Blumen, die mir die Studentinnen gestern überreichten, in eine große Vase gestellt.

Ich dusche mich und gehe wieder hinunter zum Meer. Wie wird heute Abend die Lesung sein. Immer diese Unruhe vorher und die Frage: Wer wird kommen, was sind das für Leute, was werden sie fragen, mit welchen Erwartungen kommen sie.

Meine Aufregung vor jeder Lesung steigert sich oft so, dass ich kurz vor Beginn zur Toilette laufen muss. Ich habe etwas am Darm, ich muss mich operieren lassen.

Auch wenn die Bucht stinkt, sie ist trotzdem schön.

Ich gehe bis zu dem Lokal, in dem ich gestern ein Bier getrunken habe. Die beiden Alten sitzen wieder dort und spielen ihr Brettspiel. Ich stehe neben dem Nüsseverkäufer, der mich fragt, ob ich etwas kaufen wolle. Ich schüttle den Kopf, ich will nur auf das Meer sehen.

Ich laufe am Strand zurück zum NATO-Hauptquartier. Unterwegs fällt mir ein, was ich gelesen hatte: Hauptexportgut der Türkei sind Haselnüsse.

In einer Seitenstraße begegnen mir ein Mann und eine Frau, auf der Schulter des Mannes sitzt ein kleines Äffchen, der Mann peitscht bei jedem zweiten Schritt eine Rute durch die Luft, dass es zischt. Die Frau schiebt einen schwerbeladenen zweirädrigen Karren, sie ist verschleiert, sie keucht.

Der Mann geht schnell, und immer, wenn er einige Meter voraus ist, wartet er, bis seine Frau ihn eingeholt hat. Manchmal ruft er der Frau etwas zu, wenn sie zu weit zurückgeblieben ist. Das Äffchen auf der Schulter des Mannes schaut mit großen Augen auf die Passanten.

Ich gehe wieder an der Wirtschaftshochschule vorbei und bleibe ein paar Minuten stehen. Noch immer fordern ein paar Dutzend Studenten Einlass. Militärfahrzeuge sind keine mehr zu sehen, auch nicht in den Seitenstraßen.

Das Goethe-Institut liegt an einer breiten, verkehrsreichen und lauten Straße. Die Räume sind modern eingerichtet, aber bis auf den großen Saal, in dem ich lesen werde, ist alles zu klein geworden.

Der Saal füllt sich mit Zuhörern, während ich das Sprachlabor und die Bücherei besichtige und vor Aufregung eine Zigarette nach der anderen rauche. Die Besucher, so erfahre ich später, sind Deutsche und Deutsch sprechende Türken, einige haben in der Bundesrepublik gearbeitet und haben deutsche Frauen. Es war abgesprochen, dass der Übersetzer meines Türkenporträts aus »Leben im gelobten Land« und ich abwechselnd lesen sollten, ich eine Seite auf Deutsch, er die türkische Übersetzung. Es geht besser, als ich erst gedacht habe.

Hayrettin Seyhan dolmetscht auch bei der anschließenden Diskussion, er übersetzt fließend, ob auch korrekt, das weiß ich nicht. Ich erfahre, dass die türkischen Zuhörer mit einem Bild des Türken in der deutschen Gesellschaft, so wie ich es gezeichnet habe, nicht einverstanden sind. In Deutschland sei alles gut, das Essen und die Arbeit, die Lebensbedingungen und auch die Wohnungen, gemessen an ihren Hütten in ihren anatolischen Dörfern. Ein junger Lehrer belehrt mich, dass ich den Türken in der Bundesrepublik an deutschen Wertmaßstäben messe, viel gerechter wäre es, ihn nach seinen eigenen Vorstellungen zu bewerten.

Sie sagen, ruft er mir zu, dass die deutsche Gesellschaft einem Türken nicht die Möglichkeit zur Integration gibt, den

Ausländern allgemein, aber haben Sie denn schon mal einen Türken gefragt, ob er sich integrieren lassen will.

Ein junger Mann steht auf und sagt: Der Türke kommt in das Land, in dem, nach seinen Vorstellungen, Milch und Honig fließen, um zu arbeiten, um Geld zu verdienen, alles andere ist ihm egal. Ein ehemaliger Gastarbeiter springt auf, spricht laut und ist sehr erregt. Seyhan übersetzt es mir. Der Gastarbeiter hatte dem Lehrer geantwortet: Die meisten Zuhörer wollen sich das schöne Bild, das sie sich von Deutschland und der deutschen Gesellschaft gemacht haben, nicht zerstören lassen, und keiner von denen, die sich so ein schönes Bild gemacht haben, wäre Gastarbeiter in Deutschland gewesen, und wenn sie nicht wissen, wie es wirklich ist, warum kritisieren sie dann den deutschen Schriftsteller. Ich war sechs Jahre in Deutschland, ich kann alles bestätigen, was der Schriftsteller gelesen hat, manchmal dachte ich, ich wäre es selbst. Türkische Intellektuelle, die in der Bundesrepublik studiert haben, schreiben in unseren Zeitungen, dass die anatolischen Bauern selbst schuld sind, wenn es ihnen in Deutschland nicht so geht, wie sie sich es vorstellen, sie wollten sich nicht anpassen.

Der Mann wird immer wieder durch Zwischenrufe am Sprechen gehindert, vor allem durch den Lehrer, der, wie sich herausstellte, zwei Jahre in der Bundesrepublik studiert hatte und manchmal seinen Urlaub in Bayern verbringt.

Ich sage diesem türkischen Besserwisser, was ich zu Hause oft sagen muss in akademischen Kreisen: Sie reden über Arbeiter wie über exotische Tierchen, weil sie ihre Welt nicht kennen und vielleicht auch gar nicht kennen lernen wollen.

Da ist er böse und verlässt den Saal.

Anschließend sitze ich noch mit ein paar Bekannten und Freunden von Mühlschlegel in dessen Büro. Es gibt Rotwein und Käsegebäck.

Ich bin erschöpft.

Es ist nach Mitternacht, als mich eine Angestellte des Instituts am Hotel absetzt. Der junge Mann an der Rezeption spricht mich auf Deutsch an und gibt mir ein Bier aus. Während ich das Bier trinke fragt er mich über die Bundesrepublik aus, und sagt, er würde gerne in einem deutschen Hotel arbeiten, weil er da das Vielfache von dem verdient, was er hier hat, aber trotz intensiver Bemühungen habe er bis heute keine Stelle in der Bundesrepublik bekommen. Er fragt mich direkt, ob ich ihm in Deutschland zu einen Job verhelfen könnte. Ich versuche ihm klar zu machen, dass ich keine Beziehungen zum deutschen Hotelgewerbe habe, aber er lässt nicht locker und sagt, ein Schriftsteller habe doch immer Möglichkeiten, Freunde und Bekannte zu empfehlen. Ich entschuldige mich, dass ich müde sei, und gehe in mein Zimmer. Er wünscht mir eine gute Nacht.

Wieder kann ich nicht einschlafen. Der Tag läuft noch einmal vor mir ab.

Diese Lesungen ermüden mich, besonders wenn ich mich in endlosen Diskussionen verausgabe. Mancher glaubt, Lesungen sind für den Autor ein Vergnügen und ein leicht verdientes Geld dazu. Wenn sie wüssten, in welcher Spannung man den ganzen Tag über lebt.

## Donnerstag, 28.11.1974

Ich stehe schon unter der Dusche, als der junge Mann von der Rezeption mich wecken will. Meine Maschine fliegt um Viertel nach acht und ist fünf nach neun in Istanbul. Mühlschlegel bringt mich mit seinem Wagen zum Flughafen. Während der Fahrt reden wir noch etwas über die gestrige Veranstaltung, Mühlschlegel ist zufrieden, er bedauert nur, dass sich zu wenig deutsche Autoren für Lesungen oder Vorträge im Ausland zur Verfügung stellen, die einen wollten überhaupt nicht für Goethe reisen, und die Texte anderer seien wiederum für das ausländische Publikum nicht verständlich.

Ich gebe ihm die Hand, wir winken uns noch einmal zu.

Dieses Mal vergesse ich nicht mein Gepäck, das vor der Gangway steht, zu identifizieren, ein Mann nimmt Koffer und Tasche aus dem Stapel und legt sie auf einen Wagen. Was hatte doch Mühlschlegel gesagt: Im Orient geht nichts verloren, es kommt nur manchmal etwas später an – oder woanders.

In einem Schreiben meines türkischen Verlages war mir angekündigt worden, in Istanbul werde mich meine Übersetzerin, Hale Kuntay, betreuen. Ich kannte sie bisher nicht persönlich, aber sie steht in der Empfangshalle und hält die türkische Übersetzung von »Stellenweise Glatteis« in der Hand, ich gehe auf sie zu und sage: Guten Morgen, da bin ich also.

Sie sagt: Nach den Bildern hätte ich sie nicht wiedererkannt.

Ja, antworte ich, ich sehe auf jedem Bild anders aus. Aber wir haben uns wenigstens nicht verfehlt.

Unterwegs erzähle ich ihr die Geschichte des schwedischen Schriftstellers Lars Gustafsson. Er war nach Dortmund eingeladen worden zu einem deutsch-schwedischen Autorentreffen, man hatte ihm geschrieben, dass er in Düsseldorf am Flughafen abgeholt würde. Wer ankam, war Gustafsson, aber er wurde nicht abgeholt. Er stand da und wartete und dann kam ihm plötzlich die Erleuchtung: Er ging auf Leute zu, von denen er annahm, dass sie auf jemanden warteten und sagte jedes Mal: Suchen Sie Gustafsson ... Suchen Sie Gustafsson ...

Niemand suchte Gustafsson, schließlich fuhr er doch mit dem Zug nach Dortmund.

Hale Kuntay ist eine kluge Frau, witzig, selbstironisch, sie spricht Deutsch ohne Akzent. Mit ihrem Wagen fährt sie mich in die Stadt zu meinem Hotel. Mir ist plötzlich alles wieder vertraut, ich war schon oft in Istanbul, dieser lauten, schmutzigen, irrsinnigen aber doch faszinierenden Stadt. Hale erzählt, seit die Brücke über den Bosporus fertig sei, gebe es keine Lastwagenschlangen mehr, die auf die Fähren warten müssten, nicht selten mehrere Tage in der mörderischen Hitze, und sie erzählt weiter, dass es ihr Vergnügen bereitet habe, meinen Roman zu übersetzen, sie hofft, dass das Buch, trotz des kleinen Buchmarktes in der Türkei, ein Erfolg werde.

Hale bringt mich ins Hotel. Unten in der Halle wartet sie, bis ich fertig bin. Die Halle ist groß, alles ist groß in diesem Hotel, das im vorigen Jahrhundert gebaut wurde, auch mein Zimmer ist so groß, dass sich eine zehnköpfige Familie darin nicht auf die Zehen treten würde. Vom Balkon sehe ich den Bosporus und das Goldene Horn.

Hale bringt mich durch die engen, verstopften Straßen am Galataturm zum Goethe-Institut. Hier geht es zu wie in einem Taubenschlag. In den oberen Räumen wird ein Weihnachtsbazar veranstaltet. Dr. Anhegger begrüßt mich. Ich will ihn ansprechen auf die vielen Terminverschiebungen, aber als ich dann die Räumlichkeiten besichtige, wundere ich mich, dass man hier überhaupt noch arbeiten kann, denn das Goethe-Institut ist im wahrsten Sinne des Wortes ein Rattenloch. Der größte Teil der dreißigtausend Bücher steht noch in Kisten herum und kann nicht ausgepackt werden, weil sie sonst von den Ratten zerfressen würden. Seit Jahren schon hausen die Angestellten des Instituts in diesem Gebäude, und es sieht so aus, als müssten sie noch ein paar Jahre darin zubringen. Mehrmals am Tage springen die weiblichen Mitarbeiterinnen auf Tische und Stühle, weil wieder einmal eine Ratte in die Büros eingedrungen ist. Anhegger besitzt nicht einmal ein eigenes Büro für sich, er muss sich, will er arbeiten, dort niederlassen, wo gerade Platz ist.

So präsentiert sich deutsche Kultur im Ausland!

Dazu in Istanbul, einem der wichtigsten Auslandsposten von Goethe. Anhegger schweigt sich beredt aus über den unzumutbaren Zustand seines Instituts, aber ich erfahre im Laufe der Gespräche mit anderen Mitarbeitern, dass einmal für neue Räume kein Geld vorhanden ist, und dann, steht doch Geld zur Verfügung, fehlt es wieder an geeigneten Räumen. Einflussreiche Geschäftsleute der deutschen Kolonie, die einen direkten Draht zum Auswärtigen Amt haben, mieteten Räumlichkeiten für einen deutschen Klub an, die eigentlich dem Goethe-Institut zugesagt worden waren.

Von einem seiner Mitarbeiter erfahre ich, dass ein anderer an Anheggers Stelle das Institut längst geschlossen hätte, aber Anhegger würde weitermachen in Sachen deutsche Kultur, sollten sie auch einmal den Stall, der Deutsches Kultur-Institut heißt, räumen und einen Holzstand im Bazar beziehen müssen.

Was wollen Sie machen, sagt mir der Mann, es gibt solche Menschen, und er sagt noch: Gott sei Dank, dass es sie gibt.

Anhegger spricht akzentfreies Türkisch, er veranstaltet vierzehn Tage lang ein Gastarbeitersymposium, in dessen Rahmen auch meine Lesung fällt. Anhegger erzählt mir, wie schwierig es gewesen wäre, dieses Symposion zu arrangieren. War der Referent gefunden, fehlte es an Geld, war Geld vorhanden, dann wieder war kein Referent zu bekommen, war beides geklärt, waren die Termine nicht akzeptabel. Bis so etwas klappt, sagt er, das dauert und dauert … Die Formalitäten bei der Einfuhr von Filmen wären zermürbend, denn noch immer müssen sie durch die Zensur, weil die Veranstaltungen des Goethe-Instituts öffentlich sind.

Anhegger strahlt Ruhe aus, auch wenn er dauernd in Bewegung ist, nie länger als ein paar Sekunden auf einen Platz sitzen bleibt.

Zum Mittagessen hat mein Verleger eingeladen.

Ich fahre mit Hale und Anhegger in ein Schlemmerlokal direkt am Bosporus, zwanzig Kilometer außerhalb der Stadt. Ich lerne meinen Verleger im Lokal kennen, einen jungen Mann mit Bart, langen Haaren und hellen Augen.

Auf der Fahrt zum Restaurant erklären mir Anhegger und Hale die politische Situation in der Türkei, ich erfahre, dass seit Ecevits Amtsantritt eine spürbare Liberalisierung eingetreten ist, und dass zum Beispiel mein Roman in der Türkei erscheinen konnte, sei auch ein Ergebnis dieser Politik, möge auch Zypern ein dunkler Punkt bleiben. Ecevits Vorbild sei Willy Brandt. Die Situation der Linken in der Türkei gleiche manchmal der deutschen, sie seien gegenüber den Konservativen und Reaktionären im Land schon deshalb im Nachteil, weil sich die Linken untereinander bekämpfen!

Muss ich erst in die Türkei fahren, denke ich, um an die Bundesrepublik erinnert zu werden. Auch in der Türkei streiten die Linken um die richtige Ideologie, während sich die Rechten einig sind.

Anhegger, bald schon mehr Türke als Deutscher, beklagt diesen Zustand, er sagt auch, das Goethe-Institut in Istanbul werde manchmal zum Sammelbecken derer, die von Ecevit enttäuscht seien, weil er zu wenig gewagt habe, er hätte wie die Griechen aus der NATO austreten sollen. Hale sagt, die Linken in der Türkei könnten stärker sein, würden sie sich nicht bei jeder Gelegenheit um das Komma streiten, sie fügt aber hinzu, dass nach so vielen Jahren der Unterdrückung und Zensur die fortschrittlichen Kräfte erst wieder eine gemeinsame Plattform finden müssten.

Ich erwidere, das Komma könne aber doch eines Tages zum Tribunal werden, und sie antwortet, dann muss man es eben darauf ankommen lassen.

Hale ist eine gute Autofahrerin, sie fährt einen Firmenwagen. Hauptberuflich ist sie Personalchefin in einem Kleinbetrieb für Elektroartikel, der dreihundert Arbeiter beschäftigt und viel aus der Bundesrepublik importiert. Hale ist geschieden, sie lebt mit ihrer Tochter und ihrer Mutter zusammen, von ihrem geschiedenen Mann erhält sie keine Lira Unterstützung, auch für ihre Tochter nicht, aber sie beklagt sich nicht. Sie ist sogar froh darüber, denn das gibt ihr als Frau die Handlungsfreiheit, die sie sonst in einem mohammedanischen Land nicht hätte, in dem auch aufgeklärte Männer ihre Frauen immer noch als Eigentum betrachten. In ihrer Firma wird sie als Frau und Vorgesetzte respektiert, sie sagt, wenn sie daran denke, dass das nächste Jahr das Jahr der Frau sein solle, dann könne sie nur lachen.

Mein Verleger spricht kein Deutsch, nur Französisch. Anhegger und Hale dolmetschen.

Das Essen dauert fast zweieinhalb Stunden. Ich bin von den vielen Vorspeisen schon satt. Wir trinken Rotwein. Mein Verleger ist an meinem neuen Buch, »Leben im gelobten Land« interessiert, er hat Hale um Übersetzungsproben gebeten. Er versucht mir zu erklären, dass das Verlegen von Büchern in der Türkei vor allem eine Frage des politischen Freiraumes sei, der sich von Tag zu Tag ändern könne. Mein Verleger ist auch Geschäftsmann, er sagt, mit der richtigen Ideologie allein sei kein Verlag zu führen, und wo kein Geld sei, können auch keine Texte publiziert werden, selbstverständlich würde er keinen Roman mit reaktionärem Inhalt veröffentlichen, auch wenn die Kasse stimmen sollte.

Ich kann mich nicht entsinnen, je einen so guten Fisch gegessen zu haben. Der Wein steigt mir zu Kopf, ich muss aufhören zu trinken, ich habe noch einen anstrengenden Nachmittag und Abend vor mir. Hale erzählt, sie habe drei Monate an der Übersetzung meines Romans gearbeitet.

Die Türken sind Künstler im Essen, sie kosten, wägen ab und schicken das wieder zurück, was nicht ihren Erwartungen entspricht. Sie haben Zeit. Keine Arbeit ist so wichtig, als dass sie nicht auch morgen getan werden könnte, und hatte mich früher das Wort Jawash – langsam – immer gestört, hier in diesem Lokal finde ich es angebracht und angenehm.

Ihr Deutschen seid zu hektisch, sagt der junge Verleger, bei euch muss alles schnell gehen, als ob ihr Angst hättet, etwas zu versäumen. Ihr hetzt euch ab – wozu, wofür? Wir leben, weil wir Zeit haben, und Zeit ist etwas Kostbares.

Ich denke: Trifft das für alle zu, oder auch nur wieder für die, wie bei uns, die es sich leisten können, Zeit zu haben.

Mir ist, als hätte er meine Gedanken erraten. Er lächelt mir zu, nickt. Er hat ein schönes Gesicht.

Hale bringt mich ins Hotel zurück, wir verabreden uns für den Abend. Ich lege mich auf mein Bett, ich bin müde vom Essen und Reden und weil mir die Wärme zugesetzt hat. Im Zimmer aber ist es kalt, das Hotel ist nicht geheizt, ich öffne die Balkontür. Als ich am Nachmittag aufwache, setze ich mich auf den Balkon. Ich bin wieder beeindruckt von dieser Stadt, von ihren Geräuschen und Gerüchen, den Menschen und der Hektik, vom chaotischen Verkehr.

Eine Schiffssirene heult vom Goldenen Horn herauf, ich sehe auf die Minarette der Blauen Moschee und der Hagia Sophia, durch den Bosporus fährt ein sowjetisches Kriegsschiff. In Usküdar, auf der asiatischen Seite, gehen die ersten Lichter an, am Himmel hängt eine schwarze Wand.

Um sechs holt mich Hale ab und fährt mich zum Goethe-Institut. Zu Fuß wären wir schneller gewesen. Im Institut treffe ich einen jungen Türken, der für die heutige Veranstaltung einen Text aus »Leben im gelobten Land« übersetzt hat, gemeinsam sprechen wir einige Stellen durch, bei denen er unsicher ist, ob er auch den Sinn getroffen hat. Ein Wort wie Betriebsrat lässt sich nicht wörtlich ins Türkische übersetzen. Es wird schon schief gehen, sage ich.

Er wartet seit Monaten auf seinen Pass, um für ein halbes Jahr nach Paris fahren zu können.

Auf meine erstaunte Frage, warum das so lange dauere, erklärt er mir, dass trotz Ecevit in den Verwaltungen immer noch die gleichen Leute säßen, die bestochen werden müssten, wenn sie einen Stempel in die Hand nehmen sollen, vom Gehalt, das der Staat ihnen zahlt, können sie nicht leben. Aber selbst wenn er das Geld hätte, würde er es nicht auf den Tisch des Beamten legen.

Es muss in diesem Lande doch einmal möglich werden, das zu bekommen, worauf man ein Recht hat.

Der junge Türke sagt das ohne Eifer, er spricht ruhig, gelassen.

Hale fährt uns zum Presseclub, wo die Lesung, von meinem türkischen Verleger mitveranstaltet, in einem großen Saal stattfindet. Anhegger sagt mir, die Räume im Institut wären zu klein. Ich denke mir, es ist auch nicht angenehm, wenn plötzlich eine Ratte durch die Beine der Zuhörer läuft.

Im Foyer hat der Verlag Bücher von mir zum Verkauf ausgelegt.

Ich rauche wieder eine Zigarette nach der anderen und sehe mit Genugtuung, dass auch Anhegger nervös ist. Langsam füllt sich der Saal.

Als ich auf der Bühne sitze und zu lesen beginne, ist der Saal überfüllt. Der junge Mann, der auf seinen Pass für die Ausreise nach Frankreich wartet, liest jeweils nach einem größeren Absatz seine türkische Übersetzung. Ein Literaturwissenschaftler hatte zuvor auf Türkisch in die Literatur der Bundesrepublik eingeführt, so ausführlich, dass ich fürchtete, er werde den ganzen Abend allein bestreiten.

Nach mir liest Hale ein Kapitel aus »Stellenweise Glatteis«. Eine endlose Diskussion schließt sich an. Ich werde als Erstes gefragt, ob ich bei der letzten Bundestagswahl Willy Brandt gewählt hätte, und warum. Manchmal fühle ich mich wie an eine deutsche Universität versetzt, in denen es Studenten gibt, die immerzu nach dem Glaubensbekenntnis des Autors fragen. Sie wollen Erwartungen, mit denen sie gekommen sind, bestätigt sehen, hält man ihnen entgegen, dass ein Schriftsteller vor allem nur durch das überzeugen kann, was er schreibt, dann sind sie böse, weil sie meist nur über den Autor, nicht den Autor selbst lesen. Dann diese Germanistenfragen: Warum schreiben Sie! Für wen schreiben Sie! Was haben Sie sich dabei gedacht! Wenn Sie nicht wissen, ob Sie von Arbeitern gelesen werden, warum schreiben Sie dann überhaupt und gehen nicht wieder zurück auf die Zeche. Literatur als Rezept, Dienst- und Gebrauchsanweisung.

Mein Hemd ist durchgeschwitzt, als die Diskussion zu Ende geht. Ich bin unzufrieden. Hale, Anhegger und mein Verleger sagen, es wäre ein voller Erfolg gewesen, auch die Presse würde groß darüber berichten.

Unweit vom Presseclub besuchen wir ein kleines Restaurant. Wieder hatte mein Verleger eingeladen, und wieder diese vielen kleinen Vorspeisen. Auf das Hauptgericht verzichte ich. Der Besitzer des Lokals, ein Armenier, hat uns zwanzig um einen kleinen Tisch gesetzt. Die anderen trinken Raki, ich bleibe beim Bier, ich hatte vor Jahren einmal Raki getrunken, nie wieder, ich hatte das Gefühl, mein Kopf würde von Schluck zu Schluck größer.

Mit Anhegger fahre ich in einem Taxi ins Hotel zurück. Unterwegs singt er.

**Freitag, 29.11.1974**

Beim Frühstück im Hotel treffe ich einen Deutschen, der mich kennt und nach Sinn und Zweck einer Lesereise fragt. Ich bin verlegen, weil ich keine richtige Antwort weiß.

Im Frühstücksraum bemerke ich plötzlich ein Schild: Wer badischen Wein trinkt, erfreut sich der Sonnenseite des Lebens. Der Deutsche am Frühstückstisch kommt aus Duisburg, er erzählt mir, dass er gestern Abend in den Straßen Istanbuls herumgelaufen sei, wo die Liebe zu kaufen ist. In einer Spelunke habe er etwas zu viel getrunken, oder man habe ihm etwas in sein Getränk geschüttet, er habe jedenfalls das Knie einer Prostituierten berührt, zwei dicke Kerle hätten daraufhin zweihundert Lira von ihm verlangt. Natürlich habe er bezahlt.

Was glauben Sie, was das für Kerle waren, da hätte man vier draus machen können, ich will doch nicht in der Jauche landen. Nach einer Weile sagte er: Alles hat nun mal seinen Preis.

Hale holt mich um zehn Uhr ab, wir sind in der Redaktion einer Tageszeitung verabredet.

Zuvor muss sie noch zwei Silbertabletts im Bazar abholen, die sie vor Tagen zum Reinigen abgegeben hatte. Der Goldschmied spricht mit mir Deutsch, er hat öfter als Geschäftsmann in Frankfurt zu tun. Wir haben bis zur Verabredung in der Redaktion noch Zeit und laufen durch den Bazar, der zu dieser Tageszeit wie ausgestorben wirkt, die meisten Läden sind noch geschlossen.

Anhegger hatte gesagt, der Bazar habe längst seinen Reiz

verloren, die Touristen verdürben die Preise. Anhegger ist überhaupt unzufrieden mit »seiner« Stadt, für ihn wird zu viel abgerissen und durch Hochhäuser ersetzt. Sie verwechseln sanieren mit planieren, die Seuche »Alles-mach-neu« hat auch vor Istanbul nicht Halt gemacht, sagt er.

Beim Interview stellt sich heraus, dass die Redakteure kein Deutsch sprechen, aber auch mein Englisch reicht nicht aus. Hale dolmetscht. Einer der Redakteure gibt sich als Marxist aus, aber im Verlauf des mehrstündigen Gesprächs spüre ich immer deutlicher, dass er weniger Marxist als Dogmatiker ist. Er versteht den Schriftsteller als den, der Antwort gibt, ich verstehe mich als Fragenden. Er lächelt und sagt, meine Auffassung von Literatur sei nichts weiter als ein bürgerliches Relikt. Er kann sich nicht genug tun, Brecht zu zitieren wie Katholiken den Heiligen Vater, ohne zu verstehen, dass Brecht ein Feind aller Dogmatiker gewesen ist. Ich fragte, ob er nicht mit seinen eigenen Worten etwas zu sagen habe.

Als wir gestern vom Flughafen zum Hotel gefahren waren, hatte mir Hale erzählt, dass sie einem Fahrer ihrer Firma meinen Roman zu lesen gegeben habe, zwei Tage später habe er ihr das Buch mit den Worten zurückgegeben: Wie hat dieser Deutsche eigentlich wissen können, was ich für Sorgen habe, wie hat er wissen können, wie ich mich fühle, was ich denke, was ich träume.

Ich erzähle dem Redakteur, dass sich der türkische Fahrer in meinem Roman wiedererkannt habe, er erwidert nur, das zeige einmal mehr, dass es mit dem Erzählen von Geschichten heute nicht mehr getan sei, der Schriftsteller müsse den Leuten sagen, was sie zu tun haben.

Ich frage: Was sollen sie den Leuten sagen?

Er zögert, dann antwortet er: Die Gesellschaft zu verändern.

Ein Schriftsteller, sage ich ihm, kann dies nur durch die Wahrhaftigkeit und Glaubwürdigkeit seiner Geschichten, nicht aber durch Verkünden von Programmen.

Wir verabschieden uns.

Ich war niedergeschlagen, als ich mit Hale die Treppe des Redaktionsgebäudes hinuntergehe. Hale sagt: Mach dir nichts draus, auch diese Leute lernen noch.

Ich antworte ihr: Ich fürchte, Hale, die haben längst schon ausgelernt.

Mein Verleger hatte wieder zum Essen geladen. Das Restaurant lag auf einem Berg am Bosporus. Wenn es so weitergeht, werde ich einige Pfunde zunehmen.

Journalisten sind da, Hochschullehrer. Die Vorspeisen lasse ich aus, ich esse nur das Hauptgericht, Fisch in Rotweinsauce. Wieder geht es um Bücher. Wenn Metzger zusammensitzen, dann geht es wahrscheinlich auch nur um Wurst und Fleisch. Der Verleger fürchtet, die weitgehend abgeschaffte Zensur könne bald schon wieder eingeführt werden, und ein Buch, das er heute verlegt, dürfe er dann morgen schon nicht mehr verkaufen. Er könne die Auflage einstampfen und dabei in Konkurs gehen. Das nenne man dann verlegerisches Risiko, nicht staatlichen Eingriff.

Auf dem Rückweg zur Stadt fährt mich Hale über die neue Brücke zur asiatischen Seite, wendet und fährt wieder zurück. Die Einweihung der Brücke war ein Volksfest, sagt sie.

Sie bringt mich zum Goethe-Institut, wo mich ein Beamter des Arbeitsministeriums erwartet, der wegen des Gastarbeitersymposiums von Ankara nach Istanbul gekommen war. Er bittet mich, von meinen Erfahrungen mit türkischen Gastarbeitern in Deutschland zu berichten, und er bedauert, dass die Bundesregierung einen Anwerbestopp verhängt habe.

Ich frage ihn, ob er es für richtig hält, dass noch mehr junge Männer sein Land verlassen, wenn jetzt schon die türkische Landwirtschaft unter einem Mangel an männlichen Arbeitskräften leidet.

Aber er erwidert nur, die Türkei habe wie kein anderes Land genügend Männer, Männer wären sozusagen zum Exportartikel geworden, ich antworte ihm, je mehr Männer die Türkei exportiert, desto mehr Devisen importiert sie, das ist eine einfache Rechnung. Sie haben Recht, sagt er, das ist eine einfache Rechnung, und weil wir Devisen brauchen, exportieren wir Männer.

Ich sage, das ist eine zu einfache Rechnung.

Einfach oder nicht, erwidert er, sie ist effektiv.

Ich frage ihn, was wohl passieren würde, wenn über Nacht alle türkischen Gastarbeiter mit ihren Frauen und Kindern in die Türkei zurückkehren.

Er lächelt mich an. Für ihn ist die Welt so lange in Ordnung, wie er junge Männer seines Landes exportieren kann. Die Bundesrepublik sollte ein Einwandererland werden wie die USA, sagte er.

Ich breche die Unterhaltung ab. Der Beamte geht.

Wir sitzen dann noch in der Bibliothek um einen runden

Tisch und trinken Tee, aber wir sprechen nicht viel, Anhegger ist wie immer in Bewegung, und doch strahlt er Ruhe aus.

Mit Hale fahre ich zur Kinemathek in der Nähe des Taximplatzes, wo im Rahmen des Symposiums Kurzfilme deutscher und türkischer Produktion über türkische Gastarbeiter vorgeführt werden. Die Probleme der aus der Bundesrepublik zurückgekehrten Türken: In der Bundesrepublik ungeliebt, in die Türkei zurückgekehrt, sind sie ihrer Gesellschaft entfremdet. Keine Flüchtlinge, aber Heimatlose.

Die von Türken gedrehten Filme kritisieren das Verhalten der türkischen Behörden und nehmen die Deutschen in Schutz, die in Deutschland produzierten Filme dagegen klagen das Verhalten deutscher Behörden, deutscher Unternehmer, deutscher »Seelenverkäufer«, die deutsche Gesellschaft an. Die Filme sind, soweit ich das beurteilen kann, realistisch und ehrlich. Aber gerade diese Ehrlichkeit ist bei den türkischen Zuschauern, die sich in ihrer Mehrheit aus Akademikern und Studenten zusammensetzen, nicht gefragt.

Bei der Diskussion wird deutlich, dass sie über die deutschen Filme verärgert sind, die ein Stück Realität ihrer Landsleute in der Fremde darzustellen versucht haben, und sogar ein Gastarbeiter, der es besser wissen musste, verteidigt die Deutschen heftig: Für ihn ist alles gut, was er erlebt hat, Wohnung, Essen, Arbeit, Behandlung, sogar die Verachtung, die ihm Deutsche entgegengebracht haben, täglich spüren ließen, und er sagt, schließlich hätten sie in den westdeutschen Notunterkünften immer noch besser als in den Lehmhütten ihrer Dörfer gelebt, und in der Bundesrepublik würden sie besser behandelt als auf den Feldern ihres Patrons, in einer

Woche hätten sie in Deutschland mehr verdient als in einem halben Jahr in der Türkei.

Die Argumente der anwesenden deutschen Regisseure, dass sie in der Bundesrepublik eigentlich nur als Arbeitskräfte zählen, nicht aber als Menschen anerkannt würden, taten sie ab mit den Worten: Wir werden auch dafür bezahlt, auf den Feldern unseres Patrons sind wir nur zweibeinige Zugtiere und werden auch nicht als Menschen anerkannt.

Hale, die neben mir sitzt, sagt plötzlich: Es ist furchtbar schwer, Menschen, die ihr Leben lang nur Melonen und Brot zu essen bekommen haben, weil sie sich etwas anderes nicht leisten konnten, klar zu machen, dass sie auch von denen ausgebeutet werden können, die ihnen Fleisch zu essen geben.

Die Diskussion ist noch in aller Heftigkeit im Gange, als ich mit Hale wegfahre.

Auf der vierspurigen Straße am Meer fahren wir Richtung Flughafen, es beginnt so heftig zu regnen, dass es die Scheibenwischer nicht mehr schaffen. Hale hält am Straßenrand und wartet.

In einer Viertelstunde wird der Wolkenbruch vorbei sein, sagt sie. Zehn Minuten später hört der Regen auf.

Wir haben noch genügend Zeit und trinken in der Teestube eines protzigen Hotelneubaus einen Espresso. Hale isst ein Stück Kuchen dazu, sie hatte seit dem Mittagessen keinen Bissen mehr zu sich genommen, sie sieht müde aus.

Ich bin traurig, sagt sie, weil du wegfährst.

Aber ich komme doch wieder, antworte ich.

Jetzt, wo wir uns kennen gelernt haben, fährst du weg, sagt Hale. Jetzt, wo wir uns auch ohne Worte verstehen.

Willst du mir eine Liebeserklärung machen?, frage ich.

Wäre das so schlimm?, fragt sie. Ich hebe sie mir auf, bis du wieder nach Istanbul kommst, sagt sie und lacht.

Auf dem Flughafen darf Hale mit durch die Sperre. Der Schalter der Arania, mit der ich fliege, ist schon geöffnet. Ich gebe mein Gepäck auf und lasse die Flugkarte checken. Es ist zehn Uhr geworden, ich habe noch zwei Stunden Zeit, bis meine Maschine fliegt, wenn sie pünktlich ist.

Fahr nach Hause, sage ich zu Hale.

Ich kann dich hier doch nicht allein lassen, antwortet sie.

Fahr nach Hause. Lass das Seitenfenster runter, damit du frische Luft kriegst, sonst schläfst du noch am Steuer ein.

Wir verabschieden uns. Wir umarmen uns kurz, sie winkt noch einmal am Ausgang. Ich sehe ihr nach. Schade. Ich konnte mich mit ihr so gut unterhalten.

Ich sehe, wie sie in ihren roten Fiat einsteigt, den sie direkt vor dem Eingang geparkt hatte, und abfährt.

In der Abflughalle warten nur drei Passagiere. Zwei Amerikaner und ein Japaner. Als die Maschine von Zürich zwischengelandet ist, füllt sich die Halle. Zwei junge Inderinnen in roten, seidenen Sarongs schreiten in der Halle auf und ab. Auf der Stirn tragen sie einen Stein, der immer aufblitzt, wenn das rotierende Licht vom Tower ihre Gesichter streift. Die beiden Frauen gehen unentwegt die Halle auf und ab, ohne ein Wort miteinander zu sprechen. Ich will mir im Duty-free-Shop eine Stange FIB kaufen, aber sie nehmen keine Lira, nur Dollars und Mark, an einem Kiosk kaufe ich mir türkische Zigaretten.

Der Japaner prüft im Duty-free-Shop die Kameras.

Plötzlich gehen die Lichter aus, nicht einmal die Notbeleuchtung brennt, in der Halle bewegen sich nur noch Schatten, die Stewardessen kontrollieren, als wir durch den Lautsprecher zur Maschine gebeten werden, die Boarding Cards mit einer Taschenlampe.

Für Langeweile hatte ich noch keine Zeit gehabt.

**Samstag, 30.11.1974**

Der Japaner, der mich schon durch seine Herumrennerei in der Abflughalle nervös gemacht hatte, setzt sich neben mich, obwohl die Maschine nur zur Hälfte besetzt ist. Ich ärgere mich über ihn, ohne genau zu wissen, warum. Hinter mir sitzen zwei Engländer, aus ihrer Unterhaltung erfahre ich, dass sie in Zürich zugestiegen sind und wo man in Kabul am besten und preiswertesten übernachtet. Sie unterhalten sich laut und ungeniert.

Der Japaner neben mir ist eingeschlafen. Ich hole mein »book of records« aus der Aktentasche und versuche zu lesen. Der längste Mensch war Robert Pershing Wadlow; als er 1940 starb, war er 2,72 groß. Den größten Bierkonsum haben die Deutschen mit einem Pro-Kopf-Verbrauch im Jahr von 145 Liter. Ich denke mir, das müsste auch ein Rekord sein, wenn es einem Menschen gelänge, der fünfhundert Uhren in seiner Wohnung hat, diese alle auf die Zehntelsekunde genau zum Schlagen zu bringen.

Es ist gut, dass ich die Nacht im Flugzeug verbringe und nicht in einem Hotel, Hotelzimmer sind wie Gefängniszellen, ich kann unterwegs nicht arbeiten, ich brauche meinen Schreibtisch. Ich habe im Hotelzimmer ständig das Gefühl, die Mauern würden auf mich einstürzen. Vor einigen Jahren war ich mit Goethe in England unterwegs, ich hatte in London von Freitag bis Montag keine Verpflichtungen und in South Kensington ein Hotelzimmer, das von der Größe her einer Gefängniszelle glich. Ich fuhr einen Tag lang mit der Untergrundbahn kreuz und quer durch London, den anderen Tag nahm ich Busse, und am dritten Tag bin ich durch die Stadt, vom Tower bis nach Kensington, gelaufen.

Da bekomme ich einen Stoß in die Seite, der Japaner schlägt um sich, als müsste er seine Insel verteidigen. Er schnarcht laut. Ich versuche mehrmals, ihn zurechtzusetzen, er liegt schon halb auf mir, aber kaum habe ich ihn aufrecht hingesetzt, beginnt er wieder sein Schattenboxen.

Ich sehe mich um, aber alle Fensterplätze sind besetzt, ich rufe die Stewardess. Sie sagt, was ich schon längst hätte tun können, ich solle mich auf einen anderen Platz setzen. Dabei lächelt sie mich an und schiebt dem Japaner noch ein Kissen hinter seinen Kopf.

Das kann ja ein heiterer Flug werden. Endlich, mein Japaner ist vom Sitz gerutscht und schlägt nur noch ab und zu auf die Rückseite des Vordersitzes. Alles schläft, aber ich bin zu müde, um einzuschlafen.

Um Viertel nach acht soll die Maschine in Kabul landen, das wären acht und eine Viertelstunde Flugzeit. Aber wir fliegen dem Morgen entgegen, nach Osten. In Teheran haben wir Aufenthalt.

Auf halbem Weg zwischen Istanbul und Teheran servieren die Stewardessen das Essen. Sie gehen den Gang entlang und klappen die Esstischchen herunter. Wie auf Kommando wacht mein Japaner auf, er sieht zuerst verstört um sich, dann grinst er mich an, er scheint hungrig zu sein und streckt den Hals vor, um zu sehen, was die Stewardessen servieren. Es gibt ein großes Omelett, gefüllt mit Fleisch und undefinierbarem Gemüse, aber es schmeckt gut. Neben dem Omelett liegt eine Peperoni, die immerhin halb so groß ist wie das Omelett. Ich schiebe sie beiseite, ich kenne die Wirkung, auch die Wirkung nach dem Essen.

Beiß doch endlich rein!, denke ich. Aber der Japaner denkt nicht daran, er isst nur mit Behagen sein Omelett.

Ich denke, das kann er mir nicht antun. Er wendet sich mir zu, als wollte er mich etwas fragen, aber ich sehe aus dem Fenster in den klaren Sternenhimmel.

Ich beobachte ihn verstohlen. Endlich. Er schiebt die Peperoni in den Mund. Er kaut darauf herum. Nichts passiert. Er kaut mit Genuss. Ich denke, gleich muss er explodieren. Nichts passiert … aber plötzlich verzieht er sein Gesicht, die Zahnschmerzen der ganzen Menschheit sind auf einmal darin abzulesen. Er will aufspringen, fällt zurück, weil er vergessen hat, seinen Gurt zu lösen. Er löst ihn hastig, dann springt er auf, wirft das Tablett vom Esstisch auf den Boden und rennt durch den Gang, er rudert mit den Armen, als wäre ein Schwarm Hornissen hinter ihm her. Die Passagiere sehen ihm befremdet oder amüsiert nach.

Ich sitze und lache, ich lache so, dass mir die Tränen kommen. Draußen ist immer noch Sternenhimmel, vom Morgen ist noch nichts zu sehen. Ich möchte einmal über den Sternen fliegen.

Da höre ich ihn wieder neben mir: It's very terrible … it's very hard … dammed …

Bis zur Landung in Teheran sitzt er mit gefalteten Händen neben mir auf seinem Sitz. Er atmet durch den weit geöffneten Mund, ich stelle mich schlafend, er sitzt da wie eine Puppe. Ich bin überzeugt, dass er bis an sein Lebensende keine Peperoni mehr essen wird.

Aus der Luft und bei Nacht ist Teheran schön.

Die Maschine fliegt langsam über die Stadt und schwenkt wie im Zeitlupentempo auf die Rollbahn ein.

Alle Passagiere müssen in den Transitraum, bis die Maschine aufgetankt ist. Wieder stürzt der Japaner in den Duty-free-Shop und sieht sich die ausgestellten Kameras an. Ich will mir Zigaretten kaufen, aber ausgerechnet diese Abteilung ist geschlossen. Ein paar verschleierte Frauen sind unter den Passagieren, auch die zwei Inderinnen in ihren seidenen Sarongs, sie schreiten stolz durch die Halle.

Ich versuche durch die Schleier zu sehen, die wie Gitter vor ihren Gesichtern hängen. Es muss schrecklich sein, ein ganzes Leben mit einem vergitterten Gesicht herumzulaufen, auch wenn die Gitter nur aus Stoff sind.

Der Japaner lächelt mir wie einem alten Bekannten zu, wenn er an mir vorbeikommt. Mir ist, als wären wir schon Vertraute geworden. Die Schadenfreude soll bekanntlich die schönste Freude sein. Der Japaner photografiert in der Halle.

In Teheran steigen keine neuen Passagiere zu. Ich bin froh, dass ich meinen Fensterplatz nicht aufgegeben habe, langsam wird es heller, unter mir Berge, Schluchten, Gebirge in roten und braunen Farben, gigantisch und beängstigend. Mir fällt wieder die Schöpfungsgeschichte ein, wie damals, als ich von Oslo nach Tromsö flog und dieses menschenleere Nichts unter mir sah: Am Anfang schuf Gott Himmel und Erde, und die Erde ward wüst und leer.

Kein Anzeichen menschlichen Lebens unter mir, nur enge Täler, tiefe Schluchten, auf einigen Gipfeln liegt Schnee. Solange es nur dämmert, ist die eine Seite der Berge hell, die andere schwarz, und als dann die Sonne plötzlich aus dem Osten hervorbricht, kann ich diese gigantische Bergwelt unter mir überblicken, die unendlich zu sein scheint.

Der Japaner schnauft mir ins Ohr.

Unter mir Wüste. Bergwüste in Farben, wie ich sie noch nie gesehen habe. Später erfahre ich, dass in den Tälern Leben ist, in den Schluchten Dörfer sind, Nomaden mit ihren Herden herumziehen. Ihre Lehmhütten sind von derselben Farbe wie die Gebirge und deshalb aus so großer Höhe nicht auszumachen. Als ich mit Hartmut in Afghanistan mit dem Wagen unterwegs war, bemerkte ich die Dörfer erst, wenn wir unmittelbar davor standen.

Die Bergspitzen färben sich grün, blau, orange. Die beiden Engländer hinter mir unterhalten sich wieder, aus ihrem Gespräch erfahre ich, dass die unglaublichen Farben durch Luftspiegelungen entstehen.

Die Stadt unter mir bemerke ich erst, als die Lichter über den Sitzen aufleuchten: fasten seat belt, no smoking.

Kabul kommt immer näher auf mich zu, die Berge um Kabul leuchten hell. Die Maschine landet genau nach Plan, es ist Viertel nach acht Uhr Ortszeit. Wir sind mehr als vier Stunden unterwegs gewesen. Der Zeitunterschied beträgt also vier Stunden. Ich fühle mich erschöpft und bin doch aufgedreht.

Als ich aus der Maschine steige und über das Rollfeld auf das Empfangsgebäude zugehe – es ist kalt und der Himmel mehr weiß als blau –, sehe ich von der Aussichtsplattform einen Mann winken. Gilt das Winken mir? Der Mann ist noch zu weit entfernt, als dass ich ihn erkennen könnte. Doch, es ist Hartmut, neben ihm ein etwas kleinerer Mann, den ich bald unter dem Namen Günter kennen lerne. Ich stelle die Aktentasche zwischen meine Beine und winke mit beiden Armen.

Die Einreiseformalität beginnt damit, dass ich Deutsche Mark gegen Dollars eintauschen muss, um fünf Dollar für das Visum bezahlen zu können. Ich fülle den Antrag für das Visum aus. Ein Wort im Formular macht mich hilflos: occupation. Ich schaue verlegen auf das bedruckte Papier und denke mir: Allah ist groß – aber wo ist sein Prophet.

Da höre ich hinter mir eine Frau auf Deutsch sagen: Sie müssen in die Spalte Ihren Beruf eintragen. Ich sehe sie an.

Jaja, sagt sie, in diesen Gefilden hier heißt es occupation, was anderswo profession heißt.

Ehe ich mich bei der Frau bedanken kann, ist sie schon durch die Sperre.

Endlich habe ich die Formalitäten erledigt und kann zum Schalter, aber vor mir steht klein und breit mein Japaner, mit dessen Pass etwas nicht in Ordnung zu sein scheint. Der Japaner schwadroniert in den Schalter hinein, der Beamte schwadroniert aus dem Schalter heraus, und das in einem Englisch, das verstehen konnte wer wollte, nur ich nicht. Ich will dem Beamten Pass, Formular und Geld hineinreichen, aber der Japaner schiebt mich, und nicht zu sanft, immer wieder zurück, er lächelt nicht mehr. Er ist offensichtlich böse, auf den Beamten hinter der Glasscheibe und auf mich. Ich wünschte, er hätte jetzt die Peperoni gegessen und wäre weggelaufen. Dann fordert der Beamte doch meinen Pass an, fragt nach dem Ziel meiner Reise, ich sage: German culture center. Das ist ein Zauberwort. Der Beamte strahlt mich an, kommt aus seinem Häuschen und ruft mir zu: Willkommen,

willkommen! Er begleitet mich durch den Zoll zur Gepäckabfertigung, dort drückt mir ein anderer Beamter einen grünen Schein in die Hand, den ich wieder auszufüllen habe. Ich erfahre später von Hartmut, dass der Beamte ein Schüler von ihm war und auch heute noch an Veranstaltungen im Goethe-Institut teilnimmt.

Auf dem grünen Formular verlangt man noch einmal meine Personalien und wie viel Geld fremder Währungen ich in das Land einführe. Mein Koffer und meine Reisetasche werden nicht kontrolliert, nur meine Aktentasche muss ich öffnen. Als der Beamte nur Bücher sieht, winkt er ab.

Ich kann gehen.

Ich bin in Kabul.

Vor der Tür warten Hartmut und Günter. Wir fallen uns in die Arme.

Dann schimpfe ich erst einmal, weil die Abfertigung so lange gedauert hat, nicht einmal in einem Ostblockland habe ich je so lange warten müssen an einer Pass- und Zollkontrolle.

Hartmut fragt erstaunt: Wieso das denn? Erstens bist du in keinem Ostblockland und zweitens ist es unglaublich schnell gegangen. Er sagt: Schimpf jetzt nicht, komm, sonst wird der Schnaps kalt.

Günter grinst.

Auf der Fahrt zu seiner Wohnung erzählen wir uns erst einmal die neuesten Witze. Ich muss ihnen aber die jüngste politische Entwicklung in der Bundesrepublik erzählen. Günter, er ist schon das siebte Jahr in Afghanistan, gibt mir ein paar Tipps für den Anfang.

Mir ist, als wäre ich zu Hause angekommen.

Hartmut und ich hatten uns vor Jahren in Kairo getroffen, er war mit mir nach Gizeh hinausgefahren und nach Memphis, er war mein treuer Begleiter gewesen. Wir lachten uns an und sagten immer wieder: Weißt du noch, damals …

Hartmut fährt immer noch einen Mercedes Diesel. In Kabul hat er sich den Unterboden panzern lassen wegen der steinigen Straßen im Landesinneren.

Ich frage ihn: Wenn ich nun kein Geld gehabt hätte bei meiner Einreise, um die fünf Dollar für das Visum zu bezahlen, was wäre dann gewesen?

Irgendwie wärst du schon durchgekommen, die hätten sich das Geld später vom Goethe-Institut geholt, man kennt sich doch hier. Kabul ist zwar eine Hauptstadt und doch ein Dorf.

Vor dem Haus im Hof begrüßen mich Sigi, seine Frau, und auch Susi, die Hündin mit den drei Jungen. Drei Wollknäuel. Hartmut erzählt mir die Geschichte seines Hundes.

Er hatte einen schönen Berghund, der ihm eines Tages weggelaufen war. Er hatte ihn tagelang gesucht. Vergeblich. Bis ihm jemand berichtete, er habe seinen Hund vor der Stadt gesehen. Hartmut fuhr zu dieser Stelle, es war schon Nacht, und tatsächlich sah er da einen streunenden Hund. Er lockte ihn, aber der Hund lief immer wieder weg, bis er seinen Irrtum bemerkte, es war ein fremder Hund. Enttäuscht fuhr er nach Hause zurück. Als er das Tor geöffnet hatte, stand mitten auf der Straße in einigem Abstand der Hund. Er war zwanzig Kilometer hinter Hartmuts Wagen hergelaufen. Er lief zwar in den Hof, aber es dauerte Wochen, bis er sich anfassen ließ.

Jetzt ist Susi das anhänglichste Tier, das man sich denken kann.

Hartmut raucht nicht mehr.

Wie hast du das bloß gemacht, frage ich.

Frag lieber mich, antwortet Sigi, dann erzähle ich dir, wie eine Frau zur Mörderin werden kann, wenn ihr Mann sich das Rauchen abgewöhnt. Sie macht sich zum Fortgehen fertig, sie gibt jeden Tag ein paar Stunden Deutschunterricht an der Universität.

Hartmut zuckt mit den Schultern.

Wir trinken Wodka. Er erinnert mich daran, dass wir in Kairo innerhalb einer Stunde eine Flasche Wodka geleert hatten. Heute darf das nicht passieren, sagt er, wir müssen mittags zum Institut. Dabei sieht er mich bedeutungsvoll an.

Wir sprechen über die Veränderungen in der Bundesrepublik, auch er sagt mir, dass Brandts Rücktritt auf viele Deutsche in Kabul wie ein Schock gewirkt hat, andererseits haben auch viele in Kabul Feste gefeiert, als die SPD bei den Landtagswahlen in Bayern und Hessen Stimmen verlor. Manche wären froh, wenn Strauß Kanzler würde, dann könnte er die Kultur ins Ausland bringen, die er gern vertreten möchte: Deutschnational.

Er sagt noch: So mancher möchte die morschen Knochen wieder zittern sehen, und es gibt nicht wenige, die überzeugt sind, dass am deutschen Wesen die Welt genesen werde.

In Hartmuts Wohnung gibt es keine Sessel, man sitzt auf schmalen Lederkissen. Er ist schon Orientale geworden.

Günter erzählt Geschichten. Ich bin noch heute davon überzeugt, dass er mich aufs Kreuz legen wollte. Er tat beleidigt, wenn ich eine seiner Geschichten anzweifelte: Bekannte von ihm bekamen einen Diener vom Land. Eines Abends sagten sie ihm, er möge das Licht im Kinderzimmer ausschalten, und als er nach zehn Minuten nicht zurückkam, sah die Frau selbst nach. Im Kinderzimmer stand der Diener auf einem Stuhl und versuchte die elektrische Birne auszublasen.

Eine andere Geschichte: Günter fuhr mit Freunden in einem Jeep in ein entlegenes Tal. Ein sehr unzugängliches Tal, in dem wahrscheinlich noch nie Europäer gewesen waren und schon gar nicht ein Jeep. Als sie die Zelte der Nomaden erreicht hatten, kamen einige Männer gelaufen und legten ein Bündel Heu vor den Jeep, wie es sonst Kamelen zum Zeichen der Gastfreundschaft vorgelegt wird.

Orientalische Märchen? Wenn Günter erzählt, weiß er wahrscheinlich selbst nicht mehr zu trennen zwischen Dichtung und Wahrheit. Aber wenn auch seine Geschichten nicht wahr sein mögen, so sind sie doch gut erfunden.

Hartmut beschäftigt in seinem Haus zwei junge Männer, die aus einem Dorf, etwa achtzig Kilometer von Kabul entfernt, kommen. Es sind Brüder. Ist einmal einer krank, legt sich der Gesunde auch ins Bett, denn er sieht nicht ein, warum er für den kranken Bruder die Arbeit mitmachen soll. Es ist schwer, den Gesunden aus dem Bett zu jagen, er fühlt sich im Recht, denn er ist nicht angestellt worden, die doppelte Arbeit zu verrichten.

Diener sein bei Europäern ist in Kabul ein gefragter Job, sie verdienen sehr gut, im Vergleich mit den dort gezahlten Löhnen, die europäische Familie sorgt außerdem für Essen, Wohnung, ärztliche Betreuung und Krankenhausaufenthalt.

Hartmut kaufte vor zwei Jahren beiden ein Fahrrad. Ein Fahrrad zu besitzen heißt in Afghanistan schon, der Mittelschicht anzugehören. Als drei Wochen später nur noch ein Fahrrad da war, fragte Hartmut den Bruder, der aus der Stadt ohne Fahrrad zurückgekommen war, wo er denn sein Fahrrad habe. Er habe einen Unfall gehabt und das Fahrrad in eine Werkstätte im Bazar zur Reparatur gebracht. Nach vier Wochen war immer noch kein Fahrrad da, obwohl ihm Hartmut das Geld für die Reparatur gegeben hatte. Schließlich gestand der Diener Hartmuts Frau, das Fahrrad sei nicht kaputt, er habe es im Bazar verkauft und das Geld mit seinem Bruder geteilt. Wozu brauchten sie zwei Fahrräder, wo doch immer nur einer in die Stadt fährt und der andere im Hause bleiben muss und ein Fahrrad ungenützt herumsteht.

Wir fahren um die Mittagszeit zum Goethe-Institut. Hartmut hat sich für die Tage, in denen ich in Kabul bin, Urlaub genommen. Das Institut ist im englischen Kolonialstil erbaut, wenn auch keiner genau weiß, was das ist, englischer Kolonialstil.

In der Diele des Goethe-Instituts hat Hartmut links und rechts unter Glasvitrinen eine Ausstellung meiner Bücher arrangiert und Sekundärliteratur dazugelegt.

Ich bin gerührt.

Bei Schürmann, dem Leiter des Goethe-Instituts, gibt es Bier, deutsches Bier. Wir bleiben eine Stunde, Schürmann erzählt von der Arbeit des Instituts, das nicht allein deutsche Kultur vermittelt, sondern auch Ausstellungen einheimischer Maler und Bildhauer ausrichtet, um diesen Künstlern eine Öffentlichkeit zu schaffen, da sie von ihren eigenen Behörden kaum unterstützt werden. Anschließend stellt mich Hartmut zwei afghanischen Deutschlehrern vor, die fließend Deutsch sprechen und mehrmals und für längere Zeit Sprachkurse in der Bundesrepublik besucht haben. Einer von ihnen sagt mir, er hoffe, nächstes Jahr wieder für ein paar Wochen in die Bundesrepublik reisen zu dürfen.

Wir fahren in die Stadt und gehen am Kabul River spazieren. Der Fluss führt kein Wasser. Das Flussbett ist etwa acht Meter tief, an beiden Seiten des Flusses sind Mauern, auf denen Händler ihre Teppiche ausgebreitet haben. Die Farben der Teppiche leuchten in der Sonne. Hartmut sagt, wenn du wieder abreist, kannst du dir von deinem Honorar einen Teppich kaufen.

Der Gedanke scheint mir abwegig.

Aber zwei Tage später werde ich mir zwei Belutschistan-Brücken kaufen.

Einer der Afghanen, der uns fast immer begleitet, Achmed, deutet auf das Flussbett und sagt: Alle warten auf Schnee, damit es wieder Wasser gibt, und schneit es, dann kommt die Kälte, und ist es kalt, dann werden vielleicht wieder Tausende erfrieren.

Ich sehe ihn an, ich verstehe nicht recht, was er sagt.

Es gibt zwar keine offiziellen Angaben, aber jeder weiß hier, dass jeden Winter Tausende erfrieren, im Norden und Süden des Landes, vor allem, wenn es einen strengen Winter gibt, und die Winter sind hier immer strenge Winter, die Toten liegen blaugefroren auf den Straßen, mancher Erfrorene wird von dem Schnee, der über Nacht fällt, oft einen halben Meter auf einmal zugedeckt, wenn es wärmer wird, tauen die

Leichen auf, dann werden sie auf einen Wagen geladen und weggekarrt. Selbstverständlich möchte man das nicht wahrhaben.

Kabul liegt fast zweitausend Meter hoch, ich habe keine Atembeschwerden. Das Hochplateau von Kabul ist ringsum von sehr hohen Bergen, manche sind 5000 Meter hoch, eingeschlossen. Auf den Bergspitzen liegt Schnee, auf einigen liegt ewiger Schnee. Ich bin froh, dass ich meinen Wintermantel auf die Reise mitgenommen habe. In der vergangenen Nacht waren fünfzehn Grad unter null, jetzt zur Mittagszeit sind es fünfzehn Grad über null.

Teppichhändler sprechen uns an, aber Hartmut weiß, wie man mit ihnen umgeht, ohne sie zu beleidigen, er hat mir gesagt, er spreche die Landessprache nicht, trotzdem unterhält er sich mit den Händlern fast fließend.

Die meisten Frauen auf der Straße sind tief verschleiert. Ich habe nie einen Mann mit einer Frau die Straßen entlanggehen sehen, nur Männer mit Männern, Frauen mit Frauen, Frauen mit Kindern. Es gilt als Beleidigung, eine Frau anzustarren, mit Blicken ihren Schleier zu lüften. Europäern gegenüber ist man nachsichtiger, sie sind ohnedies ungläubig.

Ich habe den Eindruck, dass es gar keine Frauen sind, sondern verhüllte Mumien. Ich bin immer wieder versucht, ihre Schleier vom Gesicht zu reißen, auf den Straßen Kabuls begriff ich erst richtig die Worte: Verschleiern, Entschleiern, den Schleier vom Gesicht reißen.

Ich sage Hartmut, dass ich am liebsten so einer Frau den Schleier vom Gesicht reißen möchte, nur um zu sehen, was für ein Gesicht sich dahinter verbirgt. Er antwortete gleichmütig: Dann wärst du in fünf Minuten von den Männern hier auf der Straße gelyncht. Aber weißt du, nach ein paar Tagen siehst du das schon nicht mehr. Du gewöhnst dich daran. Das Schlimme aber ist, dass man nach ein paar Jahren auch die Armut nicht mehr bemerkt. Man wird gleichgültig.

Ich gebe auch Bettlern kaum noch was. Zwei Bettler kenne ich, die sind reiche Leute. Das gibt's. Nur an eins kann ich mich nicht gewöhnen, wirft Achmed ein, und werde es wahrscheinlich auch nicht, im Winter die Erfrorenen auf den Straßen. Ich kann einfach nicht über die Toten hinwegsteigen. Wenn ich mal einen Toten sehe, mache ich einen Umweg, um nicht an ihm vorbeigehen zu müssen, aber dieser Umweg ist kein Ausweg. Nein, ich kann mich nicht daran gewöhnen, sagt Achmed mit Nachdruck.

Mir ist, als erzählten sie Schauermärchen.

Ich würde gerne stehen bleiben und die Teppiche mit ihren bunten Farben und abstrakten Mustern betrachten. Keine Tiere, keine Menschen sind auf den Teppichen dargestellt, nur Pflanzen, Blumen, Ornamente. Der Islam verbietet die Nachbildung eines menschlichen Gesichtes und auch Abbildungen von Tieren. Wenn wir stehen bleiben, umringen uns sofort einige Händler, die ihre Teppiche anpreisen.

Auf dem Steingeländer der Brücke über den Kabul River leuchten die Teppiche in der Sonne.

In der Nähe der Hauptpost kaufe ich Ansichtskarten, die ich mit nach Hause nehmen werde, um meiner Familie und meinen Freunden zu zeigen, wie es in diesem Lande ist, die Armut erscheint sowieso nicht auf Ansichtskarten, von der muss ich ihnen erzählen, die Armut ist auf keiner Ansichtskarte in der Welt zu sehen, immer sind es nur die Schönheiten der Natur und die Errungenschaften der Zivilisation.

Auf einer der Karten fließt der Kabul River durch die Stadt. So sieht es im Frühjahr hier aus, sagt Hartmut, wenn der Schnee schmilzt auf den Bergen, dann ist der Kabul River ein schöner Strom. Das Wasser ist blau, durchsichtig und kalt.

Kabul ist eine relativ saubere Stadt, obwohl es keine unterirdische Kanalisation gibt, die Abwässer laufen an den Straßenrändern in offene Gräben und von dort fließt alles in den Kabul River. Im Winter wird der Gestank gemildert durch die kalte Luft, im Sommer wäre es unerträglich, wenn nicht die starke Strömung des Flusses die Abwässer fortspülte.

In einem Graben sehe ich Gedärme, einen gehäuteten Hammelkopf, der ganz weiß ist, Knochen, Hammelpfoten. Ein ekelerregendes Bild. Hartmut muss um die Ansichtskarten feilschen, er handelt ein paar Afs herunter (22 Afs = 1 DM). Wenn man auf einer Bank Geld eintauschen will, dann ruft ein Bankangestellter erst im Bazar beim schwarzen Markt an, wie hoch der Kurs steht. Der schwarze Markt ist ein offiziell geduldeter grauer Markt.

Die Deutsche Mark ist sehr gefragt.

Die Häuser sind weiß oder orange gestrichen. Vor einem halben Jahr erließ die Regierung eine Verfügung, dass jeder sein Haus zu streichen habe, zumindest die Fassade zur Straße.

Die Häuser werden immer höher in die Berge hinauf gebaut. Das sieht gut aus, sage ich. Hartmut sagt, aber auf die Berge führen keine Straßen, nur steinige Pfade, alles muss hinaufgetragen werden, es gibt an den Bergen keine Abwassergräben, die Brühe läuft einfach irgendwo hinunter, und auch Wasserleitungen sind nicht verlegt, das Wasser muss hinaufgetragen werden. Aber elektrisches Licht gibt es.

Später, abends, sehe ich die Lichter von den Bergen blinken und Hartmut erzählt mir von zwei Amerikanern, die von Pakistan kommend nachts mit ihrem Auto in Kabul ankamen, die Lichter sahen und froh darüber waren, dass es auch in Kabul Hochhäuser gibt. Die Berge, an denen die kleinen Häuser stehen, sind sehr steil. Hartmut wusste allerdings nicht, was die beiden Amerikaner am anderen Morgen gesagt haben, als sie ihren Irrtum erkannten. Ich bleibe immer wieder stehen und sehe Männern zu, die auf zweirädrigen, drei Meter langen Holzkarren alles Mögliche transportieren: Holz, Steine, Zement, Eisen, Nahrungsmittel … Drei Männer ziehen und schieben je nach Gewicht des Karrens und der Schwere der Lasten. Die Männer sind kräftige, dunkelhäutige, finster dreinsehende Gestalten. Die Karren heißen »Karachi«.

Das ist eine Sklavenarbeit, sage ich zu Hartmut.

Er erwidert, die Männer verdienen gut, sind gefragte Leute, die viel billiger transportieren, als wenn man sich etwas mit dem Lastwagen anfahren lassen muss, das können sich nur die Europäer leisten und die Amerikaner.

Ich werde diese Kulis noch oft sehen, stehen bleiben und ihnen ratlos nachsehen. Hartmut, den ich auf die finsteren Gesichter der Männer anspreche, antwortet ungeduldig: Ich möchte mal sehen, was du für ein Gesicht machen würdest, wenn du jeden Tag, von Sonnenaufgang bis Sonnenuntergang, so einen Karren ziehen und schieben müsstest.

Ich denke, so müssen früher die Sklaven ausgesehen haben.

Sigi und die Kinder sind da, als wir zum Mittagessen nach Hause kommen. Während des Essens machen sie Pläne für mich, aber mir ist es lieber, wir lassen uns überraschen.

Hartmut hat für den Abend ein paar Freunde eingeladen. Nach dem Essen füttert er die Vögel in seiner Voliere hinter dem Haus. Hartmut hat viele Vogelarten gesammelt, sie kennen ihn, fressen ihm aus der Hand, setzen sich auf seinen Kopf und seine Schultern. Als ich die Voliere betreten will, beginnt ein entsetzliches Kreischen.

Ich spiele mit den Hunden. Sie sind zutraulich, Susi, die ich streichle, lässt Hartmut nicht aus den Augen, er sagt, sie sei eifersüchtig auf die Vögel und würde sie am liebsten alle totbeißen, manchmal stehe sie vor der Voliere und winsele.

Hartmut bezahlt für sein Haus über tausend Mark Miete im Monat, als Europäer ist er gezwungen, in der Europäerkolonie zu leben. Auch wohlhabende Afghanen haben sich in der Siedlung niedergelassen. Wo vor Jahren noch Steinwüste war, stehen heute ausschließlich Bungalows. Zwei Kilometer von der Siedlung entfernt wurde ein modernes Krankenhaus errichtet.

Alles ist hier in Fluss, sagt Sigi, das ist ein Land im Aufbruch aus einem Jahrtausendschlaf, hier ist man im wahrsten Sinne des Wortes noch Pionier. Ich erwidere: Schmutz, Dreck, wohin man sieht, und dann diese kaum vorstellbare Armut.

Sicher, sagt sie, die Moslems haben, so scheint es, ein gestörtes Verhältnis zur Hygiene, was eigentlich verwunderlich ist, denn gerade der Islam ist die Religion, die am meisten zur Sauberkeit anhält, Fußwaschungen, Mundwaschungen.

Mohammed war ein weiser Mann, er kannte seine Pappenheimer, aber auch er wusste nicht, dass die Waschungen heute nur noch Symbolcharakter haben, und oft ist Hygiene auch Luxus, weil kein Wasser da ist. Alle Überlegungen, ob Einzelner oder des Staates, gehen vom Wasser aus, und dann, was stinkt, das ist die Armut. Armut stinkt überall auf der Welt, nicht nur in Kabul.

Ich erfahre, dass ein Minister in Afghanistan weniger verdient als ein deutscher Angestellter am Goethe-Institut, nicht einmal so viel wie eine Sekretärin am Institut. Ein Bruder des auf Honorarbasis arbeitenden einheimischen Sprachlehrers ist Staatssekretär, sein Gehalt ist um die Hälfte niedriger als das seine. Es würde böses Blut schaffen, wenn er seinem Familienclan erzählte, was er wirklich verdient, die afghanischen Angestellten im Goethe-Institut werden nach deutschen Tarifen bezahlt, durch den meist günstigen Umrechnungskurs sind sie für afghanische Verhältnisse wohlhabende Leute in ihrem Land, sie können sich ein Haus bauen, ein Grundstück kaufen, und Grundstücke sind in Kabul auch nicht mehr für ein Butterbrot zu haben, und sie können sich sogar Möbel kaufen, die der größte Luxus des Landes sind, weil sie aus Europa eingeführt werden müssen. In Afghanistan sind sie reiche Leute.

Nachmittags gehen wir durch das Europäerviertel spazieren, und ich sehe mir die Häuser an. Um jeden Bungalow ist eine hohe Mauer gezogen. Die Architekten können hier noch das bauen, was sie sich vorstellen, sie unterliegen keinen staatlichen Auflagen.

Weißt du, sagt Hartmut, die Menschen hier haben noch

Phantasie. Ich habe mal mit einem Architekten gesprochen, der hat sich ein halbes Jahr zu Studienzwecken in Europa aufgehalten, der war auch in der Bundesrepublik, der hat sich die Wohnsiedlungen angesehen, er war entsetzt, er hat mir gesagt, wenn die deutschen Architekten so viel Phantasie für die Wohnungen der Menschen aufwenden würden wie für den Bau von Hundehütten, dann würden die Menschen, die in solchen Wohnungen ihr Leben zubringen müssen, nicht verrückt. Ihr Europäer mokiert euch, wenn ihr ein Nomadenzelt seht, sprecht von Rückständigkeit, aber für mich ist ein Nomadenzelt immer noch wohnlicher als diese gleichförmigen Kästen in den deutschen Vorstädten, wo sich sogar ein Hund verlaufen kann, wenn sein Geruchssinn ihn im Stich lässt.

Unter den einheimischen Gästen am Abend sind ein Chefarzt, der in der Bundesrepublik studiert hat, ein Geologe und ein Professor der Philosophie. Bei all ihrer Weltoffenheit ist ihre Religion doch wie eine Kapsel, die sie nicht aufbrechen dürfen und wollen, wenn sie in ihrer Gesellschaft etwas gelten und werden sollen.

Die Frauen, so weit sie mitgekommen sind, tragen europäische Kleidung, und sie sprechen nur dann, wenn sie direkt gefragt werden. Obwohl diese Männer in führenden Positionen sind und obendrein im westlichen Ausland studiert haben, verteidigen sie, wenn auch versteckt, die Unterprivilegierung der Frau.

Einer Frau ist es unmöglich, in ein anderes Land zu fahren, sie braucht außer ihrem Pass auch noch die schriftliche Erlaubnis von zwei männlichen Angehörigen des Familienclans, sonst wird sie an der Passkontrolle zurückgewiesen, wenn sie überhaupt bis dahin vordringt.

Eine Männergesellschaft, die auf mich einen trostlosen Eindruck macht. Die Frau der letzte Dreck: Eine Gebärmaschine, denn je mehr Kinder sie zur Welt bringt, desto angesehener ist sie. Der Mann darf sie schlagen, verstoßen, aussperren, verbannen, sie ist auf dem Feld und zu Hause ein zusätzliches Tragtier, absolutes Eigentum des Mannes wie sein Kamel, sein Auto.

Die Frau ist kein Mensch, sie ist ein Gegenstand.

Als sich die Gäste um Mitternacht verabschiedet haben, bin ich empört, aber Hartmut sagt gleichmütig: Was willst du, auch in der Bibel steht, die Frau sei dem Manne untertan. Und die katholische Kirche hat dann noch die Marienverehrung eingeführt, damit die wirkliche Unterdrückung der Frau nicht so krass sichtbar wird, wie hier in dem Lande.

**Sonntag, 1.12.1974**

Ich wache früh auf.

Ich liege im Bett und lese im »book of records«: Die größte Buchhandlung der Welt ist in London in der Charing Cross Street, auf fünfundvierzig Kilometer langen Regalen lagern fünf Millionen Bände. Die kinderreichste Mutter war die Frau des russischen Bauern Wassilet; als sie 1872 starb, hatte sie mit siebenundzwanzig Schwangerschaften neunundsechzig Kinder zur Welt gebracht.

Ich stehe auf und öffne das Fenster. Die Luft ist klar und kalt. Die Berge sind zum Greifen nah, auf den Gipfeln ist rötliches Licht. Ich höre Stimmen unter dem Fenster meines Zimmers, vier Arbeiter schachten einen Kabelgraben aus. Einer arbeitet, drei sitzen an der Wand eines Trafohäuschens und wärmen sich in der Sonne. Ich sehe ihnen eine Weile zu, ich denke, bei diesem Arbeitstempo werden sie an dem Schacht eine Lebensaufgabe gefunden haben, eine Arbeit, die für ihr ganzes Leben reicht.

Hartmut sagt mir beim Frühstück, was sollen die Männer schnell arbeiten, sie verdienen gerade so viel, dass sie sich von ihrem Verdienst jeden Tag das kaufen können, was sie unbedingt zum Leben brauchen, um nicht zu verhungern. Milch gibt es nur für Europäer.

Gegenüber dem Haus sitzt tagsüber ein Taubstummer, der Hartmuts Haus und die Straße bewacht.

Ein Taubstummer?, frage ich.

Ihm entgeht nichts, sagt Hartmut, er hört sogar eine Maus huschen und die Hunde an ihren Tritten. Der Taubstumme lebt von Almosen, die ihm die Bewohner der Straße geben, und von einer kleinen Rente.

Die dünne Luft bekommt mir anscheinend gut, ich esse reichlich zum Frühstück. Olaf muss zur Schule, Anita spielt allein, Sigi fährt wieder zur Universität, sie nimmt sich ein Taxi, weil Hartmut den Wagen braucht, Taxis sind billig, Hartmut füttert im Hof die Hunde, die Wollknäuel purzeln über dem Fressnapf durcheinander. Susi kommt gelaufen und stupst ihren Nachwuchs zur Ordnung.

Wir fahren in die Stadt und laufen durch einen der vielen Bazare. Er ist klein und ärmlich. Hier wird verkauft, was in der Bundesrepublik weggeworfen wird. Alles ist hier wertvoll. Eine Schraube, ein Stück verrosteter Maschendraht oder eine kurze Plastikschnur können die in einen Freudentaumel stürzen, die solchen Plunder erhandeln. Trotzdem kann man in einem Bazar alles kaufen, nur auf U-Boote muss man drei Tage warten.

Die Armut grinst aus allen Löchern. In einem Kellerloch sitzt ein Schneider an einer alten Singermaschine, die noch mit der Hand betrieben werden muss. Die Häuser sind Löcher, der Dreck hält sie zusammen. Unwillkürlich fällt mir die Passage in Bölls Roman ein, wo ein Mann berichtet, dass das Haus, in dem er seit Wochen allein wohnt, vier Badezimmer hat und der Hund einen eigenen Raum besitzt, der allein so groß ist wie die Wohnung seiner Familie, von der er getrennt lebt.

Ich ertappe mich dabei, die Armut als etwas Exotisches zu betrachten, ich besichtige sie. Obwohl ich betroffen bin und erschrecke und Mitleid fühle, tut mir mein Mitleid nicht weh. Ich kann ja fortgehen, wenn es mir nicht mehr passt, wenn mir der Anblick doch weh tun sollte. Was hatte Hartmut gesagt? Man gewöhnt sich daran, nach einiger Zeit siehst du alles schon als selbstverständlich an.

Wir gehen in eine Bäckerei. Ich stehe und staune. Fünf Männer sind da beschäftigt, jeder hat, vom Fertigen des Teiges bis zum Herausnehmen der Fladen aus dem glühenden Ofen, seine Handgriffe. Alle zehn Sekunden kommt aus dem Ofen ein fertiges Brot, das noch warm an die Leute auf der Straße verkauft wird. Der Mann aber, der die Fladen in die Glut legt, lässt mich nicht mehr los.

Der verbrennt sich doch, sage ich zu Hartmut. Er nickt und antwortet, als wäre das die selbstverständlichste Sache der Welt: Aber der spürt nichts, der ist gut geschützt.

Die Bewegungen des Mannes haben etwas Unheimliches und zugleich Tänzerisches an sich, ich kann mich nicht losreißen, auch wenn Hartmut zum Weggehen drängt. Der Mann, der die Fladen an die Innenseiten des glühenden Ofens klatscht, hat seine Hände und Arme bis zu den Schultern mit feuchten Tüchern umwickelt, auch der Kopf ist mit Stoffresten eingewickelt, nur Augen und Nase sind frei. Mein Gott, denke ich, ein aufgezogener Mechanismus, der zu einer bestimmten Stunde am Tag eingeschaltet und zu einer bestimmten Minute am Tag wieder ausgeschaltet wird. Ist das Leben oder Drangsal. Hartmut sagt wieder: In unserer ach so komfortablen Zivilisation würden Menschen auch erschrecken, wenn sie sehen würden, wie manche Leute arbeiten müssen, unter welchen Bedingungen, aber um unsere Fabriken sind Zäune und durch die Tore kommt nur der, der darin arbeiten muss.

Wir kaufen zwei Fladen. Das Brot ist noch heiß, es schmeckt gut, wir reißen Stücke ab und gehen kauend weiter. Hungrige Kinder sehen uns zu. Ich hätte ihnen gern mein Brot geschenkt, tat es aber nicht, weil ich fürchtete, sie zu beleidigen. Ich sage das Hartmut, aber er antwortet nur, die Armut sei so groß hier, dass man sich Gefühle wie Beleidigtsein nicht leisten könne, ich würde nur einen Auflauf hungriger Kinder provozieren. Die Kinder betteln nicht, sie sehen dich nur an.

Wir stehen in der Innenstadt am Straßenrand vor einem Graben mit Abwässern, im Graben liegt stinkender Abfall, die Abwässer sind eine Kloake, die Kloake stinkt wie eine Jauchegrube.

Ein Händler verkauft an diesem Graben enthäutete Hammelköpfe und Innereien. Hartmut sagt neben mir: Ich habe schon gesehen, wie Moslems vom Land draußen mit dem Wasser hier im Graben ihre rituellen Mundwaschungen vollzogen haben.

Ich war nahe daran, mich zu erbrechen.

Entschuldige, sagte er, als er meinen Ekel bemerkte, ich wusste ja nicht, dass du so zart besaitet bist.

Diese widerlichen nackten, bläulich weißen Hammelköpfe in der Kloake hatten plötzlich etwas Bedrohliches für mich.

Um halb elf sind wir, Hartmut, Schürmann und ich, zum Botschafter geladen. Das Botschaftsgebäude sieht wie eine moderne Schule aus und ist mit braunen Klinkersteinen verblendet. Es gibt Tee und Plätzchen.

Was spricht ein deutscher Schriftsteller mit einem deutschen Botschafter im Ausland? Was redet ein deutscher Botschafter im Ausland, der einen deutschen Schriftsteller empfängt? Wahrscheinlich lässt er sich von seinem Referenten über die Person des Autors unterrichten. Aber es gibt auch Botschafter, die deutsche Autoren kennen und auch lesen, ich denke an Stoecker in Stockholm, bei dem ich acht Tage vor dem Überfall auf die Botschaft zum Essen geladen war.

Während ich in Kabul mit dem Botschafter spreche, fällt mir eine Geschichte ein. Es war beim Empfang im Generalkonsulat in Göteborg. Eine schwedische Kollegin war dabei, sie sprach nicht besonders gut Deutsch, aber sie wollte unbedingt wissen, was ein Generalkonsul ist. Der Generalkonsul, ein höflicher Mann, erläuterte ihr eine Viertelstunde lang, was zu den Aufgaben eines Konsuls gehöre, insbesondere in so einer wichtigen Hafenstadt wie Göteborg. Meine schwedische Kollegin nickte, sie verstand, was der Diplomat sagte, ihr schien die Funktion eines Konsuls einzuleuchten, fragte dann aber zum Schluss, als der Generalkonsul nichts mehr zu sagen wusste: Gut, gut, aber was ist General.

Botschafter Hoffmann ist ein gut situierter Herr, er macht es mir leicht, über die Anstandsrunde zu kommen und erzählt von seiner langen Dienstzeit, zuletzt residierte er in Colombo. Er wünscht mir zum Schluss noch einen angenehmen Aufenthalt und sagt, sollte ich Schwierigkeiten bekommen, sollte ich mich getrost an ihn persönlich wenden, dazu sei er ja schließlich da.

Draußen sind zwanzig Grad Wärme. In der Nacht waren fünfzehn Grad unter null.

Das Botschaftsgebäude steht hinter einer zwei Meter hohen Mauer. Handwerker sind dabei, auf die Mauer Eisenzacken zu setzen und Stacheldraht zu befestigen. Aus dem unteren Stockwerk und aus dem Parterre wurden die Glasscheiben aus den Fenstern entfernt und durch Panzerglas ersetzt.

Was soll das?, frage ich.

Hartmut sagt: Zum Schutz gegen Aufständische.

Aber, denke ich, kommt es wirklich zu einem bürgerkriegsähnlichen Zustand, dann werden befestigte Orte immer zuerst beschossen, unbefestigte höchstens besetzt.

Unweit des Botschaftsgebäudes sitzt auf der Bordsteinkante ein Bettler, ein Krüppel. Er hat keine Hände, nur Stumpen, die mit schmutzigen Lappen umwickelt sind. Hartmut gibt ihm eine Münze. Der Mann ist von Geburt an blind und hat sich die Hände erfroren, die Glieder der Hände sind nach und nach abgefallen. Das ist ein armer Bettler, sagt er, dem gebe ich immer etwas.

Woher weißt du, frage ich, dass er ein armer Bettler ist.

Hierzulande kennt man Bettler besser als Minister, antwortet mir Achmed. Die Afghanen geben nur den reichen Bettlern, weil sie einflussreiche Leute in der Stadt sind, und nicht nur in der Stadt, sie haben auch über das Land ihre Außenstellen verteilt, und die reichen Bettler könnten einmal nützlich sein. Die Europäer und die Amerikaner geben nur den armen Bettlern.

Nicht nur in der Dreigroschenoper, auch in Kabul gibt es eine Bettler-Gang, man tut gut daran, sich mit ihr nicht schlecht zu stellen.

Ja, es gibt nun mal Dinge, die gibt es nicht.

Um halb zwölf fahren wir zum »Kanonenberg«, fünf Kilometer außerhalb von Kabul. Der »Kanonenberg« ist ein Hügel. Der Weg zum Hügel, den wir fahren, ist kein Weg, nur eine steile und steinige Mulde. Die Steine knallen unten an die Verkleidung, ich schrecke zusammen, es tut mir weh. Aber es kann nichts passieren, Hartmuts Wagen ist unten gepanzert.

Er sagt, man müsste hier eigentlich Landrover fahren mit Vierradantrieb, aber die sind zu teuer.

Auf dem Hügelplateau wird jeden Tag, genau um zwölf Uhr, aus einer Kanone, die 1841 in der Schlacht gegen die Engländer erbeutet worden sein soll, ein Schuss abgegeben, damit die Leute in der Stadt wissen, wie spät es ist und ihre Uhren danach stellen können, falls sie welche besitzen. Drei Soldaten halten an der Kanone Wache. Die Kanone ist schon geladen, als wir ankommen, ein alter Mann steht stramm und hält eine Uhr in der Hand, dann legt er Feuer an die Lunte. Der Schuss ist sehr laut.

Die Uhr wird dem alten Mann an der Kanone für seinen Dienst zur Verfügung gestellt. Die Soldaten tragen alte deutsche Stahlhelme.

Der Schuss hallt wider aus den Tälern, von der Stadt herauf, und Hartmut sagt mir, bei guten Luftverhältnissen ist er im Land draußen weit zu hören.

Wir geben den Soldaten Zigaretten, sie rauchen mit uns, sie sind freundlich und ärmlich gekleidet, aus ihren zerlumpten Schuhen hängen Fußlappen.

Die Soldaten erhalten einen so niedrigen Sold, dass sie davon nicht leben können. Während ihrer Dienstzeit versorgt sie der Familienclan, sonst würde es ihnen noch schlechter gehen, als es ihnen ohnehin schon geht. Eine verheiratete Frau erhält für die Zeit keine Unterstützung vom Staat, in der ihr Mann beim Militär ist. Auch hier muss der Clan einspringen. Ohne Familienclan gäbe es kaum eine Chance zu überleben, die Familie ist alles, sie ist Sicherheit, das erfahre ich später von einem Afghanen.

Vier Mädchen, europäisch gekleidet, flirten mit uns, ihre schwarzen Augen leuchten, sie werden mit der Zeit geradezu aufdringlich. Schöne Mädchen.

Hartmut sagt: Schau nicht auf die Beine, schau in die Augen.

Wir bleiben noch einige Zeit auf dem Plateau und sehen ins Tal hinunter und auf die gegenüberliegenden Berge. Eine schöne Aussicht. Von Kabul sind nur wenige Häuser zu sehen, die Stadt liegt hinter einem Bergvorsprung. Über eine hohe Bergkette führt eine allmählich verfallene Mauer, die frühere Stadtbefestigung. Vor ihrer Zerstörung war Kabul von dieser Mauer eingeschlossen und gesichert. Eine Nachahmung der chinesischen Mauer.

Die Mädchen kokettieren mit uns, sie tänzeln vor uns und lachen uns auffordernd an. Ich will auf den Flirt eingehen, aber Hartmut sagt: Lass die Finger davon.

Sie geben uns zu verstehen, dass sie im Wagen mitgenommen werden wollen. Hartmut erzählt mir, dass schon in Berichten englischer Offiziere aus dem vorigen Jahrhundert zu lesen ist, die Mädchen und jungen Frauen Afghanistans wären nicht nur schön, sondern auch sexuell enthemmt, wenn man sie entschleiert. Sie mögen besonders europäische Männer und wörtlich hieß es im Bericht eines englischen Offiziers: Manche Mädchen werden zu diesen »Kontakten« ausgebildet, um durch ihre erotische Kunst die Männer zum Geschlechtsakt zu verführen, um sie dann zum mohammedanischen Glauben zu bekehren.

Ich muss lachen.

Hartmut weist die Mädchen ab, ich hätte sie gerne im Wagen mitgenommen. Aber je aufdringlicher sie werden, desto brüsker wird Hartmut. Plötzlich scheint er seinen Humor verloren zu haben, er macht ein finsteres Gesicht und hat es plötzlich sehr eilig, in den Wagen zu kommen.

Auf der Rückfahrt frage ich ihn, warum er so unfreundlich zu den Mädchen gewesen sei.

Es sei gefährlich, sagt er mir, Mädchen in einem Auto mitzunehmen, sie könnten ihren Vätern erzählen, wir hätten sie angerührt, vielleicht ist auch eine Verheiratete dabei, denn ein junges Mädchen, das noch wie ein Kind aussieht, kann trotzdem verheiratet sein.

Hartmut sagt: Ist ein Mädchen unverheiratet, muss man es heiraten, um die Schande zu tilgen, ist die Frau verheiratet, muss man zahlen für die Schmach. Wenn man nicht zahlen kann oder will, dann landet man unweigerlich im Gefängnis und sitzt dort so lange, bis man bezahlt hat oder einen Bürgen findet, der einen mit Geld auslöst. Auch die Botschaften sind in diesen Fällen machtlos, der Islam hat strenge Gesetze, sie zu verletzen ist sowohl für einen Moslem als auch für einen Christen nicht ungefährlich.

In die Stadt zurückgekehrt, fährt er mich am Gefängnis vorbei, er hält an, deutet auf einen Gebäudekomplex und fragt: Möchtest du da drinnen sitzen?

Von außen sieht es doch aber gar nicht so übel aus, antworte ich.

Da drinnen sitzt ein Deutscher, das Mädchen hat ausgesagt, er habe es vergewaltigt, er ist ein armer Hund, er war mit seinem VW auf der Durchreise nach Indien, er kann nicht zahlen, der Vater des Mädchens verlangt fünfzigtausend Afs. Vielleicht überlebt er den Winter, vielleicht nicht. Inschallah, erzählt Achmed weiter. Es gibt in den Gefängnissen keine Heizung, im Sommer keine Kühlung, es gibt kein Essen von der Gefängnisverwaltung, nur täglich einen Liter Tee und einen Fladen Brot. Dass nicht mehr sterben, liegt daran, dass sie von ihren Angehörigen versorgt werden, der Deutsche bekommt seit seiner Inhaftierung sein Essen von der Botschaft. Und dass nicht mehr erfrieren, liegt daran, dass in der Regel in einer Zweimannzelle sechs bis acht Mann untergebracht sind, die sich gegenseitig wärmen. Aber weißt du, das Schlimme ist nicht, dass du Gefahr läufst zu erfrieren oder zu verhungern, das Schlimmste ist, dass du einfach vergessen wirst … einfach vergessen. Viele krepieren in den Gefängnissen, obwohl sie ihre Strafe längst abgesessen haben, weil sie vergessen wurden. Polizei und Justiz kümmern sich ausschließlich darum, dass du hineinkommst, es gibt aber keine Behörde, die dafür zu sorgen hat, dass du auch wieder herauskommst. Dafür ist keine Behörde zuständig, wenn du den Instanzenweg gehen willst, siehst du nur Beamte, die ihre Kompetenz leugnen und beteuern, dass sie damit nichts zu tun haben. Aber Allah ist groß, und Mohammed ist sein Prophet.

Bei Hartmut lerne ich einen Münchner kennen, der mit dem Motorrad nach Indien unterwegs ist, in Kabul muss er warten, weil er einen Motorschaden hat und auf ein Ersatzteil wartet, das aus Deutschland eingeflogen werden muss. Er ist Rechtsanwalt und hat während seines Zwangsaufenthaltes einen Franzosen aus dem Gefängnis geholt, der nachweislich unschuldig eingesperrt worden war, aber da man im Zweifelsfall doch lieber einen Europäer einlocht, weil mit ihm ein Geschäft zu machen ist und Devisen gebraucht werden, wurde er statt des schuldigen Afghanen in die Zelle gesteckt. Der Franzose sollte ein Kind überfahren haben, er wurde verhaftet, als er dem Kind erste Hilfe leistete. So einfach ist das alles.

Der Münchner sagt mir: Bevor mich der deutsche Justizapparat frisst, will ich noch eine große Reise machen, wenn ich im Beruf stehe, werde ich diese Freiheit nicht mehr haben, ich will jetzt etwas von der Welt sehen und andere Menschen kennen lernen, das hilft mir vielleicht später in meinem Beruf.

Einmal ist er nachts spät in sein Hotel in Kabul zurückgekommen, in die Innenstadt. Das Hotel war verschlossen. Einen Nachtportier hat es nicht. Die beiden Polizisten, die er auf der Straße vor dem Hotel traf, zeigten ihm, wie er über Mauern und Hinterhöfe in das Hotel gelangen konnte. Sie halfen ihm sogar, die Mauer zu überklettern. Schließlich kann man einen Europäer nicht auf der Straße nächtigen lassen. Nach dem Mittagessen lege ich mich in den Garten in einen Korbsessel. Es ist warm, fünfundzwanzig Grad. Sigi sagt, in der kommenden Nacht würden es bestimmt zwanzig Grad unter null werden, hier hat man es im Winter mit Temperaturschwankungen von vierzig bis fünfzig Grad zu tun.

Ich spiele mit den Hunden und überlege, was ich am Abend im Institut lesen werde, ich weiß nie genau vorher, was ich lese. Sigi sagt, du musst doch wissen, was du liest.

Nein, sage ich, ich lasse mich jedes Mal überraschen. Ich weiß nie vorher, was ich lesen werde.

Du bist komisch, sagt sie.

Vielleicht bin ich komisch, antworte ich ihr.

Sie sagt, lies doch aus deinem letzten Roman.

Der hängt mir schon zum Hals raus, den kenne ich schon auswendig, antworte ich ihr.

Umso besser, erwidert sie, dann wirst du dich auch nicht versprechen.

Schade, dass die Wollknäuel größer werden.

Ich frage Hartmut, was willst du mit vier Hunden, wenn sie größer sind, fressen sie dir die Haare vom Kopf.

Die fressen sie mir jetzt schon, antwortet er.

Ich sage ihm, wenn ich wieder einmal nach Kabul komme, dann hast du nicht vier Hunde, sondern vielleicht sechzehn. Fünfzig Vögel hast du ja schon.

Es geht doch nicht ums Geld, wir verdienen ganz gut und das Leben ist hier noch relativ billig, aber schlimm wird es, wenn man wieder weg muss, in unserem Beruf bleibt man nur sechs Jahre an einem Ort, wohin dann mit den Tieren, es ist nicht einfach, Europäer zu finden, die die Tiere nehmen.

Er macht dabei ein leidendes Gesicht.

Günter kommt auf einen Sprung herein. Er scheint Sorgen zu haben, ist maulfaul und sitzt herum und stört nur mit seinem Schweigen. Als er nach ein paar Minuten wieder geht, sagt Hartmut: Da musst du dir nichts daraus machen, wenn der nach einer Stunde wiederkommt, erzählt er dir Witze.

Ich will spazieren gehen. Sie raten ab. Ein Europäer geht nicht allein spazieren, schon gar nicht hier in diesem Viertel, ein Europäer fährt mit seinem Auto oder fährt Taxi, es ist nicht gefährlich, allein zu gehen, nein, aber man tut es nicht. Niemand wird belästigt.

Das Haus ein Gefängnis?, frage ich.

So ungefähr. Wer hier mit sich selbst nichts anzufangen weiß, der wird nach einiger Zeit verrückt. Kein Fernsehen, kein Kino, kein Nachtleben, kein Amüsement, nur Bücher und Menschen, das Gespräch mit Menschen, das Gespräch mit Büchern.

Hartmut schreibt Gedichte, und Sigi vermutet, Günter schreibt Briefe an eine ferne Geliebte.

Abends bei der Lesung ist der Saal voll.

Ich wundere mich, wo die Menschen herkommen.

Hartmut hatte wochenlang im Sprachunterricht Texte von mir lesen lassen, auch viele Deutsche sind gekommen.

Hartmut freut sich, er sagt, bei solchen Gelegenheiten lerne man wenigstens auch mal die Deutschen in Kabul kennen, die nie das Institut betreten, die man sonst nur auf Partys trifft.

In der anschließenden Diskussion geht es wieder um die Situation in der Bundesrepublik und um die Frage, ob Literatur Veränderungen bewirken könne. Natürlich kann Literatur verändern, mich zum Beispiel hat sie verändert.

Das Publikum ist höflich, nicht aggressiv, trotzdem habe ich am Ende wieder ein nass geschwitztes Hemd.

Günter schlägt vor, noch in ein Lokal zu gehen. Ich frage, gibt es denn hier Lokale, in die ein Europäer gehen kann?

Das ist ein Geheimtipp, erwidert Hartmut, dort gibt es Hammel am Spieß.

Das Lokal liegt außerhalb des Stadtzentrums gegenüber der Flussmauer, es ist eine schmutzige Bretterbude, an den Wänden kleben aus Illustrierten ausgeschnittene Fotos, vor dem Lokal an der Mauer werden Fleischstücke auf Holzkohle gegrillt. Wir müssen eine halbe Stunde warten, bis das Fleisch gar ist. Es ist kalt geworden. Während wir im Lokal warten und Tee trinken, unterhält sich Günter draußen mit drei persischen Botschaftsangestellten, die sich, wie er später sagt, wie Besatzer Afghanistans benehmen und so aufschneiden, als wäre Persien der Nabel der Welt.

Das gegrillte Fleisch ist gut und zart und auch das Brot, das dazu gereicht wird. Hartmut bezahlt für das Essen für uns vier umgerechnet sechs Mark, die Knochen nimmt er seinen Hunden mit. Wir hören sie noch eine Stunde später im Garten fressen.

Aber täusch dich nicht, sagt Hartmut, was wir gegessen haben, ist für einen normal verdienenden Afghanen ein Jahrhundertessen.

Im Bett lese ich noch im »book of records«: Der kürzeste Briefwechsel fand zwischen Victor Hugo und seinem Verleger statt, Hugo wollte wissen, wie sich sein neues Buch verkauft und schrieb einfach ein Fragezeichen. Der Verleger antwortete mit einem Ausrufezeichen.

Montag, 2.12.1974

Über Nacht waren achtzehn Grad unter null.

Hartmut hackt das Eis in der Voliere auf, damit die Vögel Wasser haben. Die vier Arbeiter hinter dem Haus, die an dem Kabelgraben arbeiten, stehen um ein Feuer, das sie sich auf der Straße gemacht haben. Ihre Füße sind mit Lumpen umwickelt, keiner trägt Schuhe, ihre Umhänge sehen aus wie abgetragene Militärmäntel, ihre Köpfe sind in einen Schal eingehüllt, nur die Augen liegen frei. Sie sehen zu mir herauf, ich winke ihnen zu, aber sie winken nicht zurück.

Der Himmel ist blau wie Lapislazuli, das Licht auf den Bergspitzen orange. Die Berge sind weit weg.

Beim Frühstück spreche ich mit Hartmut über die Situation im deutschen Verlagswesen, er meint, dass man seine Bücher jetzt wohl selbst verlegen müsse, wenn die Verlage nur noch gewinnbringende bis kostendeckende Auflagen kalkulieren, das sei der Tod der jungen Literatur.

Wir nehmen Sigi und Anita in die Stadt mit. Sigi muss einkaufen, sie hat ihre Stammläden, in die sie als Frau allein gehen kann, mit dem Kind an der Hand wird sie als europäische Frau nicht belästigt. Das Kind schützt sie.

Wir parken den Wagen an der Flussmauer. Ich will für Sigi einen Blumenstrauß kaufen. Erst im dritten Laden werden sich Hartmut und der Verkäufer über den Preis einig.

Wieder auf der Straße, erklärt mir Hartmut, dass man um alles handeln und feilschen müsse, weil man sonst in den Augen der Afghanen seine Achtung verloren habe. Du bist dann einfach kein Mann mehr, sondern ein Weib, und was das heißt, das hast du wohl in den letzten Tagen mitbekommen.

Was das Feilschen Zeit kostet, sage ich.

Na und? Zeit ist das Einzige, was man hier im Überfluss hat, noch hat, und dann, das Handeln macht das Leben doch erst schön, Feilschen ist eine Kunst.

Mittags sind wir bei Schürmann eingeladen. Ein gepflegtes Haus, wertvolle Teppiche, gute Küche. Mein Darm meldet sich wieder, ich muss mich unbedingt operieren lassen, wenn ich wieder nach Hause komme. Wenn nur diese Angst davor nicht wäre.

Vor Jahren war Kabul noch das Mekka derjenigen, die aus Überdruss an der Zivilisation ausbrachen. In Kabul wollten sie ihren Traum vom einfachen Leben verwirklichen. Hartmut klärt mich darüber auf, dass sich viele dieses »einfache Leben« leisten konnten, weil sie am Monatsletzten ihren Scheck aus Europa oder Amerika einlösen konnten. Wenn dir dein Vater jeden Monat eine Summe zukommen lässt, dann lässt sich hier schon leben, wenn du willst, kannst du für eine Mark am Tag leben, du darfst nur keine Ansprüche stellen, und die stellten sie ja nicht, sie wollten ja einfach leben. Ich denke hier oft an den Song von Degenhardt: Die Reise zum Big Zeppelin.

Heute ist davon kaum noch etwas zu spüren, die Behörden haben streng durchgegriffen, weil sie mehr Scherereien hatten, als Devisen ins Land kamen.

Der Anblick der Armut macht mich stumm. Sie hat nur ein Gesicht, es ist hässlich. Mich zieht es wieder zum Bazar, zur Bäckerei, ich stehe unter der niederen Tür und sehe wieder dem Mann zu, der die Brotfladen an die Innenwände des glühenden Ofens klatscht. Ein Automatenmensch.

Ein zahnloser Alter bietet mir grünen Tee an. Ich lehne freundlich ab. Die Tasse ist wahrscheinlich noch nie gespült worden. Die Berge leuchten, ein eigenartiges Licht liegt über der Stadt, es schmerzt meinen Augen, wie hinter Flammen zittern manchmal Menschen und Häuser.

Schnee auf den Bergen und kein Wasser im Tal, höre ich Hartmut plötzlich neben mir sagen. Ich sehe ihn an, verstehe nicht. Er erklärt mir, dass bald auch Schnee bis in die Täler fallen wird, dieses eigenartige, dieses schmerzhafte Licht ist der Vorbote. Endlich Schnee. Viel Schnee bedeutet viel Wasser, viel Wasser bedeutet eine gute Ernte, eine gute Ernte bedeutet zumindest für ein Jahr keine Hungersnot.

Ich stehe mitten auf der Straße und sehe direkt in die Sonne, meine Augen schmerzen so, dass sie tränen, ich will sie nicht schließen, ich will diesen Schmerz, damit ich vielleicht alles um mich herum bewusster aufnehme.

Komm, sagt er.

Am späten Nachmittag fahren wir zum Mausoleum, das aussieht wie eine Moschee ohne Minarette. Das Mausoleum liegt auf einem der Berge nördlich der Stadt. Die Aussicht auf die schneebedeckten Berge ringsum und auf die Stadt unter uns im Tal ist schön. Die Sonne versinkt hinter den Viertausendern, ich suche ein Wort für dieses Farbenspiel, und Hartmut, den ich nach einem treffenden Wort frage, sagt: Kabulfarben.

Die uns zugewandten Berghänge werden langsam schwarz. In der Stadt werden auf Straßen und Plätzen kleine Feuerchen angezündet, an denen sich Menschen wärmen. Es ist kalt geworden, ich friere, von den Hängen weht ein scharfer Wind.

Die Straßenbeleuchtung in Kabul wird eingeschaltet, kein Geräusch dringt zu uns herauf, es ist still, die Stille hat etwas Drohendes.

Es ist zum Fürchten, sage ich.

Das ist nur, sagt Hartmut, weil wir solche Stille nicht mehr gewohnt sind.

Bei der Auffahrt zum Berg war mir, als hätte ich abseits der Straße Soldaten gesehen, die uns zuwinkten. Hartmut sagt, das kann schon möglich sein, hier wimmelt es von Militär. Als wir uns endlich von diesem Anblick losgerissen hatten und den Berg hinunterfahren, versperren uns drei Soldaten den Weg. Sie stehen mitten auf der Straße, einer hält sein Gewehr mit aufgepflanztem Bajonett vor die Windschutzscheibe, die beiden anderen haben ebenfalls ihre Gewehre auf uns gerichtet.

Hartmut fährt auf die Soldaten zu, ich dachte, er will an ihnen vorbeifahren, aber er bremst plötzlich scharf.

Der Soldat vor uns brüllt, fuchtelt mit seinem Gewehr herum und tippt mit dem Bajonett dauernd an die Windschutzscheibe, dass ich fürchte, sie würde jeden Augenblick zersplittern. Hartmut hat das Fenster halb heruntergerollt, er fragt und lächelt freundlich. Je länger Hartmut lächelt, desto ruhiger wird der Soldat. Schließlich lächelt auch der Soldat und wir erfahren, dass es verboten ist, nach fünf Uhr nachmittags auf den Berg zu fahren und das Mausoleum zu betreten, von fünf Uhr nachmittags bis morgens um neun ist der Berg militärisches Sperrgebiet.

Der Soldat grüßt, die beiden anderen hängen ihre Gewehre über die Schultern und wir dürfen weiterfahren. Sie winken uns sogar nach.

Hartmut sagt: Hast du gesehen, wie man hier die Probleme löst. Du darfst nur nicht aggressiv werden, du darfst nicht Recht haben wollen, du musst immer freundlich bleiben, du musst lächeln, du musst reden, dann wird dich jeder Einheimische anlächeln und du wirst sein Bruder sein. Das Volk hier kann gar nicht böse sein, die sind so arm, dass sie sich Bosheit nicht leisten können.

Ich dachte schon, der würde schießen, ich hatte Angst, sagte ich und konnte das Zittern meiner Hände nicht verbergen.

Sicher, sagt Achmed darauf, manchmal schießt auch einer, aber nicht, weil er böse auf dich ist, einfach nur aus Langeweile. Aber sie schießen nicht auf Tiere, Tiere sind zu wertvoll. Das Tier braucht man zum Überleben.

Der Schreck sitzt mir immer noch in den Gliedern.

Am Fuße des Berges, noch vor der Stadt, an der breiten Ausfallstraße nach Persien, parken kleine Mercedesbusse. Ich zähle dreißig. Auf einem steinigen Acker eine große Menschenmenge. Etwa dreihundert Männer liegen auf ihren Knien. Sie beten. Sie erheben ihre Oberkörper und strecken ihre Arme in die Luft, vor den Männern steht der Vorbeter, der die Suren vorsagt.

Es ist empfindlich kalt geworden. Wir sitzen im Auto und sehen zu. Das Gebetsritual hat für mich etwas Beklemmendes, die Körper der knienden Männer wiegen sich vor und zurück, sie werfen sich flach auf den Boden und verhüllen ihre Gesichter, ihre Gebete sind wie Gesang.

Die Männer sind Pilger, die heute noch nach Mekka aufbrechen, sagt Hartmut. Früher gingen sie zu Fuß oder reisten in einer Kamelkarawane. Mit den Bussen sind sie aber auch nicht weniger als zehn Tage unterwegs.

Ich sehe nur Männer.

Auch Frauen pilgern nach Mekka, sagt Hartmut, aber allein, ohne ihre Männer.

Wir haben die Aufmerksamkeit einiger Moslems auf uns gezogen und fahren weiter. Sie haben es nicht gern, wenn Europäer ihnen beim Gebet zusehen, sagt Hartmut.

Die Pilger sparen nicht selten ein Leben lang für diese Reise, und wer vor der Kaaba in Mekka betet, der wird ein Hadschi, ein Hadschi aber ist ein geachteter Mann.

Als ich von religiösem Fanatismus spreche, unterbricht mich Hartmut und sagt, ob die christlichen Wallfahrten eigentlich etwas anderes wären. Ich muss ihm Recht geben, ich erinnerte mich an die Tausende, die jedes Jahr zu Ostern nach Konnersreuth pilgerten, um die stigmatisierte Therese Neumann zu sehen. Konnersreuth ist nur sechs Kilometer von der Stadt entfernt, in der ich aufgewachsen bin, wir Kinder standen dann immer am Straßenrand und haben den Leuten nachgesehen, manchmal haben wir auch die Pilger ausgelacht und hinter ihnen hergespottet.

Auch Hartmut hatte den Andrang im Institut nicht erwartet. Ein paar Deutsche sind wieder dabei, in der Mehrheit jedoch Afghanen, die durch die Carl-Duisberg-Stiftung in der Bundesrepublik ausgebildet worden waren und durch das Goethe-Institut eine Nachbetreuung erfahren: Schlosser, Techniker, Ingenieure, Handwerker.

Ein afghanischer Lehrer liest eine Erzählung von mir auf Persisch vor, die in einem Teheraner Verlag und auch gleichzeitig in Kabul erschienen ist. Er spricht wie ein Wasserfall, mir kommt es vor, als spreche er nicht mit dem Mund, sondern mit dem Hals.

Die Diskussion nach meiner Lesung geht um die Frage, ob die Fabrik den Menschen verändert, ob die Industrialisierung Jahrtausende alte Bindungen und Religionen zerstört. Ich sage, dass die Industrialisierung Religionen zerstört, die Fabrik aber auch den Menschen.

Anschließend gibt es in einem Nebenraum noch Bier und für die orthodoxen Moslems alkoholfreie Getränke. Der Islam verbietet den Alkohol. Ich staune, wie gut diese Afghanen Deutsch sprechen.

Ein paar Freunde fahren noch mit zu Hartmut.

Ich bin froh, dass ich nicht in einem Hotel wohnen muss, in diesen komfortablen Gefängniszellen, bei Hartmut bin ich zu Hause. Ich wunderte mich über die deutschen Lebensmittel in Sigis Haushalt, Pilsener Bier, Schweinefleisch, deutscher Wein, Spirituosen, Konserven und auch Gemüse in Dosen mit deutscher Aufschrift. Sigi sagt mir, dass es in Kabul einen deutschen Laden gibt, dessen Besitzer die Waren aus Europa kommen lässt. Man kann nur dann in dem Laden einkaufen, wenn man durch eine einmalige Zahlung von tausend Mark Teilhaber geworden ist. Selbstverständlich sind die Waren etwas teurer, schon wegen des langen Transportweges. Wer Kabul wieder verlässt, erhält das eingezahlte Geld ohne Zinsen zurück.

Wer einen empfindlichen Magen hat, wird auf europäische

Produkte nicht verzichten können, es gibt welche, die sich nie an die einheimische Kost und die Gewürze gewöhnen können. Brot und Frischfleisch werden im Bazar gekauft.

Wir trinken und diskutieren bis spät in die Nacht und jeder versucht auf seine Weise, das Abendland zu retten.

Als ich von Kabul abreise, erzählt mir Hartmut, dass wir in den wenigen Tagen siebzig Flaschen Bier getrunken haben, Literflaschen, nicht gezählt die Schnäpse, die so zwischendurch getrunken wurden.

Das kann doch nicht wahr sein, sage ich und denke mir, da kommt schon was zusammen, wenn Europäer zusammensitzen und palavern.

Sigi und Hartmut kennen sich aus Tübingen, wo beide Orientalistik studiert haben. Sie haben im Göreme-Tal in der Türkei ein Häuschen, in dem sie sich nur alle Jahre für ein paar Wochen einmal aufhalten. Der Bürgermeister des Ortes passt auf ihr Häuschen auf. Was nützt euch das Häuschen, frage ich, wenn ihr doch nicht darin wohnen könnt?

Es ist schön zu wissen, dass man irgendwo auf der Welt ein Stück Eigentum hat. Ich träume manchmal davon, in der Türkei als Eremit zu leben. Ich lasse mir einen Bart bis auf die Zehen wachsen, ich werde Plato lesen und ein Buch schreiben.

Hartmut sagt das ganz ernsthaft.

Ihr seid ja richtige Romantiker, sage ich.

Günter nickt eifrig. Der Rechtsanwalt aus München, der nun endlich das Ersatzteil für sein Motorrad aus Deutschland bekommen hat, hofft, in einigen Tagen nach Indien weiterfahren zu können. Er sitzt vor dem offenen Kamin und trinkt sein Bier. Das Feuer im Kamin knistert, manchmal springt eine Glut auf den Fußboden, Hartmut wirft sie mit den Fingern wieder zurück.

Im Bett lese ich noch im »book of records«: Bier gab es schon siebentausend Jahre vor Christi, das erfolgreichste Lied aller Zeiten, mit über fünfzig Millionen Schallplatten, ist »I am dreaming of a white Christmas«.

## Dienstag, 3.12.1974

Wieder wecken mich die Arbeiter hinter dem Haus, sie unterhalten sich laut und werfen Steine nach einem Hund, der sie anbellt. Im Haus ist es still.

Die Berge sind wieder zum Greifen nahe gerückt, das Licht ist so klar, dass man eigentlich eine Maus an den Hängen laufen sehen müsste, denke ich. Die vier Arbeiter unter meinem Fenster stützen sich auf ihre Schaufelstiele und starren in den Kabelgraben. Über Nacht waren achtzehn Grad unter null. Sigi hat schon gefrühstückt, sie muss zur Universität und erzählt mir noch schnell, dass alle elektrischen Geräte kaputtgehen, weil die Stromspannung in der Leitung nur selten zweihundertzwanzig Volt erreicht. Im Winter sei es am schlimmsten, weil zu wenig Wasser in den Talsperren ist.

Mein Rasierapparat stotterte, seit ich hier bin.

Hartmut setzt sich unausgeschlafen an den Tisch. Der Diener zieht Anita an, er ist gut zu dem Kind. Hartmut und ich machen Pläne.

Er sagt: In jedem Lexikon steht, dass es in Afghanistan keine Eisenbahnen gibt. Ich beweise dir heute das Gegenteil. Wir fahren zu Kafkas Schloss.

Kafkas Schloss?, frage ich.

Ich habe es so getauft, sagt er.

Unmittelbar hinter dem Haus zieht sich von Norden nach Süden eine Hügelkette. Hinter diesem Bergrücken wurden die Engländer besiegt. Die Afghanen hatten ihnen freien Abzug versprochen, wenn sie ihr Land räumten. Die Engländer zogen ab. Am Khyber Pass allerdings hatten sich die Afghanis in den Hinterhalt gelegt, die Engländer in eine Falle gelockt und bis auf einen Mann niedergemacht. Vierzigtausend Engländer und indische Söldnertruppen sind umgekommen, nur ein verwundeter englischer Offizier entkam nach Indien, von ihm stammt dieser Bericht. Die Toten wurden nicht begraben, sie wurden Geiern und Raubtieren zum Fraß überlassen, und heute erzählt man sich noch im Land, in den Zelten der Nomaden, dass die Tiere wochenlang gefressen haben und nur noch englisch krächzten und brüllten. Afghanistan ist niemals englische Kolonie geworden.

Was ist Wahrheit und was ist Legende?

Hartmut sieht auf den Bergrücken und sagt: Ich wollte schon immer mal mit dem Wagen den Berg hochfahren, ich hab' mich nie getraut allein. Heute versuchen wir es mal.

Ich sehe mir die steinigen Hänge und die Steigungen genau an und sage: Du bist verrückt.

Am Hang hinter der Siedlung exerziert eine Kompanie berittener Soldaten. Sie haben schöne Pferde. Wir sehen ihnen lange zu, Hartmut sagt: Sie sind Künstler im Sattel, du solltest mal bei ihren Reiterspielen dabei sein.

Am Steilhang weit oberhalb der Siedlung ist mit weißen Steinen ein großes Herz auf den braunen Boden gezeichnet. Es leuchtet in der Morgensonne. Liebesgrüße eines Europäers, sagt Hartmut, ein Moslem würde nie ein Herz basteln, noch dazu mit Steinen an einem Steilhang.

Die Soldaten reiten den Berg hinauf und auf dem Kamm galoppieren sie auf eine weit entfernte, in Felsen hineingebaute Festung zu, die von Zivilisten nicht betreten werden darf. Es ist die Militärakademie.

Wie in einem Wildwestfilm, denke ich, beim Anblick der langen Reiterkolonne auf dem Bergrücken vor dem blauen Himmel und den schneebedeckten Bergen.

Wir fahren erst mal zum Institut, um meine Geldangelegenheiten zu regeln. Das Honorar wird man mir von München aus überweisen, die Spesen erhalte ich in Landeswährung ausbezahlt, auch das Honorar für meinen Film »Irrlicht und Feuer«, der nach meiner Abreise im Goethe-Institut gezeigt wird. Mir wäre es lieber gewesen, ich hätte bei der Vorführung noch dabei sein können, aber es war von den Terminen her nicht mehr möglich. Hartmut verspricht mir, bei der Diskussion um den Film mein beredter Anwalt zu sein.

Als die Sekretärin mir das Geld aushändigt, habe ich vierzehntausend Afs in meiner Brieftasche, und ich weiß nicht, was ich mit dem Geld machen soll. Zu Hause auf meiner Bank wird das Geld nicht eingetauscht, weil es keinen offiziellen Umrechnungskurs gibt, es ist außerhalb des Landes praktisch wertlos.

Was soll ich kaufen?, frage ich Hartmut.

Er antwortet nur: Kauf dir einen Teppich.

Es ist ein schönes Gefühl, einen Tag lang ein Krösus zu sein.

Wir fahren zu Kafkas Schloss.

Zum Schloss führt vom Stadtrand aus eine sieben Kilometer lange und etwa zwanzig Meter breite Straße. Am Ende der Allee ist eine leuchtende Kuppel zu sehen.

Links der Straße sind Villen und Botschaftsgebäude, rechts gewöhnliche Häuser und Militärunterkünfte.

Je näher wir dem Ziel kommen, desto höher wächst das

Schloss aus der Erde, bis es schließlich am Ende der Allee in seiner ganzen Größe vor uns steht.

Ein bayerisches Barockschloss mitten in Afghanistan.

Der Pascha empfing früher in diesem Schloss die Bittsteller, sagt Hartmut. Bitten und Beschwerden waren am Anfang der Straße noch lebenswichtig, aber je näher sie dem Schloss kamen und je höher es vor ihnen aufwuchs in seiner bedrohenden Pracht, umso mehr schrumpften sie zusammen. Wer nicht inzwischen schon umgekehrt war und sich bis zum Schloss vorgewagt hatte, musste oft wochenlang davor kampieren und auf Einlass warten. Bitten und Beschwerden hatten nicht mehr die Bedeutung wie am Anfang des Weges.

Kannst du jetzt verstehen, warum ich es Kafkas Schloss genannt habe, sagt Hartmut.

Eine perfekte Einschüchterungsmethode.

Unweit des Schlosses führt mich Hartmut in einen Holzschuppen. Da standen tatsächlich eine alte Henschel-Lokomotive und zwei ausgeschlachtete Waggons.

Im vorigen Jahrhundert hatte ein Pascha diese Eisenbahn von der Stadt zum Schloss bauen lassen, einer seiner Nachfolger ließ die Gleise wieder abreißen, weil die Untertanen zu schnell zum Schloss kommen konnten, ihre Anliegen waren noch Bitten und Beschwerden.

Heute wäre die Eisenbahn eine Touristensensation und eine Devisenquelle dazu, sagt Hartmut.

Wir flüchten aus dem Schuppen, es stinkt bestialisch, ganze Rekrutenjahrgänge mussten ihre Exkremente hier abgelegt haben.

Auf der Seite, wo es zum Kanonenberg geht, stehen neu

erbaute Fabriken und ein Sägewerk, Kleinbetriebe, mitten in diesem Fabrikgelände hatte ich gestern einen Friedhof entdeckt, das heißt, Hartmut hatte mich darauf aufmerksam gemacht, es war nur eine freie Fläche, auf der verstreut ein paar Steine herumlagen. Kinder hatten darauf Ball gespielt, ein Hirte hatte seine Ziegen über den Friedhof getrieben, auf dem es keinen grünen Halm zu fressen gab.

Meine Mutter hatte immer zu mir gesagt, als ich noch ein Kind war, ein Volk erkennt man an seinen Friedhöfen und wie sie die Toten ehren. Stimmt das wirklich?

Ich war zuerst entsetzt, als Hartmut mir gesagt hatte, dass diese staubige Steinfläche ein Friedhof sei, aber wo sich Menschen mit einer Handvoll Reis am Tag ernähren müssen, haben sie keine Zeit, Gräber mit Granit einzufassen.

Während wir zur Stadt zurückfahren, sagt Hartmut, dass es in Afghanistan noch achtzig Prozent Analphabeten gibt. In den Dörfern der unzähligen Täler und unwegsamen Schluchten gibt es bis heute noch keine Schulen.

Ich frage ihn, welchen Gesetzen deutsche Frauen unterliegen, die einen Afghanen geheiratet haben.

Den Gesetzen dieses Landes, aber die deutschen Frauen geben ihre deutschen Pässe nicht ab und die Botschaft verlängert sie ohne weiteres, wenn sie abgelaufen sind. Ich weiß nicht, ob das gesetzlich überhaupt korrekt ist, aber eine deutsche Frau, die keinen deutschen Pass mehr besitzt, ist genauso eingesperrt wie Einheimische. Die Frauen aus den akademischen Schichten beginnen sich allmählich gegen die absolute Männerherrschaft aufzulehnen. Aber bis sie nicht mehr der letzte Dreck sind, das wird wohl noch ein Jahrhundert dauern. Wer weiß, Allah ist groß und Mohammed ist sein Prophet.

Mitten auf der Straße steht ein Kamel. Es sieht uns an. Wir könnten dem Kamel ausweichen, aber Hartmut hält an, er sagt: Steig aus, frag das Kamel.

Was soll ich fragen, antwortete ich.

Du sollst das Kamel nach dem hundertsten Namen Allahs fragen.

Dann hupt er, das Kamel geht langsam von der Straße in ein Gebüsch, hinter dem ein kleines Feld liegt.

Hartmut sagt: Wenn du in einen Unfall mit Einheimischen verwickelt bist, dann gibt es nur eins, ob schuldig oder unschuldig, Gas geben, abhauen.

Achmed erzählt die Geschichte eines Angehörigen der französischen Botschaft, der gerade erst nach Afghanistan gekommen war, das war vor vielen Jahren. Er fuhr mit seinem Wagen allein übers Land in ein entlegenes Tal. Am Eingang eines Dorfes überfuhr er ein Kind, das ihm vor den Wagen gelaufen war. Als er ausstieg und helfen wollte, sah er plötzlich eine drohende Menschenmenge auf sich zulaufen. Er bekam Angst und lief weg, er flüchtete in einen Polizeiposten. Die Menge forderte die Herausgabe des Diplomaten. Die Polizisten haben ihn der wütenden Menge ausgeliefert, sonst wären sie gelyncht worden. Und hätten die Polizisten den Franzosen vor der Menge geschützt, hätte man sich an ihren Angehörigen gerächt.

Und?, fragte ich.

Eine Stunde später konnte man den Franzosen mit einem Löffel vom Boden aufkratzen, sagte Achmed.

Ich rollte das Fenster herunter.

Natürlich hätten die Polizisten nichts gesehen, wenn es zu einer Untersuchung gekommen wäre.

Das Licht schmerzt meinen Augen. Ich könnte meine Sonnenbrille aufsetzen, aber ich will den Schmerz genießen.

Die Kuppel des Mausoleums auf dem Hügel leuchtet wie eine zweite Sonne.

Wir fahren am Zoo vorbei.

Die Tiere im Zoo würden verenden, sagt Achmed, wenn nicht die Europäer Futter brächten und Geld spendeten, dem Zoo wurde von der Stadtverwaltung der Etat entzogen, die Wärter erhalten einen so geringen Lohn, dass sie weder leben noch sterben können, wenn es so weitergeht, werden sie noch die Tiere schlachten und aufessen. Nach einer Weile fügt er hinzu: Verständlich wäre das schon, da werden Tiere gefüttert und die Menschen können sich nicht einmal Fleisch leisten. Hartmut fährt durch die Stadt.

Unterwegs treffen wir Günter, beide halten mitten auf der Straße und reden miteinander durch die geöffneten Wagenfenster. Niemand erregt sich, keiner hupt. Die anderen Fahrer lenken ihre Wagen um die beiden Autos herum.

Hinter Hartmuts Haus versuchen wir mit dem schweren Mercedes den Berghang hochzufahren.

Da oben ist ein alter Kamelpfad, genauer gesagt ist es ein von den Engländern angelegter Weg zum Transport von Kriegsmaterial, wenn wir den erreichen, dann kommen wir auch bis zum Kamm, sagt Hartmut.

Straßenarbeiter, die am Ausgang der Siedlung bemerken, was wir vorhaben, sehen uns nach: Zwei verrückte Europäer.

Hartmut fährt vorsichtig in Serpentinen den Abhang hoch und umkurvt große Steinbrocken, manchmal drehen die Räder durch, wenn er zu viel Gas gibt, ich sehe die Straßenarbeiter immer noch reglos stehen und uns beobachten.

Plötzlich steht der Wagen schräg. Ich steige aus und hänge mich an die andere Seite. Wieder drehen die Räder durch und wirbeln Staubwolken auf, die als kleine Wolken über die Siedlung treiben. Zwanzig Meter vor dem Kamelpfad müssen wir aufgeben, wir laufen Gefahr umzukippen, aber Hartmut hätte wahrscheinlich auch das riskiert, nur um sein Ziel zu erreichen, wenn er mich nicht morgen früh nach Peschawar hätte fahren müssen.

Langsam fährt er wieder den Berg hinunter, ich bin froh, als wir unten heil ankommen. Die Straßenarbeiter stehen immer noch da und starren uns an.

Hartmut steigt aus und schaut den Hang hinauf und sagt: Wenn du das nächste Mal kommst, versuchen wir es noch einmal. Es ist möglich, mit ein bisschen Glück wären wir zum Kamelpfad gekommen.

Sigi sagt beim Mittagessen: Da sind doch ein paar Verrückte den Berg hochgefahren. Ich habe es vom Küchenfenster aus gesehen. Jetzt wollen die Europäer schon mit Autos die Berge hochfahren, zu faul zum Laufen.

Hartmut und ich schweigen.

Das Essen ist gut.

Dann spiele ich mit den Hunden im Garten. Ich stehe vor der Voliere und beobachte die Vögel. Ein großer schwarzer Rabe sitzt auf einem Ast und glotzt mich an. Wenn ich mich bewege, dreht er seinen Kopf und sperrt den Schnabel auf.

Sein Schnabel ist lang und spitz. Plötzlich denke ich: Wenn der Rabe doch tot vom Baum fallen würde.

Ich gehe an den Draht, da hör' ich Hartmut hinter mir sagen: Vorsicht, Alladin ist gefährlich, sein Schnabel ist wie eine Schere. Aber gegenüber den anderen Vögeln ist er harmlos.

In seinem Garten ist ein Swimming-Pool, das Wasser hat er abgelassen, weil das Eis die Betonwände sprengen könnte.

Im Sommer ist so ein Swimming-Pool das Paradies, läufst einfach aus dem Haus und springst ins Wasser, sonst hat man ja keine Kühlung.

Ich will mich in einen Sessel setzen und die Sonne genießen, aber er sagt: So, jetzt sehen wir zu, dass wir endlich dein Geld loswerden. Wir kaufen einen Teppich.

Wir fahren zum Kabul River.

Was soll ich mit einem Teppich, denke ich, meine Wohnung in Dortmund ist mit Teppichboden ausgelegt, und wie soll ich ihn transportieren.

Unterwegs lasse ich im Büro der Pakistan Air-Lines meinen Flug von Peschawar nach Karatschi checken. Wir werden freundlich bedient, einer der Herren spricht sogar Deutsch und schwärmt von den Schönheiten Pakistans.

Auf der Straße sehe ich wieder die dunkelhäutigen Lastenausfahrer ihre Wagen schieben und ziehen. Als ein Wagen direkt an uns vorbeifährt, höre ich die Männer keuchen, sie stemmen sich in die Zugriemen wie Ochsen ins Joch.

So hatte ich mir immer die Arbeit von Sklaven vorgestellt.

Die Verkehrspolizisten von Kabul haben keine einheitlichen Uniformen, einer trägt eine abgetragene deutsche Feuerwehruniform, ein anderer hat die Mütze eines deutschen Postbeamten auf. Am schönsten aber sind die Lastwagen: ringsum bunt bemalt und auf den farbigen Ornamenten in schwarzer Schrift Worte, wahrscheinlich aus dem Koran. Es sind kleine Kunstwerke. Nachts werden die Aufbauten mit bunten elektrischen Birnen beleuchtet, fahrende Weihnachtsbäume. Die Worte an den Lastwagen halten die bösen Geister ab.

Hartmut parkt direkt an der Flussmauer.

Wir spazieren an den Hunderten von Händlern vorbei, zeigen hier und dort Interesse am Kauf eines Teppichs, Hartmut prüft wie ein Kenner Gewebe, Muster und Farben, und lässt den Teppich dann doch wieder liegen. Manchmal bewundert er, manchmal macht er eine verächtliche Gebärde. So laufen wir die fünfhundert Meter lange Straße an der Mauer entlang, die Teppiche leuchten in der Sonne, ein Junge folgt uns dauernd, er gibt uns zu verstehen, dass allein sein Vater die Teppiche habe, die wir suchen. Ich sehe einen Teppich, der mir gefällt, aber Hartmut zieht mich weiter, er sagt: Die haben doch längst bemerkt, dass wir etwas kaufen wollen, aber bevor man kauft, muss man erst ein Klima schaffen, damit das Feilschen um den Preis leichter wird.

Hartmut prüft und bewundert und lässt den Händler dann doch wieder stehen. Allmählich werde ich ungeduldig, viele Teppiche, die mir gefallen, legt er verächtlich auf die Mauer zurück, weil angeblich die Farben nicht echt sind, er sagt: Nicht alles was leuchtet, ist ein Teppich.

An der Brücke kehren wir wieder um und gehen den Weg langsam zurück. Da die Händler unsere Kauflust bemerkt haben, bilden sie an der Straße ein Spalier und halten uns mit beiden Armen ihre Teppiche entgegen.

Bei einem der Händler bleibt Hartmut schließlich stehen und fragt gelassen nach dem Preis von zwei Brücken, die mir vorher schon aufgefallen sind und die ich auch gekauft hätte, wenn er mich nicht immer wieder fortgezogen hätte.

Der Händler verlangt zwanzigtausend Afs.

Hartmut lacht laut und winkt ab. Ich verstehe kein Wort. Die beiden wechseln mehr Gesten als Worte, ich stehe nur da und sehe den beiden zu.

Nach einer Viertelstunde ist Hartmut in Fahrt: Er gestikuliert, schreit, spricht gedämpft, flüstert, er lacht, er macht ein ernstes und nachdenkliches Gesicht, er will weggehen, tut beleidigt, aber der Alte hält ihn zurück. In Hartmuts Gesicht wechseln Staunen und Entsetzen einander ab, er hebt seine Arme über den Kopf, legt sie auf die Brust, verneigt sich, breitet die Arme weit aus, hält sie wie abwehrend vor sein Gesicht, schlägt die Hände vor seine Augen, seine Stimme klingt wie unterdrücktes Weinen, und ich stehe dabei und sehe verwundert zu.

Auf einmal: Hartmuts Gesicht wird freundlicher, er lacht, das Gesicht des Alten wird mürrischer, weil ihn Hartmut auf ein paar weiße Fädchen an einer der Brücken hinweist.

Nachgestopft, sagt er zu mir in der Pose des Entdeckers.

Das Gesicht des Alten verfinstert sich zusehends.

Dann endlich, nach einer für mich qualvollen und peinlichen Stunde des Feilschens gehen sie mit ausgebreiteten Armen aufeinander zu, umarmen sich, die Furchen im Gesicht des Alten zucken vor Freude, über seinen Bart läuft Geifer. Hartmut lacht, wie ich selten einen Menschen habe lachen hören.

Der Sohn des Händlers legt die beiden Brücken zusammen und Hartmut sagt zu mir wie ein Sieger: Sie gehören dir!

Und was muss ich jetzt bezahlen, frage ich.

Neuntausend Afs, antwortet er, und zwar so, als wollte er sagen: Geschenkt.

Ich hole mein Bündel Banknoten aus der Brieftasche.

Der Alte hält die Hand auf. Ich zähle Schein für Schein in Hartmuts Hände und Hartmut zählte Schein für Schein in die Hände des Alten. Ich zähle sehr langsam, Hartmut zählt sehr langsam, der Alte zählt sehr langsam. Der Alte reibt jeden Schein, bevor er ihn nimmt, zwischen seinen Fingern.

Wir werden von einigen Männern umringt, die auf die Geldscheine starren und auf die Hände des Alten, der die Scheine zwischen seinen Fingern prüft, bevor er sie einsteckt in die große Tasche seines langen und weiten Mantels.

Ich verspüre plötzlich Lust, bis ans Ende meiner Tage nur noch Geldscheine auszuteilen.

Wir rauchen mit dem Alten und seinem Sohn noch eine Zigarette, wir lächeln uns an, plötzlich wirft Hartmut seine Zigarette weg und sagt: Verdammt, ich habe mir doch das Rauchen abgewöhnt. Als wir zum Auto zurücklaufen, verfolgen uns schreiende Händler, die ihre Teppiche anpreisen.

Ich winke ab, Hartmut winkt ab, er sagt, sie haben gesehen, dass du noch mehr Geld hast, warum das schöne Geld mitnehmen, wo du doch noch einen Teppich kaufen könntest. Allah wird dich segnen, wenn du das Geld ausgibst.

In Hartmuts Haus erzählt Günter wieder seine Geschichte: In der Nähe eines Bergsees, wo er fünf Tage lang angeln wollte, war ein Dorf, in dem Teppiche geknüpft wurden. Am ersten Tag schon begann er mit einem Händler um einen Teppich zu feilschen. Fünf Tage dauerte der Handel, bis er endlich seinen Teppich hatte. Er war keine Minute zum Angeln gekommen. Wahrscheinlich muss man mehrere Jahre hier gelebt haben, um die Kunst des Feilschens zu verstehen.

Sigi verpackt meine beiden Brücken in einen Pappkarton und verschnürt ihn mit unzähligen Knoten.

Teppichknüpfen ist Frauen- und Kinderarbeit, sagt Hartmut, nur sie können mit ihren zarten Händen diese schwere Arbeit verrichten. Vor einigen Jahren hat der Schah von Persien in seinem Land die Kinderarbeit abgeschafft, die Teppichproduktion ist seitdem um die Hälfte zurückgegangen.

Da erst kann man ermessen, wie die Kinder ausgebeutet wurden, sagt Günter.

Noch werden, antwortet Hartmut.

Am Abend sind wir bei Salmei und Dochi eingeladen.

Dochi hat ein kaltes Büffet gerichtet. Unterwegs hatte ich mir in der Bäckerei im Bazar ein Fladenbrot gekauft, um es mit nach Hause zu nehmen, aber als ich in Karatschi meinen Koffer öffnete, war es in tausend Krümel zerfallen.

Dochi und Salmei haben ein schönes Haus, Dochi arbeitet als Buchhalterin in einer Kabuler Bank, sie hat zwei Kinder, die tagsüber von den Großeltern versorgt werden. Dochi ist eine Schönheit, und als ich sie zum ersten Mal in Hartmuts Wohnung sah, ging mir der Satz durch den Kopf, den ich vor Jahren in einem Roman gelesen hatte: Sie trat ein mit ihrer mühelosen Schönheit.

Es gibt Hammel am Spieß, kleine Würste, Reis und Gemüse. Dochi war schon einige Male in der Bundesrepublik gewesen, sie möchte wieder einmal hin, ich gebe ihr meine Adresse.

Ich will mich wieder einmal frei fühlen, sagt sie.

Salmei ist erst vor wenigen Monaten vom Militär entlassen worden, er ist Reserveoffizier und muss immer wieder zu Übungen einrücken, Salmeis Vater ist Ingenieur gewesen und hat viele Straßen im Land gebaut. Dochi würde lieber im Goethe-Institut als in einer Bank arbeiten, aber die Stellen sind alle besetzt und neue werden nicht geschaffen, obgleich sich die Aufgaben, die vom Institut wahrgenommen werden, vervielfacht haben.

Dochi will immer wieder wissen, was ein Schriftsteller macht, wenn er längere Zeit unterwegs ist. Ich sage ihr, dass man auf die absonderlichsten Ideen kommt, um die Zeit totzuschlagen bis zur nächsten Lesung in einer anderen Stadt. Ich erzähle ihr, dass ich mir einmal für ein paar Stunden in London einen Rolls Roys mit Chauffeur gemietet habe. Er hat mir, wenn ich irgendwo zu halten wünschte, die Tür geöffnet und seine Mütze gezogen, er hat dann vor dem Wagen gewartet, bis ich wieder zurückgekommen bin.

Wie im Film, sagt Dochi, und ihre Augen glänzen.

Ich habe an dem Tag meine ganzen Spesen ausgegeben, sage ich ihr.

Na und, erwidert Günter, man muss alles mal mitgemacht haben.

Hartmut sagt etwas wehmütig: Irgendwann einmal werde ich wieder von Kabul weggehen. Das ist das Unangenehme in unserem Beruf, dass man wieder fort muss, wenn man sich eingelebt hat. Die Zentrale in München wird die Höchstdauer wahrscheinlich auf sechs Jahre beschränken. Aber es hat auch seinen Vorteil. Man ist gezwungen, neue Initiativen zu ergreifen, wenn man in ein anderes Land versetzt wird.

Als wir nachts zurückkehren, macht Hartmut Feuer im Kamin, wir sitzen noch etwas zusammen und trinken Bier.

Im Bett lese ich im »book of records«: Den größten Bahnhofswartesaal gibt es in Peking, er kann vierzehntausend Menschen aufnehmen.

Mittwoch, 4.12.1974

Über Nacht waren zweiundzwanzig Grad Kälte.

Die vier Arbeiter hinter dem Haus wärmen sich wieder an einem Feuer, das sie sich mitten auf der Straße aus Holzscheiten gemacht haben. Auch der Taubstumme, der Hartmuts Haus und die Straße bewacht, steht am Feuer und reibt sich die Hände warm, drei Hunde umkreisen die Männer und winseln.

Die Berge sind wieder zum Greifen nahe. Die Luft ist klar, der Himmel blassblau und auf einem Berggipfel liegt eine kleine dunkle Wolke.

Ich stehe am Fenster und sehe mir noch einmal dieses Panorama an. Werde ich wiederkommen? Und wenn ich nach zehn Jahren wiederkommen sollte, wie werde ich Kabul dann vorfinden? Die Stadt ist mir schon so vertraut geworden, dass ich nicht glauben kann, dass es nur vier Tage gewesen sind, mir ist, als wäre ich vier Jahre hier.

Hartmut ist schon draußen im Hof und wirft Schneeketten in den Kofferraum. Er ruft: Man kann nie wissen!

Er deutet auf die kleine dunkle Wolke und fügt hinzu: Der Vorbote. Die wird größer und dann erstickt Kabul im Schnee.

Sigi kümmert sich um mein Gepäck, Günter hilft ihr dabei.

Wir müssen noch bei Goethe vorbei und uns verabschieden, sagt Hartmut beim Frühstück, die wären gekränkt, wenn du nicht noch einmal vorbeikommen würdest.

Wir verabschieden uns am Tor. Ich streichle noch einmal die Hunde, gehe noch einmal hinter das Haus und sehe in die Voliere. Der Rabe sitzt auf einem Ast, dreht den Kopf, als er mich sieht, und stößt kratzige Laute aus.

Im Institut gebe ich allen Mitarbeitern die Hand.

Auf der Ausfallstraße nach Peschawar winkt Hartmut dem Verkehrspolizisten lachend zu, sie kennen sich.

Da es zwischen Pakistan und Afghanistan seit ein paar Monaten keine direkte Flugverbindung gibt, war meine Weiterreise von der Zentrale in München so geplant worden, dass ich mit dem Linienbus bis zur Grenzstation am Khyber Pass fahre, mir dort ein Taxi miete und mich dann zum Flughafen nach Peschawar bringen lasse. Von Kabul nach Peschawar sind es knapp dreihundert Kilometer. Aber Hartmut kennt die Verhältnisse, er bringt mich mit seinem Wagen nach Peschawar.

Wenn ich dich nicht hinbrächte, sagt er, wer weiß, wann du in Peschawar ankommen würdest. Dabei grinst er hinterhältig.

Ich bin doch kein Kind, antworte ich.

Eben, sagt er.

Der Himmel ist tiefblau geworden. Keine Wolke, auch die kleine dunkle, die auf einem Berggipfel lag, ist verschwunden, aber von den Bergen weht ein kalter Wind.

Hartmut schaltet die Heizung im Wagen ein. Die Straße ist gut ausgebaut und asphaltiert. Bunte Lastwagen begegnen uns.

An der Straße warten Menschen auf Busse, die irgendwann einmal vorbeikommen werden. Auf den Feldern weiden Kamele, wir überholen zwei- und vierrädrige Karren, die von Kamelen gezogen werden. Ich sehe mich um. Langsam versinkt Kabul hinter uns. Die Berge, die wir zurücklassen, werden immer kleiner, die Berge, auf die wir zufahren, türmen sich immer steiler vor uns auf.

Von der Stadt bis zur Einfahrt in die Kabul-Schlucht stehen neben der Straße neue Fabriken und Kleinbetriebe mit weißgetünchten Fassaden. Die Dörfer an den felsigen Bergen bemerke ich erst, wenn wir unmittelbar an ihnen vorbeifahren oder Hartmut mich vorher darauf aufmerksam gemacht hat.

Hoffentlich hackt Sigi das Eis in der Voliere auf, sagt Hartmut.

Sie wird es schon nicht vergessen, antworte ich.

Vögel können ohne Fressen ein paar Tage auskommen, aber nicht ohne Wasser, sagt er.

Wie die Menschen, sage ich.

Er lacht. Du meinst wohl Bier. Siebzig Flaschen haben wir getrunken, Literflaschen, in den paar Tagen, wo du hier warst.

Ich frage ihn, ob er nicht ab und zu doch den Wunsch hat, wieder für immer in die Bundesrepublik zurückzukehren.

Ich habe mir das hin und her überlegt, nach Deutschland komme ich erst dann wieder zurück, wenn ich nicht mehr neugierig bin. Und dann, weißt du, die Arbeit hier befriedigt mich, du hast es hier immer mit Menschen zu tun, die genauso neugierig sind, denen das Leben, das sie führen, nicht genügt. Wenn du in der Bundesrepublik in einer Schule Kinder unterrichtest, dann denken die Kinder immer, sie lernen für die Schule und für den Lehrer. Die Leute hier, die ich unterrichte, die wissen, dass sie für ihr Leben lernen … das sind große Worte, aber es ist nun mal so.

Wir fahren in die Kabul-Schlucht ein.

Die steilen Bergrücken sind bis an die Straße gerückt und die Schlucht ist so eng, dass kein Sonnenstrahl mehr in sie fällt.

In einer Stunde können wir Apfelsinen pflücken, sagt Hartmut.

Ein deutscher Ingenieur hat die Straße durch die Schlucht gebaut, in sieben Jahren, ohne Maschinen. Die Arbeiter hatten nur Schaufeln und Pickel, mit Handfäustel haben sie die Löcher für die Sprengladungen in die Felsen geschlagen. Menschliche Arbeitskraft ist billig, Maschinen sind teuer, weil sie eingeführt werden müssen, und was nützt die Einfuhr von Maschinen, wenn die Menschen nicht damit umgehen können, weil sie dafür nicht ausgebildet worden sind. Nomaden werden nicht über Nacht Spezialisten für die Bedienung komplizierter technischer Geräte.

Die acht Kilometer lange Serpentine, die von zweitausend Meter auf fünfhundert Meter Höhe herabfällt, ist mit vierzig Toten und Tausenden von Verletzten bezahlt worden. In Kabul sagen einige Leute, es sei die schönste Straße der Welt.

Unterwegs halten wir immer wieder an, wir haben Zeit, wir sind um neun Uhr von Kabul losgefahren, mein Flugzeug in Peschawar startet um Viertel nach sieben.

Wir parken an den Ausweichstellen der Serpentinen und sehen die steilen Berge hinauf, hinunter in die zerklüftete Schlucht, in der das Wasser des Kabul River tost.

Lastwagen fahren ohne laufenden Motor um die Kurven und quälen sich im Schritttempo die Steigungen hoch. Kein Sonnenstrahl fällt in die Schlucht, ich höre keinen Vogel, ich sehe kein Tier, das Gebirge steht tot und drohend um uns.

Ich sitze auf einem Felsen und sehe hinunter in das Wasser, das von einem Felsen zum anderen stürzt. Wenn man lange so sitzt, wird man das Gefühl nicht los, ein Gefangener der Berge zu sein, von allen verlassen.

Bevor die Straße gebaut wurde, gab es nur einen schmalen Kamelpfad. Kabul war eine natürliche Festung, auch die Engländer hatten diese Erfahrung machen müssen, sagt Hartmut.

Ich sehe auf die steil aufragenden Felsen, an denen es keinerlei Anzeichen von Vegetation gibt, und bemerke plötzlich schwarze Ziegen, die an den Felsen hochklettern, dann sehe ich einen Hirten, und dann auch Kinder in der Schlucht zum Wasser laufen.

Wo kommen die Menschen her, frage ich.

Die leben hier, antwortet Hartmut.

Wie kann man denn hier leben, es gibt doch nur Steine.

Du siehst doch, die leben. Die leben hier schon seit ein paar tausend Jahren, also muss es Futter für die Tiere geben.

Hartmut muss mich ins Auto ziehen, weil ich mich von dem Anblick nicht losreißen kann.

An großen Spitzkehren stehen verfallene Steinhäuser, in denen während des Straßenbaus Ingenieure und Vorarbeiter gewohnt haben. Die Arbeiter schliefen im Freien, im Winter wie im Sommer, und die vierzig Toten wurden selten begraben, sondern in die Schlucht gestürzt, wo sie das reißende Wasser fortgespült hat. Menschen gelten nicht viel, wenn es um den Fortschritt geht, das scheint in aller Welt so zu sein. Den Toten hat man die Schuhe ausgezogen.

Als die Straße noch ein Kamelpfad war und der Fluss Hochwasser führte, war Kabul von der Außenwelt abgeschlossen. Über die Berge klettern nur Ziegen und Nomaden.

Endlich sind wir am Fuße des Passes angelangt.

Vor wenigen Tagen war ein Bus in die Schlucht gestürzt. Fünfzig Tote. Wir halten an der Unglücksstelle und suchen mit den Augen das Wrack. Mitten im Fluss, auf einem Felsvorsprung sehen wir das zertrümmerte Fahrgestell.

Wenn man mit abgeschaltetem Motor die Serpentinen herunterfährt, ist das kein Wunder, denke ich. Die Straße hat streckenweise ein Gefälle von sechsundzwanzig Prozent. Die ein Meter hohe Begrenzungsmauer, die der stürzende Bus durchbrochen hat, ist notdürftig mit Steinen geflickt worden.

Als wir an der Mauer stehen und das Wrack betrachten, kommt ein Kleinbus die Serpentine heruntergefahren, mit abgeschaltetem Motor, und als er an uns vorbeirollt, schreit Hartmut hinter dem Bus her: Ihr Selbstmörder! Ihr Narren!

Wir steigen ein und fahren weiter.

Allmählich wird das Tal größer und der Fluss zu einem breiten, stehenden Wasser. Der Abstand zu den Bergen vergrößert sich. Das Tal wird zusehends grüner, Felder, die ersten Bäume, die ersten Dörfer. Ich atme auf, denn so beeindruckend die Kabul-Schlucht auch war, sie war tot und bedrückend still. Das Grün des Tals tut meinen Augen gut, die Dörfer, die wir in der Ferne sehen, geben mir wieder Sicherheit. Als wir uns den Bäumen nähern, sehe ich gelbe Punkte zwischen den Blättern. Apfelsinen. Wir halten an und steigen aus. Es ist warm, mindestens zwanzig Grad, und wir sind nur eine Stunde gefahren. In einer Stunde also vierzig Grad Temperaturunterschied.

Was sagst du jetzt, fragt mich Hartmut und macht mit seinen Armen eine Bewegung, als wollte er mir diese Landschaft zum Geschenk anbieten.

Ich sage nichts. Ich bin stumm vor Staunen.

Wir könnten baden, sagt er.

Ich habe keine Badehose dabei, erwidere ich.

Nackt natürlich, sagt er.

Ich frage ihn, warum er Schneeketten mitgenommen hat.

Wenn ich morgen zurückfahre, kann in der Schlucht ein halber Meter Schnee gefallen sein. Hier ist alles so extrem, dass man sich vor Überraschungen absichern muss.

Am Himmel ziehen zwei Düsenjäger ihre Kondensstreifen. Plötzlich springt aus einem Gebüsch ein verwilderter Hund, kläfft uns an und läuft weiter, als werde er gejagt. Ich war im ersten Moment erschrocken und Hartmut sagt mir, es ist nicht ungefährlich, von diesen streunenden Hunden gebissen zu werden. Sie ernähren sich überwiegend von Aas und übertragen Krankheiten.

Wundstarrkrampf ist hier noch eine ernstzunehmende Sache.

Ich setze mich auf einen Kilometerstein und sehe in das nach Norden hin sich verbreiternde Tal. Ein grünes Tal.

Komm, sagt Hartmut, wir haben den Khyber Pass noch vor uns, wir müssen weiter, nichts mit: Verweile doch, du bist so schön.

Ich schließe die Augen, das Licht tut mir weh.

Das Land ist fruchtbar, viele Obstplantagen, wir fahren durch einen Garten Eden. In einem Dorf, in dem wir zum ersten Mal Straßengebühren entrichten müssen, steigen wir aus, kaufen Orangen und Brot. Die Einwohner sind freundlich, lachen uns an, reden mit uns, wir verstehen uns, auch wenn wir nichts verstehen. Die Dorfbewohner sitzen an der Straße in der Sonne und dösen vor sich hin, die Ufer des Flusses sind braun, das Wasser tiefblau wie der Himmel über uns.

Hartmut weist in vier Richtungen und sagt: Dort hinter dem Gebirge liegt Persien, da drüben beginnt schon der Himalaja, dort ist Indien und da oben Kabul.

Ich folge seiner weisenden Hand und sehe nur Berge, nichts als Berge. Ich möchte mich, wie die Dorfbewohner, an der Straße niederlassen und dösen, nur nicht weiterfahren, die Sonne ist warm, das Tal grün, der Fluss und der Himmel sind blau und die Menschen sind freundlich, aber Hartmut schubst mich an und sagt: Du bist nicht zum Vergnügen hier, komm endlich, wir müssen weiter, und als wir eine halbe Stunde gefahren sind, sagt er: In Jelalabad gehen wir essen.

Die Stadt gleicht einem Ameisenhaufen.

Wir parken im Zentrum, ich bin hungrig. Freundliche Händler mit Bauchläden bieten uns ihre Waren an, sogar Kämme, die nur noch fünf Zähne haben.

Du musst dich an ihren Waren interessiert zeigen, das macht sie stolz, sagt Hartmut.

Wir gehen dem Geruch gebratenen Fleisches nach und finden eine Grillbude. Das Fleisch wird auf der Straße geschnitten, aufgespießt und gegrillt.

Wir bestellen uns jeder vier Spieße.

Zum Essen aber gehen wir in die Bude. Obwohl es in dem Raum auch Tische und Stühle gibt, sitzen die meisten Gäste im Schneidersitz auf dem Boden. Man isst mit den Fingern aus Schüsseln und Schalen. Katzen laufen herum und fressen das auf, was von den Tischen fällt und ihnen zugeworfen wird.

Wir setzen uns an einen Tisch. Besteck gibt es nicht. Die fettigen Finger wischen wir uns am Fladenbrot ab. Das Hammelfleisch ist scharf gewürzt und lässt sich leicht von den Spießen ziehen. Den grünen Tee, der uns unaufgefordert auf den Tisch gestellt wird, trinke ich doch, weil das Fleisch so scharf ist.

Ich beobachte die Gäste. Es sind ausschließlich Männer, in bunten, weiten Gewändern, viele mit langen Bärten, zwei Männer in der äußersten Ecke des Lokals küssen sich.

Ein zehnjähriger Junge geht durch den Raum und wischt mit einem schmutzigen Lappen Speisereste von den Tischen auf den Fußboden, die Katzen stürzen sich auf die Abfälle und fressen sie auf.

Hartmut sagt: Die Gesundheitspolizei.

Wir beide sind die einzigen Europäer, aber niemand starrt uns an oder belästigt uns.

Ich fühle mich in solchen Lokalen wohl, sagt Hartmut, wenn ich schon daran denke, dass ich in einem deutschen Lokal eine weiße Tischdecke bekleckern könnte, wird mir übel.

Als Hartmut bezahlt, gibt er dem Jungen ein Trinkgeld.

Wie viel hat das Essen gekostet, frage ich.

Ein Trinkgeld, antwortet er.

Eine halbe Stunde Fahrt hinter Jelalabad ziehen sich beiderseits der Straße kilometerlange Plantagen hin: Orangen, Zitronen, Gemüse, Reis. Kleine Wälder werden aufgeforstet: Platanen, Teak, Nadelhölzer.

Hartmut sagt: Das alles war vor wenigen Jahren noch eine

trostlose Steinwüste, die Russen haben hier ein gigantisches Kultivierungsprogramm in Gang gebracht. Das Projekt ist bald abgeschlossen.

So weit ich sehen kann, ist alles grün. Zwischen den Kulturen Hunderte von Steinpyramiden. In jahrelanger Arbeit wurden Steine vom Boden aufgelesen, zusammengetragen und zu Kegeln geschichtet. Es dauerte Jahre, bis sich Humus bildete. Durch Speicherbecken und ein großes Kanalsystem hat die Landwirtschaft hier immer Wasser, die Bauern brauchen die Dürre nicht mehr zu fürchten.

Neben der Straße weiden Wasserbüffel, die Tiere sind genügsam und bringen gutes Fleisch. Die Reiserträge der letzten Jahre waren so gut, dass jedem Afghanen die sprichwörtliche Handvoll Reis garantiert werden konnte. Alles ist nur eine Sache des Wassers und dass das Wasser nie aufhört, auf die Felder zu fließen.

Einige Kilometer weiter fügt Hartmut allerdings hinzu: In den Gebieten, aus denen die Russen abgezogen sind, weil ihr Kultivierungsprogramm erfüllt war, drohen die Kulturen wieder zu verkommen. Er sagt: Es ist das alte Lied, man kann aus Nomaden über Nacht einfach keine Bauern machen, auch nicht mit der besten Entwicklungshilfe.

Er hält an und ich steige aus, um mir einen der Kanäle anzusehen. Über ein schmales Feld gehe ich auf eine Apfelsinenplantage zu. Ich höre plötzlich eine Stimme, ein Mann mit einem Gewehr auf dem Rücken gibt mir zu verstehen, dass ich wieder umkehren soll.

Hartmut ruft: Komm, man weiß nie, wie die reagieren!
Hartmut fährt schweigend weiter.

Nach stundenlanger Fahrt durch diese grüne und wasserkahle Ebene wachsen wieder Berge vor uns auf, kahle Felsen, das Tal verengt sich zusehends und wir fahren direkt auf ein Gebirge zu, das uns wie eine Riesenwand den Weg versperrt.

Hartmut deutet nach vorn und sagt: Da müssen wir drüber, das ist der Khyber Pass. Wir sind schnell gefahren, wir haben noch viel Zeit, das heißt, wenn die an der Grenzabfertigung nicht zu viel Zeit haben, das weiß man nie.

Uns begegnen nun viele Fahrzeuge, Lastwagen, vierrädrige Holzkarren, die von Kamelen gezogen werden, auch Personenwagen und viele Fußgänger, es ist, als näherten wir uns einer größeren Stadt, aber wir stehen plötzlich vor einem Schlagbaum, der Schlagbaum ist hier eine Kette, die in etwa einen Meter Höhe über die Straße gezogen ist.

Wir parken unseren Wagen vor dem Zollhaus.

Es beginnt ein Zeremoniell, das nach meinen Erfahrungen an jeder Grenze anders abläuft. Ich habe immer etwas Herzklopfen, wenn ich an einer Grenze stehe, warten muss, geschäftige Beamte hin- und herlaufen, Papiere von einem Dienstzimmer in das andere tragen. Die Frauen und Männer, die hinter den Abfertigungsschaltern sitzen, sind für mich weniger Menschen als aufgezogene Puppen, die immer das machen, was ihnen befohlen wird, heute so, morgen anders.

Warum wird das Abfertigungssystem an Grenzen immer wieder geändert?, frage ich.

Weil man den Reisenden verunsichern will. Wer verunsichert ist, mit dem kann man leichter umspringen, sagt Hartmut und schaut finster vor sich hin, bevor wir die Abfertigungshalle betreten. Der Raum ist einfach, aber sauber.

In einem offenen Raum sehe ich bis an die Decke gestapelte Formulare, weiß und vergilbt, und auch die Zettel, die wir beide später ausfüllen werden, landen wahrscheinlich auf diesen Stapeln, um irgendwann einmal verbrannt zu werden.

Die afghanischen Beamten sind zuvorkommend, einer von ihnen verlangt auf Englisch unsere Pässe und bittet uns, zehn Minuten zu warten. Wir gehen hinaus und warten im Freien. Es ist kalt geworden, ich hole meinen Mantel aus dem Auto und ziehe Handschuhe an. Die Zollstation liegt im Schatten wie das Tal, nur auf den Bergspitzen ist Sonnenschein.

Der Linienbus aus Kabul kommt an, die Passagiere, ausschließlich Europäer, drängen sich in das Zollhaus.

Die Beamten aber machen Mittagspause. Inschallah.

Hartmut, den ich daraufhin anspreche, dass man doch nicht einfach die Schalter verlassen kann und die Passagiere warten lässt, sagt nur: Was glaubst du, was dir so ein Beamter antworten würde. Er würde dich unverständlich ansehen und sagen, warum musst du heute noch ein Flugzeug erreichen, Allah hat es so eingerichtet, dass morgen auch noch ein Flugzeug geht, sogar übermorgen wird noch eines fliegen, warum musst du heute fliegen, vielleicht hat Allah es so gewollt in seiner Weisheit, dass du heute dein Flugzeug versäumst. Allah ist groß und hat hundert Namen.

Dann erhalten wir früher unsere Pässe zurück, als wir angenommen hatten. Wir werden bevorzugt abgefertigt. Noch hier an der Grenze ist Goethe ein Zauberwort.

In einer Baracke neben dem Zollhaus müssen wir uns noch einen Stempel in den Pass drücken lassen. Der Beamte blättert meinen Pass langsam durch, Seite für Seite prüfend, und fragt mich: German? – Yes, antworte ich höflich.

Goethe?, fragt er.

No, antwortet Hartmut, friend of Goethe.

Er: I see, good man ... good luck.

Wir zeigen dem Soldaten, der vor der Kette Wache steht, unsere Pässe, die Kette fällt, Afghanistan liegt hinter uns.

Wir fahren durch das enge Tal zum Pass, neben der Straße üppiger Baumwuchs und blühende Sträucher, Männer mit schweren Lasten auf dem Rücken begegnen uns, verschleierte Frauen.

Wir haben zwar Afghanistan verlassen, sind aber noch nicht in Pakistan, weil dieses Gebiet autonomen Stammesfürsten untersteht. Vermummte Männer mit Gewehren begegnen uns, finster aussehende Gestalten, denen ich nicht allein in der Nacht begegnen möchte. Jeder Mann trägt hier ein Gewehr, sagt Hartmut, aber sie tun keinem etwas.

Nach zwei Kilometern wieder Häuser und ein paar Läden, wir werden durch ein großes Schild aufgefordert, von nun an links zu fahren. Ich lese auf einer Holztafel: Passport-control.

Wenn wir Glück haben, sind wir in einer Stunde durch die dreifache Kontrolle, sagt Hartmut.

Wir haben Glück, nach einer halben Stunde dürfen wir weiterfahren. Im dritten Häuschen, durch das wir geschleust werden, müssen wir wieder Formulare ausfüllen, ich sehe ratlos auf das bedruckte Papier, der Beamte nimmt mir den Fragebogen aus der Hand und füllt ihn selbst aus.

Als er meinen Pass durchblättert, fragt er: Profession? Ich antworte: Writer.

Er sieht mich an und fragt: Journalist?

No, sage ich, Novelist.

Er lächelt mich an, gibt uns die Pässe zurück und wünscht uns eine gute Fahrt. Als wir zur Tür hinausgehen wollen, ruft er uns auf Deutsch nach: Gute Reise!

Eine lange Schlange Einheimischer hatte er einfach warten lassen. Hartmut sagt, wenn wir hätten warten müssen, bis die alle abgefertigt worden wären, stünden wir in acht Tagen noch da, die meisten von ihnen haben keine Pässe, und die wenigsten können lesen und schreiben. Da muss man dann eben mit den Beamten palavern, muss seine sämtlichen Vorfahren vor ihnen aufmarschieren lassen, bis ins fünfte Glied zurück. Und dann ist es so, je höher du schmierst, desto schneller bist du durch die Kontrolle. Allah ist groß.

Warum gehen die Leute nicht einfach über die Berge, die brauchen doch nicht hier durch die Zollkontrolle und auf der Straße die Grenze überschreiten, wenn sie doch kein Auto dabei haben.

Über die Berge ist kein Durchkommen, da steht ein Soldat neben dem andern, auf beiden Seiten der Grenze, das ist hier seit Jahrhunderten so. Zwei feindliche Brüder belauern sich und sind aufeinander neidisch und misstrauisch.

Im zweiten Häuschen hatten wir Gebühren für das Visum bezahlen müssen. Ein Beamter hatte von uns fünf Dollar verlangt, aber wir hatten keine Dollars. Er betrachtete unsere Pässe und verlangte Mark. Da wir auch keine Deutsche Mark hatten, gab er sich schließlich auch mit Afs zufrieden. Afs hatten wir genug.

Wieso das, sage ich.

Was willst du machen, antwortet Hartmut, die versuchen es, vielleicht zahlen die dummen Europäer und dann hat man sich einen kleinen Nebenverdienst in die Tasche gesteckt.

Auf einer gut ausgebauten Straße fahren wir zum Khyber Pass. An den Berghängen Schützengräben, alte und auch neue Forts, Soldaten, wohin man sieht.

Auf den Bergspitzen und in den Forts flattern Fahnen, Kanonenrohre sind auf die Passstraße gerichtet, am Straßenrand steht ein Kamel. In den Serpentinen begegnen uns Kleinbusse und amerikanische Autos, alte Fords und Packards, vollgestopft mit Menschen. In einem sechssitzigen Packard zählen wir zweiundzwanzig, in einem alten Ford sogar achtunddreißig Männer.

Das sind Taxis, sagt Hartmut, mit so einem Taxi wollte dich die Zentrale von München vom Khyber Pass nach Peschawar schicken. Wenn du wieder zu Hause bist, dann schreib denen einen freundlichen Brief.

An der Passstraße stehen viereckige Steine, auf denen in arabischer und englischer Schrift die Kompanien und Regimenter derer verewigt sind, die hier gekämpft haben und in den Schlachten umgekommen sind. Auch in die Felsen sind Gedenktafeln geschlagen, auf denen in Englisch an die Schlachten erinnert wird, die hier geschlagen wurden. Die Berge sind aus Blut, sagt Hartmut, hier wurde wenigstens jeder Stein einmal durch Explosionen in die Luft gewirbelt, übertrieben gesagt.

Nur die Straße zum Pass und ein hundert Meter breiter Streifen Land links und rechts der Straße ist pakistanisches Hoheitsgebiet, das Übrige untersteht der Kontrolle der

Stammesfürsten. An der Straße Hinweisschilder für Kamelkarawanen. Die Kamelpfade sind zollfreies Gebiet.

Was glaubst du, was hier nicht alles geschmuggelt wird, sagt Hartmut, die pakistanischen Behörden sind machtlos, die Stammesfürsten absolute Herrscher, sie brauchen nur mit dem kleinen Finger zu winken und aus den Bergen kommen Tausende mit Gewehren. Die Regierung in Rawalpindi hat sie schon etwas an die Kette gelegt, aber die Kette ist sehr lang.

Endlich sind wir auf dem Pass. Unter uns, nach Peschawar hin, keine Berge mehr, die große Ebene ist noch nicht zu sehen, es ist zu dunstig.

Auf pakistanischer Seite führt bis zur Passhöhe eine Eisenbahn. Auf der Höhe steht ein Bahnhof, der modern und sauber aussieht. Überall sind bewaffnete Soldaten zu sehen.

Ich hätte doch von hier aus mit der Eisenbahn fahren können, sage ich, sieht doch alles gut aus.

Wenn du viel Zeit hast, kannst du fahren. Es gibt keinen Fahrplan. Die Leute warten einfach, bis der nächste Zug kommt, in zehn Minuten, in zehn Tagen. Inschallah. Die meisten Züge sind ja doch nur für das Militär.

Die Engländer haben die Eisenbahn gebaut, während ihrer hundertundfünfzigjährigen Herrschaft in Pakistan.

Wir parken den Wagen auf dem höchsten Punkt und steigen aus. Wir sehen zurück in das Tal, aus dem wir gekommen sind. Auf dem Pass steht ein kleines Dorf mit ein paar Läden und Spelunken, wenn man auf die Eisenbahn warten muss, dann braucht man zu essen und zu trinken.

Vor zweitausenddreihundert Jahren hat hier Alexander der Große gestanden. Ich sage das Hartmut, aber er erwidert nur wie nebenbei: Sein Koch hat bestimmt auch da gestanden, aber wir kennen seinen Namen nicht.

Wie mag das damals ausgesehen haben, frage ich.

Wahrscheinlich genauso wie heute, nur die Straße war ein Pfad, ich bin überzeugt, sie hat so ausgesehen wie heute.

Ich klettere auf den Steinen herum und sehe in das Tal hinunter, ich setze mich auf einen Stein. Wo der Wind nicht hinpfeift, ist es angenehm warm. Ich halte mein Gesicht in die Sonne. Sei vorsichtig, sagt Hartmut, die Sonne ist hier gefährlich, besonders zu dieser Jahreszeit, du kannst dir innerhalb weniger Minuten das Gesicht verbrennen.

Ich sehe einem Hirten zu, der eine Herde schwarzer Ziegen aus einer Schlucht herauf, die ich vorher nicht bemerkt hatte, über die Straße in das Dorf treibt. Zwei zottelige Hunde trotten hinter der Herde her. Die Ziegen stinken.

Die Abfahrt nach Peschawar ist längst nicht so gefährlich, wie die Auffahrt zum Pass von Afghanistan her, wo Hartmut die waghalsigsten Ausweichmanöver durchführen musste, und wenn ich mir die Hände vor das Gesicht hielt, sagte er: Das musst du aber mal im Winter erleben, bei Schnee und Eis. Du hast Glück gehabt, um diese Jahreszeit ist oft schon Schnee und Eis.

Im Kofferraum eines klapprigen Ford hatten wir fünfzehn Männer gezählt, an einer breit ausgebauten Serpentine versuchten zwanzig Männer einen umgestürzten Pakkard wieder aufzurichten, die Reifen waren so abgefahren, dass rundum nur noch Leinwand zu sehen war. Diese Narren.

Schlecht gefahren ist immer noch besser als gut gelaufen, sagte Hartmut.

Ich weiß, erwiderte ich, hat meine Mutter auch immer gesagt, bis sie einmal von einem Dreiradtransporter in einer Kurve heruntergefallen ist und sich das Kinn angebrochen hat.

Nach wenigen Kilometern spüren wir schon die Wärme aus dem Tal aufsteigen, es kommt ein warmer Wind auf, der Dunst über der Ebene löst sich auf, die Sonne ist eine klare runde Scheibe. Hartmut fährt wieder mit offenem Dach. Er schaltet das Radio ein. Diese monotone Musik geht mir auf die Nerven, ich schalte das Radio wieder aus.

Wie du diese Musik ertragen kannst, sage ich, da ist mir Katzenjaulen schon lieber.

Du hast ja keine Ahnung, erwidert er.

Als wir den Pass und die Berge hinter uns gelassen haben und in eine weite und fruchtbare Ebene einfahren, überspannt ein großes, mit rötlichen Steinen errichtetes Tor die Straße. Am Tor endet das Kontrollgebiet der Stammesfürsten. Dahinter erst beginnt das eigentliche Pakistan.

Wir halten nicht an. Jungen an der Straße machen mit zwei Fingern unzweideutige Bewegungen zum Mund: Sie wollen von uns Zigaretten.

In diese Ebene fällt nie Schnee, die Bewohner hier kennen den Schnee nur von den weit entfernten Bergen, die wie ein weißer Vorhang das Tal abschirmen. Wer kein Geschäft abwickeln will und wer nicht Krieg führen muss, der braucht nicht hinauf zum Khyber Pass, der wird sein Leben lang den Schnee nicht mit seinen Händen greifen und zwischen seinen Fingern zerrinnen sehen können.

Die Moslems sagen: Auf den Bergen wohnt Allah, der den

Schnee fallen lässt, und sein Prophet Mohammed wird den Schnee als Wasser zu Tal lassen, aber nur wenn die Menschen das Jahr über gläubig gewesen sind, wenn nicht, wird er sie mit einer Dürre bestrafen. In Dürrezeiten knien die Bauern auf den Feldern und rufen: Allah, du bist groß, und Mohammed ist dein Prophet.

Auf den Feldern wird gearbeitet, aber ich kann nicht erkennen, was geerntet und was gesät wird. Hartmut hat es plötzlich eilig, er reagiert nicht mehr darauf, wenn ich ihn auf etwas aufmerksam mache, damit er es mir erklären soll.

Er sagt nur: Es wird bald finster, es gibt keine Dämmerung, nach der Sonne kommt die Nacht, und ich möchte bei Nacht nicht im freien Land herumfahren, es könnte doch gefährlich sein.

Fast wären wir an Peschawar vorbeigefahren. Hartmut steigt aus und fragt an einer Tankstelle. Ein alter Mann mit langem weißen Bart beschreibt uns wort- und gestenreich, wir müssen in die umgekehrte Richtung fahren, um in das Stadtzentrum zu gelangen. Der Mann hat nur noch einen Zahn, aber junge Augen.

Hast du was verstanden?, frage ich Hartmut.

Ach was, kein Wort, aber er hat Recht.

Hartmut hatte schon vor Wochen mit seinem Freund, der in Peschawar eine deutsche Speditionsfirma vertritt, einen Treffpunkt in einem Hotel in der Innenstadt vereinbart, denn eine Straße oder ein Haus zu finden in dieser Stadt ist für einen Fremden eine Lebensaufgabe.

Also zurück.

Vorbei an einer Festung aus rotem Sandstein, ein Bau aus

englischer Kolonialzeit, vorbei an feudalen Landhäusern, deren Vorgärten englischen Golfplätzen gleichen. Hier wird zwar links gefahren, aber manchmal ist es auch umgekehrt, am besten man passt sich dem Verkehr an, und wir reihen uns auf der Straße mit dem dichtesten Verkehr ein; wir hoffen, dass sie zum Zentrum führt. Peschawar hat nicht mehr Einwohner als Kabul, offiziell eine Viertelmillion, aber der Unterschied ist erheblich. War Kabul wie ein Luftkurort, ruhig und relativ sauber, gleicht Peschawar einem Ameisenhaufen, laut und quirlig: ein heilloses Durcheinander. Ich habe den Eindruck, die Stadt sei eine einzige Baustelle. Motorisierte Rikschas beherrschen den Verkehr. Es sind Motorräder, die so umgebaut sind, dass hinter dem Fahrer auf einer überdeckten Sitzbank Platz für zwei Personen ist. Die Rikschas sind in allerlei Farben bemalt und nachts mit bunten Lampen beleuchtet. Die Fahrer tragen bunte Mützen und manche auch farbig bestickte Uniformen, in vielen Rikschas läuten Glöckchen, die während der Fahrt bimmeln. Die Rikschas stinken, sie ziehen eine weiße Ölfahne hinter sich her.

Vor dem ersten größeren Hotel halten wir an, gehen zur Rezeption und bitten, telefonieren zu dürfen. Es dauert ein paar Minuten, bis Hartmut die Verbindung hat. Sein Freund will uns sofort abholen, wir sollen nur auf einen roten VW-Bus achten. Wir haben weder Rupies noch englische Pfund, um das Telefon bezahlen zu können. Hartmuts Freund wird bezahlen, wenn er kommt.

Wir warten vor dem Hotel. Wir stehen beide da wie auf einem Präsentierteller. Droschkenkutscher bieten uns ihre Dienste an, Rikschafahrer halten an und fordern uns auf einzusteigen, Taxis stoppen, Zerlumpte betteln uns an, ein Straßenhändler will uns etwas verkaufen, Kinder strecken uns ihre offenen Hände entgegen, ein Mann will uns grünen Tee verkaufen, aber der livrierte Zerberus vor dem Hotel verjagt jeden, der uns anspricht. Wir sind Europäer, kommen aus dem Hotel, also genießen wir auch den Schutz des Hotels.

Alle sprechen englisch, der Mann an der Rezeption, der Wächter vor dem Hoteleingang und der Rikschafahrer.

Um uns ist ein Durcheinander von Bussen, Autos, Rikschas und Pferdefuhrwerken, es ist wie auf einer großen Kirmes, ebenso laut und ebenso bunt.

Wieder werden wir angesprochen, wieder auf Englisch. Englisch ist die Verkehrssprache. Im Parlament in Rawalpindi wird englisch gesprochen, im Landesparlament in Karatschi, in Rundfunk und Fernsehen, Schulen und Universitäten. Peschawar ist Garnisonsstadt, Militär beherrscht die Straßen. Während der Fahrt in die Stadt sahen wir weitläufige Militärcamps, saubere und gepflegte Anlagen und mehrere Sportplätze, auf denen Hockey, der Nationalsport, gespielt wird.

Was doch der Kolonialismus alles hervorgebracht hat.

Endlich kommt Kostan mit seinem roten VW-Bus.

Auf seiner Visitenkarte lese ich später: H. P. Kostan, Forwarding expert of the international schenker transport organisation, Peschawar ...

Kostan ist mir sofort sympathisch. Keine überflüssigen Worte, kein Begrüßungszeremoniell.

Er fährt vor uns her. Er fährt nicht, er rast. Hartmut hat Mühe, ihn im Verkehrsgewühl nicht aus den Augen zu verlieren.

Kostan wohnt in einem Villenviertel außerhalb der Stadt, das ausschließlich Ausländern vorbehalten ist. Wie in Kabul, so ist auch hier um jedes Haus eine hohe Mauer gezogen.

Vor dem Tor zu seinem Haus halten zwei vermummte Männer Wache. Sie tragen Gewehre. Im Hof toben zwei Hunde herum. Im Haus liegen kostbare Teppiche.

Ich frage Kostan nach den beiden Männern. Er sagt, das muss sein, in letzter Zeit häufen sich die Einbrüche und Überfälle auf Wohnungen von Ausländern. Organisierte Gangs überfallen plötzlich bei Nacht die Häuser. Er ist sich aber nicht sicher, ob seine Wachen im Ernstfall nicht in die Luft schießen, die Gewehre wegwerfen und fortlaufen. In einem Fall, so erzählt er weiter, haben die Wachen den Gangstern sogar die Tore geöffnet, als die Familie nicht im Hause war, um einen Anteil der Beute zu bekommen; in einem anderen Fall waren die Wächter selbst Angehörige einer Gang. Man muss, sagt Kostan, nachts das Tor von innen selbst verschließen und die Wachen mit aussperren, man darf ihnen weder die Schlüssel zum Haus noch zum Hoftor geben.

Aber was will man machen, ohne Wächter geht es nicht, man muss auf seinen Ruf achten, man muss einfach zwei vor dem Tor stehen haben.

Hartmut wird bei Kostan übernachten und am nächsten Tag nach Kabul zurückkehren. Zum Abendessen, scharf gewürzte pakistanische Küche, das Brot hat Frau Kostan selbst gebacken, gibt es deutsches Bier.

Frau Kostan entwirft und näht ihre Kleider selbst und sie strickt mit einer elektrischen Strickmaschine. In einem Zimmer steht ein Reißbrett, auf dem sie ihre Entwürfe zeichnet.

Wir sitzen nach dem Essen vor einem großen, offenen Kamin, die Scheite prasseln im Feuer.

Ich interessiere mich für Kostans Spedition. Er sagt, dass seine Lastwagen sogar aus England kommen und durch die Türkei über Persien bis nach Kalkutta und Bombay fahren. Die Fahrzeuge sind manchmal drei bis vier Wochen unterwegs, die Fahrer haben bestimmte Stationen, wo sie tanken, essen und schlafen, wenn sie überhaupt schlafen, das ist ein schwerer Job und ein nicht ungefährlicher dazu, es gibt Unfälle, manchmal sehr schwere, man lässt die Lastwagen einfach am Straßenrand liegen, wo sie nicht selten ausgeraubt werden, die Transporte sind hoch versichert. Es werden Baumaschinen transportiert, Batterien, Autoersatzteile, auch Medikamente, es gibt eigentlich nichts, was nicht transportiert wird. Die Fahrer sind ein Menschenschlag für sich, nicht zimperlich, es sind ja immerhin fünf- bis achttausend Kilometer, die sie unterwegs sind, sie wollen schnell Geld verdienen und sie verdienen gutes Geld.

Lohnt sich das Geschäft für eine Spedition?, frage ich.

Wenn es sich nicht lohnte, dann säße ich nicht hier, antwortet er, er bedauert nur, dass er in Kabul keine Lizenz für eine Niederlassung bekommen hat, für sein Geschäft wäre dieser Standort besser gewesen, Kabul liegt zentral.

Wie Hartmut reist er viel durchs Land, nicht nur aus geschäftlichen Gründen, er will »entdecken«, bis hinauf an den Himalaja und in die Provinzen an der chinesischen Grenze war er schon, für deren Besuch eine Sondererlaubnis von der Regierung erforderlich ist.

Hartmut und er unterhalten sich über Straßen und Pässe,

Berge, Täler und Flüsse, Landschaften und Städte, deren Namen ich noch nie gehört habe, sie sprechen von Nomaden, Bergvölkern und entlegenen Klöstern, über Klima und seltene Blumen. Und Kostan spricht von Peschawar, als sei diese Stadt die Metropole der Welt.

Ich sitze dabei und höre zu, mir ist, als unterhalten sich zwei orientalische Märchenerzähler.

Zwei Männer mit unterschiedlichem Engagement: Der eine vertritt deutsche Kultur, der andere ein deutsches Unternehmen, und doch haben sie die Liebe zu diesen Ländern und ihren Menschen gemeinsam.

Hartmut sagt: Da musst du unbedingt mal hinfahren, miete dir einen Jeep, sonst bleibst du stecken …

Und Kostan sagt: Da war ich schon, aber du musst mal dahin fahren …

Nach dem Essen haben wir noch ein Stündchen Zeit. Draußen ist es Nacht geworden, ein tiefschwarzer Himmel ohne Sterne.

Hartmut und Kostan bringen mich zum Flughafen. Die beiden Hunde tollen um Kostan herum, er sagt, wenn er die Hunde nicht hätte, die die Wachposten bewachten, wer weiß …

Vor dem Flughafengebäude auf den Stufen liegen betende Moslems, auf der obersten Treppe zum Eingang steht ein Vorbeter. Etwa hundert Moslems erbitten für sich und ihre Angehörigen Allahs Schutz für die Reise. Wieder dieser Singsang ihrer Gebete, die hohen Töne, ich bleibe stehen und sehe zu, Kostan zieht mich weiter, für ihn ist das kein Bild mehr, er hat sich an die betenden Männer gewöhnt.

Wir haben noch Zeit und trinken Tee im Flughafenrestaurant. Hartmut und Kostan werden nicht müde, mir gute Ratschläge zu geben, ich nicke, auch wenn ich nichts verstehe. Ich muss wieder zur Toilette. Sie ist offenbar seit der Einweihung des Flughafens nicht mehr gereinigt worden.

Als ich zurückkomme, sprechen Kostan und Hartmut über ein Bergvolk, bei dem es Sitte ist, Frau oder Tochter dem Gast für die erste Nacht als Geschenk anzubieten. Ich höre zu, ich sage dann: Wenn ich zu Hause bin, werde ich mir den Koran kaufen.

Aber das sind heidnische Gebräuche, sagt Kostan, die haben mit dem Koran nichts zu tun.

Kostan empfiehlt mir von dem süßen Kuchen zu essen, den ein Ober auf einem Holzbrett anbietet, ich lehne ab, ich habe schon genug Sorgen mit meinem Magen und mit meinem Darm.

An der Zollkontrolle nützt es wenig, dass Hartmut und ich immer wieder beteuern, in meinem Karton wären nur Carpets. Der Zöllner besteht darauf, freundlich und energisch, dass ich den Karton öffne. Aber als ich endlich den mit hundert Knoten verschnürten Karton geöffnet habe, winkt der Zöllner ab. Er wirft keinen Blick in die Schachtel und gibt mir zu verstehen, dass ich den Karton wieder verschnüren darf.

Der Zöllner, der inzwischen einen anderen Passagier abgefertigt hatte, kommt zurück, grinst mich an und fragt: German?

Yes, sage ich.

Sein Lächeln wird breiter. Er sagt: German good man ... very good man.

Als wir von der Abfertigung weggehen, ruft er uns nach: Good luck!

Dann stehen wir drei in der Halle und sehen uns an und wissen nichts mehr zu sagen. Kostan erzählt plötzlich von einem Lastwagenfahrer, der in München in einen Dreißigtonner gestiegen war und den schwer beladenen Wagen ohne Unfall bis nach Rawalpindi kutschiert hatte. Der Mann hatte vorher noch nie hinter einem Steuer gesessen und war noch nie über die deutschen Grenzen hinausgekommen.

Sachen gibt's, sage ich, nur um etwas zu sagen.

Als wir uns dann doch verabschieden, sagt Hartmut: Wer weiß, in welchem Land wir uns in ein paar Jahren wiedersehen werden.

Ich antworte: Allah ist groß und Mohammed ist sein Prophet.

Wir lachen. Kostan sagt: Wer weiß, bei Goethe ist kein Ding unmöglich.

Hartmut fragt: Kennst du jetzt den hundertsten Namen Allahs.

Nein, antworte ich, du hast doch selber in Kabul gesehen, dass mir das Kamel auf meine Frage keine Antwort gab. Aber vielleicht habe ich in den nächsten Tagen in Pakistan Glück.

Wir umarmen uns.

Ich gehe die Treppe zur Abflughalle hoch, drehe mich noch einmal um, aber die beiden haben das Gebäude schon verlassen.

Ich sitze und warte auf den Abruf. Ich bin traurig. Ich habe nichts, mit dem ich mich hätte ablenken können, während der gesamten Reise hatte ich noch nie eine deutsche

Zeitung in der Hand, es gibt sie auch nirgendwo zu kaufen.

Die Maschine startet pünktlich. Der Flug bis Rawalpindi dauert eine halbe Stunde. Die Maschine ist bis auf den letzten Platz besetzt, ich bin müde, ich möchte schlafen, ich sehne mich plötzlich an meinen Schreibtisch. Was soll ich hier, ich komme mir hier plötzlich so überflüssig vor, auf dem Schreibtisch wird sich eine Menge Post angesammelt haben. In Rawalpindi habe ich eine Stunde Aufenthalt, meine Maschine nach Karatschi startet um einundzwanzig Uhr und wird zwei Stunden später in Karatschi landen.

Der bequeme und saubere Warteraum in Rawalpindi ist voller Passagiere, und als die Maschine nach Lahore abgerufen wird, verlassen nur wenige den Raum. Ich höre aus dem Lautsprecher, dass meine Maschine mindestens eine Stunde Verspätung haben wird. Ich werde also nach Mitternacht in Karatschi ankommen, Hilman von Halem wird auf mich warten müssen. Er hat mich eingeladen, in seinem Haus zu wohnen. Ich habe seine Einladung vor Wochen dankbar angenommen.

Wenn er mich nun nicht abholt, ich weiß nicht einmal seine Adresse in dieser fremden Riesenstadt.

Meine Unruhe steigert sich, ich muss wieder zur Toilette, aber ich will meinen Karton und meine Reisetasche nicht allein lassen. Hinter mir sitzt ein Mann, der in der Frankfurter Allgemeinen Zeitung liest. Ein Deutscher? Ein Engländer? Ich drehe mich verstohlen um. Ich hätte ihn gerne angesprochen, wenn er schon in einer deutschen Zeitung liest, dann muss er auch Deutsch sprechen, aber ich fürchte mich plötzlich vor einem Gespräch, bleibe sitzen und starre auf die Uhr des Warteraums.

Ich verspüre plötzlich Hunger und möchte mir etwas zu essen kaufen, aber ich habe keine Rupie in der Tasche, ich werde warten müssen, im Flugzeug wird es etwas zu essen geben. Ich bin immer neugierig, was die Stewardessen servieren.

Ich muss plötzlich lachen. Mir fällt eine Geschichte ein.

Vor einigen Jahren flogen zwei Freunde von mir aus der DDR nach Zürich. Sie gaben in den drei Tagen ihres Züricher Aufenthaltes ihre letzten Rappen aus, hatten aber nicht bedacht, dass sie bei der Ausreise Flughafengebühren bezahlen mussten. Sie hatten nur noch Ost-Mark in der Tasche. Sie gingen in der Flughalle zum Bankschalter und fragten: Tauschen Sie Deutsche Mark gegen Franken?

Ja, freilich, sagte der Mann hinter dem Schalter, geben S' nur das Geld her.

Sie schieben durch den Schalterschlitz einige Scheine DM-Ost, der Angestellte nimmt das Geld, stutzt plötzlich und schiebt sie, als habe er etwas Giftiges in der Hand, wieder mit den Worten zurück: Dös is koa Geld net.

Die beiden Freunde haben dann doch umtauschen können, nachdem der Bankangestellte die Erlaubnis seiner Zentrale in Zürich erhalten hatte.

Ich bin froh, als ich in der Maschine sitze.

Die dunkeläugigen Stewardessen tragen lindgrüne Uniformen und auf dem Haar einen ebenso grünen, durchsichtigen Schleier, der mit einer silbernen Spange festgesteckt ist. Die Maschine ist voll besetzt. Neben mir sitzt ein Pakistani, der beide Lehnen für sich in Anspruch nimmt. Als das Essen serviert wird, rührt er die Speisen erst dann an, nachdem ihm eine Stewardess ein Glas Wasser gebracht hat. Er trinkt nur einen Schluck und vollzieht die rituelle Mundwaschung. Die Mehrzahl der Pakistani aber, die ich beobachte, trinkt kein Wasser.

Das Essen ist gut und reichlich.

Hinter mir sitzt der Mann, der in der Halle in der Frankfurter Allgemeinen Zeitung gelesen hat.

Während des zweistündigen Fluges führe ich mit meinem Nebenmann einen hartnäckigen Kleinkrieg um die zweite Armlehne. Mal konnte ich ihn ein wenig wegschieben, mal gelang es ihm.

Ich war müde und versuchte zu schlafen. Nickte ich ein, weckte mich wieder der Armdruck meines Nebenmannes, der die Lehne für sich allein haben wollte, aber ich wollte diesen Kampf auf keinen Fall verlieren, ich drückte ihn wieder zurück, aber mir gelang es nicht, seinen Arm völlig von der Lehne zu schieben. Wir sehen uns nicht an, während wir miteinander diesen Kampf austragen. Ich sehe geradeaus, er sieht geradeaus.

Hilman von Halem erkannte ich in der Abflughalle an einer Mappe, die er unter dem Arm trug und auf der groß mein Name zu lesen war. Er gibt mir die Hand und sagt: Schön, dass Sie endlich da sind.

Er winkt einen Mann zu sich und stellt ihn mir als deutschen Konsul von Karatschi vor. Er ist der Mann, der hinter mir im Flugzeug in der Frankfurter Allgemeinen Zeitung gelesen hatte.

Auf der Fahrt vom Flughafen zu seinem Haus sehe ich wenig von der Stadt, es ist bereits eine Stunde nach Mitternacht, aber es sind noch viele Menschen unterwegs.

Von Halems wohnen in einer Siedlung außerhalb des Zentrums, die Defence heißt und ursprünglich für verdiente Offiziere der pakistanischen Armee gebaut worden ist. Die Offiziere sind nach und nach ausgezogen und haben ihre Bungalows an Europäer und Amerikaner vermietet. Ihre Mieteinnahmen sind doppelt so hoch wie ihr Sold.

Im Wohnzimmer trinken von Halem und ich noch ein Bier.

Trinken Sie nicht so viel, vom pakistanischen Bier hat man am nächsten Tag einen fürchterlichen Brummschädel.

Die Familie ist längst zu Bett gegangen. Er weist mir das Zimmer einer seiner Töchter zu, die sich in einem Internat in Bayern auf das Abitur vorbereitet.

Im Bett bin ich unfähig, auch nur noch eine Zeile zu lesen. Ich schlafe tief und traumlos.

Donnerstag, 5.12.1974

Karatschi.

Ich erwache früh. Vor dem Haus sitzen auf hohen Platanen Hunderte von schwarzen Raben und krähen so, als wetteiferten sie miteinander, wer am lautesten kann. Aber lauter geht es nicht mehr. Schon am Morgen sommerliche Temperaturen. Ich dusche und rasiere mich und gehe dann ins Wohnzimmer. Zwei Dienerinnen begegnen mir, die mir freundlich zunicken. Ich nehme eine Apfelsine aus einem Korb und schäle sie, der Saft tropft mir durch die Finger auf den Teppich, ich sehe mich verstohlen um, ob das jemand beobachtet hat, da steht die Frau des Hauses vor mir. Da ich ihr meine klebrige Hand nicht geben kann, reiche ich ihr den Ellenbogen zum Gruß.

Wir lachen uns an. Sie mustert mich ungeniert.

Zum Frühstück kommt Hilman, der schon eine deutsche Verwandte zum Flughafen gebracht hatte, die mehrere Wochen zu Besuch gewesen war.

Der Kaffee ist gut und stark.

Ich bin anfangs etwas unsicher, denn die Halems sind eine neue Station auf meiner Reise, ich kannte sie vorher nicht persönlich, auch die Stadt ist mir fremd. Istanbul war mir vertraut, Izmir ebenso, in Kabul wartete Hartmut. Wie wird es laufen, und ich denke, hoffentlich haben sie für mich nicht ein Mammutprogramm ausgearbeitet, manche wollen einem etwas Gutes tun, aber die gute Absicht wird dann doch zur Tortur.

Zu den Halems habe ich sofort eine Antenne, Hilman ist

ein zurückhaltender Mann, er spricht überlegt, bedächtig, manchmal faltet er seine Hände beim Sprechen vor die Brust.

Für mich ist es wichtig, dass ich schnell Kontakt bekomme, sonst bewege ich mich wie in fremden Räumen. Mir ist dann, als sei ich in eine gläserne Kugel eingesperrt, von der aus ich zwar alles sehe, aber nicht bewusst wahrnehme.

Ankommen, dreihundert Mark Honorar einstreichen und wieder abreisen ist mir zu wenig, ich brauche das Gespräch.

Hilman sagt plötzlich lächelnd: Bei den Goethe-Leuten gibt es eine Redensart: Sag mir, welchen Autor du einlädst, und ich sage dir, wer du bist.

Ich denke mir, da wird schon was dran sein. Ein linker Institutsleiter wird keinen rechten Autor einladen, ein konservativer Institutsleiter wird keinen linken Autor einladen.

Als habe Hilman meine Gedanken erraten, sagt er: Mancher holt sich einen Autor oft nur als Alibi.

Alibi für wen?, frage ich.

Naja, um zu beweisen, wie liberal man selbst ist, wobei keiner weiß, was liberal ist.

Auch in Karatschi sind zwei Lesungen geplant, am ersten Abend für Deutsche, am zweiten Abend für Pakistani, die zwar ganz gut Deutsch sprechen, aber nicht so gut, dass sie einer Diskussion, die Deutsche miteinander führen, folgen könnten. Der zweite Abend ist ein Experiment, Hilman will versuchen, die Diskussion mit den Zuhörern auf Deutsch und Urdu zu führen, er will nicht von Urdu, der Landessprache der Gebildeten, ins Englische und dann ins Deutsche übersetzen, er will sofort vom Urdu ins Deutsche übersetzen lassen. Es muss möglich sein, sagt er.

Ich nicke zu allem, was er sagt.

Als Dolmetscher für den zweiten Abend hat er einen pakistanischen Professor gewonnen, der in den zwanziger Jahren in Heidelberg studiert und Rilke ins Urdu übersetzt hat.

Hilman sagt: Wir haben uns das so gedacht, dass Sie ...

Ich antworte: Mir ist alles recht. Verfügen Sie über mich, deshalb bin ich ja hier.

Beide atmen erleichtert auf.

Wir fahren zum Institut. Erster Eindruck von der Stadt: Chaos. Hilman hat ein eigenes Büro im Institut. Der Saal, in dem ich lesen werde, ist auch gleichzeitig die Bibliothek, im oberen Stockwerk sind das Sprachlabor und die Unterrichtsräume.

Hinter dem Institut ist ein kleiner Garten mit Ziersträuchern und hohen Palmen. In den Kronen hängen Kokosnüsse. Die Blüten an den Sträuchern duften.

Ich setze mich mitten in den Garten in einen Sessel und ziehe die Jacke aus. Es ist sehr warm geworden. Ein Pakistani, Angestellter des Instituts, bringt mir Tee. Er trägt eine weiße Jacke, er spricht kein Deutsch, mit den pakistanischen Angestellten im Institut wird englisch gesprochen, weil sie die Sprache besser beherrschen als das Deutsche.

Durch den Garten fliegen bunte Vögel, ich suche mit den Augen nach den Raben, aber ich sehe keinen.

Jetzt müsste eine Kokosnuss herunterfallen, denke ich mir.

Frau von Halem setzt sich zu mir in den Garten, sie erzählt mir, dass sie und ihr Mann jetzt schon sechs Jahre in Karatschi wären, vorher wären sie in Boston gewesen, ihr Mann hätte sich für das Institut in Glasgow beworben.

Frau von Halem sagt, ihre Tochter sei vom Wechsel nach Glasgow überhaupt nicht begeistert, weil sie in England Schuluniform tragen müsse.

Ist das ein Problem?, frage ich.

Und was für eins, antwortet sie, für ein Mädchen, das gerade anfängt, ihre Kleider selbst zu wählen, kann da schon die Welt zusammenbrechen.

Wenig später setzt sich der Leiter der Sprachabteilung zu uns in den Garten, ein junger Deutscher, der mit einer pakistanischen Frau verheiratet ist, eine exotische Schönheit, wie ich am nächsten Tag sehe.

Wer keine Probleme hat, der heirate eine Einheimische, sagt Frau von Halem, nachdem der junge Mann wieder fortgegangen ist.

Ich äußere den Wunsch, allein in die Stadt zu gehen, mir einen Film anzusehen, denn schon vormittags sind einige Kinos geöffnet, und ich habe Zeit.

Als wir durch die Stadt zum Institut gefahren sind, waren die aufdringlichen Kinoreklamen nicht zu übersehen. Ich kann mir nichts Grelleres vorstellen als diese in schreienden Farben gemalten Bilder, die sich über ganze Häuserfronten und Plakatwände hinziehen. Die Schauspielerinnen auf den Bildern sind teils verschleiert, teils unverschleiert und haben breite wulstige Lippen und halbverhüllte Busen. Männer stehen vor der schwülstigen Reklame und starren sie an.

Hilman erzählte mir später, dass man immer wieder junge Männer beobachten könne, die davorstehen und onanieren, die einen heimlich, die anderen ganz offen. Onanieren sei hier die selbstverständlichste Sache der Welt. In Filmen dürften Küsse von Mund zu Mund nicht gezeigt werden. Die Schauspielerinnen seien dick oder sogar fett, denn fett sein bedeute hier, wo gehungert wird, Reichtum und Freude. In den Kinos rieche es nach Sperma, Männer onanierten, auch während des Films auf ihren Sitzen, viele Männer gingen überhaupt nur in ein Kino, um onanieren zu können.

Frau von Halem nimmt mich in ihrem VW mit und zeigt mir die Stadt: Bahnhof, Geschäftsstraßen, das Bankenviertel, den Eingang zum Bazar, eine anglikanische Kirche, die von den Engländern im vorigen Jahrhundert gebaut worden ist. Auch Karatschi hat seine Hochhäuser: Banken, Hotels und Versicherungen. Die Banken sind englisch und tragen englische Namen. Diese Hochhäuser scheinen in aller Welt gleich zu sein, als wären sie von ein- und demselben Architekten erbaut worden: phantasielos. Karatschi hat offiziell über drei Millionen Einwohner, aber man schätzt sie auf über vier Millionen.

Frau von Halem fährt mich auch durch das Altstadtviertel. Ich sehe Menschen auf den Bürgersteigen liegen, mit Lumpen zugedeckt, Passanten gehen um sie herum und steigen über sie hinweg.

Ich frage: Schlafen die?

Ja, antwortet sie. Und wenn sie nicht schlafen, sind sie verhungert. Es gibt nur diese zwei Möglichkeiten.

Wie sie das sagt, wie sich das anhört: Verhungert.

Das alles ist möglich inmitten einer Millionenstadt, in der sich täglich Hunderttausende durch die Straßen bewegen.

Sie sagt: Ein Verhungerter ist hier selbst schuld an seinem Schicksal, nicht die Gesellschaft.

Ich spreche das Wort leise und langsam vor mich hin: Verhungert. Plötzlich wird mir bewusst, dass es mich nicht bewegt. Ich bin einer von denen, die am Elend vorbeifahren, ich finde es, wie schon in Kabul, exotisch. Was habe ich damit zu tun, ich werde in ein paar Tagen wieder abreisen.

Zwischen den verschleierten Frauen sehe ich auch europäisch gekleidete Mädchen. Sonst aber scheint die Stadt nur von Männern bevölkert zu sein. Auch hier das gleiche Bild: Männer gehen mit Männern, Frauen gehen mit Frauen, Frauen gehen mit Kindern. Ich sah keinen Mann mit einer Frau, selten einen Mann mit einem Kind.

Die vor Jahren erbauten Miethäuser gleichen heute schon wieder Slums. Frau von Halem zeigt mir die deutsche Schule, der ein Kindergarten angegliedert ist. Die Schule hat mehr Räume, als benötigt werden, die Schule war früher die Stadtwohnung eines reichen Großgrundbesitzers, der sie für teures Geld vermietet hat, weil er, seit die Regierung nicht mehr in Karatschi sitzt, die Wohnung nicht mehr benötigt.

Es fehlt an deutschen Lehrern, und deshalb geben deutsche Hausfrauen Unterricht im Zeichnen, Werken und Handarbeiten und betreuen auch abwechselnd den Kindergarten.

Es ist heiß geworden, über dreißig Grad, die Hitze flimmert über dem Beton des Hofes, längs der Straße vor der Schule wurden junge Bäume gepflanzt, auf den Bäumen sitzen einige Raben.

Nach dem Unterricht werden die Kinder von den Eltern oder von einem Diener der Familie abgeholt. Vor dem Schulgebäude parken teure deutsche Autos.

Einer der Lehrer kommt aus meiner fränkischen Heimat.

Beim Mittagessen in von Halems Wohnung erfahre ich, dass die Lufthansa in Karatschi nach meiner Lesung heute Abend im Institutsgarten einen Empfang geben wird, mit Bier vom Fass und heißen Würstchen. Als ich das höre, ist mir nicht wohl dabei. Ich sage, was hat die Lufthansa mit dem Goethe-Institut zu tun.

Ich will nicht behaupten, dass der Zweck die Mittel heiligt, antwortet Hilman, aber vielleicht bringe ich durch den Empfang der Lufthansa, die natürlich auch für sich wirbt, Deutsche ins Institut, die noch nie ihren Fuß in unser Haus gesetzt haben. Durch welchen Anreiz die Leute zu einer Lesung kommen, ist doch völlig gleichgültig. Wenn man viele Jahre im Ausland deutsche Kultur verkaufen muss, dann kann man sich diese Empfindlichkeit nicht leisten.

Wer ködert wen?, frage ich. Bin ich der Köder für die Lufthansa oder ist die Lufthansa der Köder für mich.

Hilman lächelt, er sagt, Kultur muss vermittelt werden, die Kolonialherren haben es mit ihren Armeen gemacht, wir suchen andere Wege ... und dann, es ist für Sie doch ein Trost, dass nicht Franz Josef Strauß einen Empfang nach meiner Lesung gibt.

Das ist allerdings ein Trost.

Ich frage mich manchmal, wie komme ich an die Leute ran, an die Deutschen und an die Einheimischen. Das ist mein Problem.

Das ist auch mein Problem, antworte ich ihm.

In meiner Dortmunder Stammkneipe fragen mich manchmal Gäste – hauptsächlich Bergarbeiter, Stahlarbeiter und kleine Handwerker –, wo meine Bücher zu kaufen wären.

Die Frage hat mich anfangs verwirrt, denn es gibt Buchhandlungen, und das mussten sie doch auch wissen. Dass es Buchhandlungen gibt, wissen sie zwar, aber sie sind ihnen nicht so gegenwärtig wie der Metzgerladen, weil das Buch nicht zu ihrem täglichen Bedarf gehört, und wenn oft von Studenten gesagt wird, es würden mehr Bücher gekauft, wenn sie nicht so teuer wären, antworte ich, wer nicht gelernt hat zu lesen, der kauft ein billiges Buch ebenso wenig wie ein teures.

Nach dem Mittagessen setze ich mich in den Garten. Im Schatten ist es erträglich. Ein schöner Garten. Die Blumen blühen schon oder immer noch. Drei Katzen dösen in der Sonne, sie lassen sich streicheln. In einer mit Maschendraht überspannten Kiste ist ein Kaninchen. Halems siebenjähriger Junge Alexander lässt das Kaninchen laufen, es frisst die Keimlinge ab, und wir haben eine halbe Stunde zu tun, um es wieder einzufangen.

Ich setze mich wieder unter die Pergola, die Schatten wirft.

Frau von Halem bringt mir eine deutsche Übersetzung des Korans. Sie sagt: Es ist die beste, die es gibt, weil sie auch die blumenreiche Sprache beibehalten hat und nicht gereinigt ist.

Jeden Vormittag spritzt ein Diener den Rasen, er wässert ihn, bis sich Pfützen bilden, nach fünf Minuten ist vom Wasser nichts mehr zu sehen, die Erde ist wie ein trockener Schwamm, der jede Feuchtigkeit sofort aufsaugt.

Seit drei Jahren hat es in Karatschi nicht mehr geregnet, zumindest nicht das, was wir unter Regen verstehen.

Ich sage zu Frau von Halem: Es ist sicher nicht leicht, dieses Haus und diesen schönen Garten gegen eine Etagenwohnung im regnerischen Schottland einzutauschen. Ich kenne die Stadt ein wenig, ich kann mir vorstellen, was Sie da erwartet.

Sie erwidert: Es fällt mir schwer, von hier fortzugehen und die Bequemlichkeit aufzugeben, aber ich möchte auch mal wieder in ein Land, wo man als Frau in der Gesellschaft wieder Frau sein kann. Und das ist viel, wenn man das sechs Jahre hier mitgemacht hat.

Mit Alexander baue ich in dessen Zimmer aus Holzklötzchen einen Turm. Als die elfjährige Tochter hinzukommt, spielen wir Bilderrätsel. Die Kinder sind immer froh, wenn Besuch kommt, besonders aus Deutschland, weil er ihnen von dem Land erzählt, aus dem ihre Eltern stammen, und das sie nur im Urlaub einmal besuchen.

Am Nachmittag fahre ich mit Hilman zu einer Lackfabrik ins Industrieviertel, das weit draußen vor der Stadt liegt, er hat diesen Besuch meinetwegen arrangiert.

Wir müssen uns durchfragen.

Ich dachte immer, der Verkehr in Istanbul sei chaotisch, aber wenn man Karatschi erlebt, dann ist Istanbul eine disziplinierte Stadt. Jeder fährt nach dem Motto: Hauptsache, ich komme vorwärts. Aber kein Autofahrer schimpft, keiner zeigt dem andern einen Vogel, keiner schneidet bewusst einen anderen Wagen. Wenn es überhaupt nicht mehr vorwärts geht und an großen Kreuzungen sich die Autos verknäult haben, springt einer aus seinem Wagen und spielt für einige Zeit Verkehrspolizist.

In der Lackfabrik, einem kleinen Betrieb mit hundert Beschäftigten, der überwiegend seine Rohstoffe aus der Bundesrepublik bezieht und gute Geschäftsverbindungen zu Hoechst und zur BASF unterhält, lerne ich zwei pakistanische Chemiker kennen. Sie sprechen akzentfrei Deutsch, beide haben einige Semester in der Bundesrepublik studiert.

Ich werde in ein Büro gebeten, es gibt Tee.

Sie erzählen mir stichwortartig die Geschichte des Unternehmens, das vor wenigen Tagen sein fünfundzwanzigjähriges Geschäftsjubiläum gefeiert hat.

Sie führen mich durch die Labors und Fabrikhallen, und sie erzählen mir, dass seit einigen Jahren die Krankenversicherung für Arbeiter, die in einem festen Arbeitsverhältnis stehen, Gesetz geworden sei. Die Arbeiter wären fleißig und auch gewissenhaft, aber die Pünktlichkeit lasse zu wünschen übrig, selbst Verwarnungen oder gar Entlassungen hätten keine lang anhaltende Wirkung. Man hat Zeit. Es ist schwer, Menschen, die nach dem Rhythmus von Sonnenaufgang und Sonnenuntergang groß geworden sind, beizubringen, dass sie künftig nach einer Uhr zu leben haben. Das wird noch einige Generationen dauern, sagt mir der junge Chemiker, der in Erlangen studiert hat.

Beide versprechen mir, zu meiner Lesung zu kommen.

Auf der Rückfahrt zeigt mir Hilman ein Viertel, in dem nur Arbeiter wohnen, vier- bis achtstöckige Häuser, die der Staat errichtet hat, und je weiter sich das Neubauviertel ausdehnt, desto mehr verschwinden auch die stinkenden Slums, dadurch aber werden auch die alten Wohngemeinschaften zerstört und der Clan zerbröckelt. Wo neue Sicherheit geschaffen werden soll, geht die traditionelle Sicherheit des Clans verloren.

Hilman fährt mich in der Stadt in ein altes Slumviertel. Die Straßen sind eng und unbefestigt, die Häuser zum Teil windschiefe Bretterhütten, der Abfall wird auf die Straße geschüttet, es gibt keine Wasserleitung, keine Kanalisation, der Gestank steht über dem Viertel wie eine undurchdringliche Glocke, Katzen und Hunde wühlen im Abfall. Ein Junge, der mitten auf der Straße steht, hat auf jeder Schulter einen schwarzen Raben sitzen. Eine Horde bettelnder Kinder umringt unser Auto, die Kinder strecken ihre kleinen und schmutzigen Hände an die geschlossenen Autofenster, ich will mein Fenster herunterrollen, aber Hilman sagt schnell: Um Gottes willen, nichts geben, wir haben sonst das ganze Viertel auf dem Hals.

Auf der Straße liegt ein Kamel, das erst dann aufsteht, als Hilman es mit der vorderen Stoßstange berührt hat, es erhebt sich flink und trabt in einen Seitenweg, dessen Hütten so niedrig sind, dass Kopf und Höcker über den Dächern zu sehen sind.

Ich habe immer geglaubt, ich wäre arm aufgewachsen, meine Mutter stand mit mir als Kind vor dem Metzgerladen und überlegte, ob sie es sich leisten könne, für zwanzig Pfennig warmen Leberkäse zu kaufen, immerhin eine Mahlzeit zum Sattwerden. Was waren wir doch für reiche Leute, wir hatten immerhin noch die Möglichkeit, zwanzig Pfennig auszugeben. Die Armen hier haben nicht einmal das.

Die Armut macht die Leute apathisch, sagt Hilman.

Ich wäre gerne ausgestiegen und zu Fuß durch dieses Labyrinth gegangen, stattdessen aber verriegelt Hilman die Türen von innen, wendet und fährt wieder auf die Hauptstraße, die am Meer entlang zur Stadt führt. Hilman sagt, er sei deshalb nicht weiter in das Viertel hineingefahren, weil einige Männer schon eine drohende Haltung angenommen hätten. Sie haben es nicht gerne, wenn Europäer ihre Armut besichtigen. Es sei sonst auch nicht seine Art, aber er habe mir wenigstens einen kleinen Einblick vermitteln wollen. Es gebe noch ärmere, noch trostlosere Viertel. Die City von Karatschi täusche über die tatsächliche Wirklichkeit hinweg.

Armut besichtigen, wie sich das anhört. Aber genauer kann man es nicht sagen.

Der Wind weht den feinen Sand aus der vor den Toren Karatschis liegenden Wüste in die Stadt. Über der City lastet eine Wolke von Abgasen, die Luft ist schwer, Sand klebt auf den Lippen und in den Nasenlöchern, mir ist, als presse mir jemand den Brustkorb zusammen.

Halem, der mich ansieht, sagt: An solchen Tagen wünscht man sich ein Gewitter, ein richtiges Gewitter.

Wir sind zu früh im Institut.

Hilman zeigt mir die beiden ins Urdu übersetzten Erzählungen von mir. Die Schrift besteht aus kunstvollen Schleifen.

Da ich es wie so oft vor lauter Anspannung und Aufregung nicht mehr aushalte, gehe ich in den Institutsgarten. Der Himmel ist schwarz, ich sehe nur einen Stern durch die hohen Kokospalmen.

Der Schauspieler Hanns Ernst Jäger, dem ich einmal von meiner Nervosität vor Lesungen erzählt hatte, gab mir zur Antwort: Bevor ich auf die Bühne trete, sterbe ich tausend Tode hinter dem Vorhang, und wenn ich auf der Bühne bin, dann weiß ich plötzlich meinen Text nicht mehr und was ich mit meinen Händen anfangen soll – aber es geht doch immer wieder gut.

Vor dem Institut treffe ich den Konsul wieder, den mir Hilman in der Empfangshalle des Flughafens vorgestellt hatte.

Der Saal ist voll.

Ich lese aus meinem Buch »Ein Tag wie jeder andere«.

Nach einer knappen Stunde schlage ich das Buch zu, mir ist, als hätte ich drei Stunden gelesen, so erschöpft bin ich.

Im Garten warteten das Dortmunder Bier und die heißen Würstchen der Lufthansa. Ich bin durstig und hungrig. Ich bleibe noch ein paar Minuten hinter meinem Tisch auf dem Podium sitzen und warte, bis die Zuhörer den Saal verlassen haben.

Ich frage mich immer wieder, warum man zu Dichterlesungen geht, warum Menschen einen Autor hören wollen, wo sie doch seine Bücher kaufen oder in Büchereien entleihen können.

Nach dem Kriege, 1948, fuhr ich mit einem Freund nach Garmisch-Partenkirchen zum Skifahren. Ich war zu dieser Zeit ein fanatischer Ernst-Wiechert-Leser, und wir beschlossen, Wiechert in seinem Haus am Starnberger See zu besuchen. Wir platzten sozusagen in seinen Nachmittagsschlaf. Wiechert war sehr ungnädig, kühl, verletzend. Er fragte mit leiser, aber abweisender Stimme, was wir wollten.

Ja, was wollten wir eigentlich.

Als wir wieder auf der Straße standen, unsere Skier auf den Schultern, sagte mein Freund: Nie wieder kriegst du mich zu einem Dichter, nie wieder!

Ich dachte dasselbe.

Der Garten ist mit bunten Lampions beleuchtet. Sie hängen auf Kabeln, die von Baum zu Baum gespannt sind. Bengalische Beleuchtung nennt man das.

Menschen sprechen mich an, fragen, wollen den Text interpretiert haben, den ich gelesen habe.

Der junge Chemiker aus der Lackfabrik sagt mir, wenn die Stadt Dortmund so schön ist, wie das Dortmunder Bier schmeckt, dann müsse es eine schöne Stadt sein.

Und er sagt: Sie haben in mir einen neuen Leser gefunden.

Wie sich das anhört, einen neuen Leser gefunden, denke ich, und das in Karatschi, und dann fällt mir auch wieder der Satz ein, den mir in Deutschland Studenten bis zum Erbrechen vorlegen: Für wen schreiben Sie?

Ich: Für den Leser.

Sie: Wer sind Ihre Leser?

Ich: Ich weiß es nicht.

Sie: Aber Sie müssen doch Ihre Leser kennen.

Ich: Warum muss ich sie kennen.

Sie: Ja, warum schreiben Sie dann.

Dieser Dialog lässt sich über hundert Seiten fortsetzen. Ich frage mich manchmal, ob es an den Studenten liegt oder an denen, die sie unterrichten.

Die Bibliothekarin des Instituts, die einige Jahre in der Stadtbücherei in Dortmund gearbeitet hat, bittet mich, bei meiner Rückkehr Fritz Hüser zu grüßen.

Und der Direktor des Lufthansabüros in Karatschi erzählt mir, dass der Jumbo, der von Frankfurt über Karatschi nach Tokio fliegt, manchmal nur zu einem Drittel ausgelastet ist, seit die Pol-Route geflogen wird. Trotzdem müsse die Maschine eingesetzt werden aus Prestigegründen, würde sich die Lufthansa zurückziehen, stiegen sofort andere Gesellschaften in das Geschäft ein. Das sei zwar nicht kaufmännisch, aber nationales Prestigedenken orientiere sich nicht immer an Soll und Haben.

Ich lande dann noch mit den von Halems im Haus eines deutschen Managers, der in Karatschi einen deutschen Elektrokonzern vertritt. Auch er wohnt in Defence. Das Haus ist ein palastähnlicher Bungalow.

Die Bar, die in dem Wohnraum eingebaut ist, ist größer als das Wohnzimmer meiner Wohnung in Dortmund, und ich erfahre, dass das Haus vier Badezimmer und vier Toiletten hat, die Badezimmer bis zur Decke gekachelt.

Alles ist hier überdimensional: das Haus, der Garten, die Gemälde an den Wänden, die Leuchter, die Autos vor dem Haus, wäre es nur der Geist des Hausherrn auch gewesen.

Der Herr des Hauses, ein jovialer Mann, der im Krieg Offizier gewesen war und Gedichte schreibt, liest mir einige seiner Ergüsse vor: mittelmäßige Bierzeitung nach der Vorstellung, alles was sich reimt, ist ein Gedicht.

Er sagt mir, er träume davon, endlich einmal Zeit zu haben, um ein Buch schreiben zu können, einen Roman.

Ich antworte: Wenn man ein Buch schreiben muss, dann muss man es schreiben und nicht warten, bis man Zeit hat.

Er fragt mich, wie viel Zeit ich für einen Roman brauche, ich sage, das ist verschieden, aber ein bis drei Jahre müsse man schon rechnen, wenn man erst einmal seine Geschichte gefunden hat.

So viel? Nein, das kann ich mir nicht leisten, so viel Zeit, ich müsste das Buch in ein paar Wochen geschrieben haben, in der Urlaubszeit.

Das ist natürlich auch möglich, sage ich. Es gibt Beispiele, dass Werke der Weltliteratur in wenigen Tagen niedergeschrieben worden sind.

Na sehen Sie, sagt er, alles ist nur eine Sache der Ökonomie, aber auch nur der Ökonomie.

Mein Gott, was doch deutsche Unternehmen ihren Residenten im Ausland für Paläste bauen oder mieten. Wenn man das doch vom Auswärtigen Amt für die Goethe-Institute auch sagen könnte. Kulturarbeit lässt sich nun mal nicht in barer Münze messen, und sie wird von vielen Politikern in zwei Kategorien eingeteilt: Hofsängerei oder Nestbeschmutzung. Für Menschen mit mangelnder Phantasie ist das alles einfach, sie müssen nicht Genscher oder Strauß heißen.

Kurz vor Mitternacht gehe ich in den Garten und pflücke von einer Pergola persischen Flieder. Frau von Halem hat Geburtstag. Genau um Mitternacht singe ich: Happy birthday to you. Ich habe einen schweren Kopf, das pakistanische Bier verträgt sich nicht mit dem deutschen. Ich dränge zum Aufbruch, sonst beginne ich noch, mit dem Hausherrn Gedichte zu reimen.

Zu Hause bei von Halems sagt mir Hilman, es seien viele Deutsche zu meiner Lesung gekommen, die er noch nie in den sechs Jahren, die er Institutsleiter sei, in diesen Räumen gesehen habe, höchstens auf Partys oder Empfängen, und er fragt sich nach den Gründen: Kulturfeindlichkeit oder Interesselosigkeit.

Also doch die Lufthansa mit ihrem Bier, antworte ich.
Vielleicht, sagt er.

Im Gespräch entdecke ich, dass wir drei ein Stück Literatur gemeinsam lieben, Ludwig Thomas' köstliche Geschichte vom Münchner Dienstmann, der in den Himmel kommt und den Gottvater später, weil er im Himmel nur Unsinn im Sinn hat, auf die Erde zurückschickt, um der bayerischen Regierung die göttliche Erleuchtung zu bringen. Mir war das Stück deshalb noch so frisch in Erinnerung, weil ich vor Wochen im Kino einen Zeichentrickfilm über diese Geschichte gesehen hatte. Frau von Halem legt plötzlich eine Kassette in den Recorder, und wir hören gemeinsam noch einmal die Geschichte vom Münchner Alois, vom Hallelujasingen und Frohlocken ... wir lachen schon vorher.

Für die nächsten Tage haben wir unser Spiel gefunden: Ihr Engel, ihr boanigen ... hast an Schmalzler ... Heute gibt es kein Manna, heute gibt es Goulasch ...

O seliger Thoma, hättest du dir träumen lassen, dass im Jahre 1974 in Karatschi ...

Später in meinem Zimmer dreht sich die Zimmerlampe.

**Freitag, 6.12.1974**

Morgens wecken mich wieder die schwarzen Raben auf den hohen Platanen vor dem Haus. Ein widerliches Geschrei. Als ob jemand angebranntes Essen aus einem Topf kratzt.

Beim Frühstück gebe ich Hilman den Rat, er solle sich ein Kleinkalibergewehr kaufen und einige von den Raben abschießen, dann sei endlich Ruhe.

Er lacht nur und sagt, dass er das vor sechs Jahren schon einmal versucht habe. Als der tote Rabe vom Baum fiel, auf den Rasen im Garten, da habe er den Eindruck gehabt, alle Raben Karatschis hätten sich in seinem Garten versammelt.

Der Rasen war schwarz. Sie haben sich aufgeführt, als wären sie zur Trauerfeier ihres toten Artgenossen gekommen, sie hüpften um den toten Vogel herum, als wollten sie einen rituellen Totentanz aufführen, sie haben geschrien, fast schon mit menschlichen Stimmen, niemand habe sich mehr ins Freie gewagt, weil die Vögel aggressiv wurden und auf Menschen einzuhacken begannen, die Bediensteten seines Hauses haben ihn angefleht, keinen Vogel mehr zu schießen. Über eine Stunde habe der Tanz der Vögel gedauert, und Hilman sagt, er habe noch nie in seinem Leben so angriffslustige Vögel gesehen, ihm sei da erst die Gefährlichkeit dieser Tiere klar geworden, und das Spektakel habe ihn an Hitchcocks Film »Die Vögel« erinnert. Noch Stunden später habe sich niemand ins Freie getraut.

Ich sehe aus dem Fenster. Auf den Ästen der Platanen sitzen die großen schwarzen Raben, friedlich, als ob sie schliefen.

Ich fahre mit Hilman in die Stadt, ich habe mich leicht angezogen, schon am Vormittag sind dreißig Grad Wärme.

Wie ist das erst im Sommer, frage ich Hilman.

Täglich über vierzig Grad. Aber man gewöhnt sich daran, antwortet er.

Ich will allein in der Stadt umherlaufen, wieder raten mir alle im Institut ab, aber Hilman bringt mich dann doch in die City. Als ich aussteige, deutet er auf einen Zwiebelturm, an dem ich mich orientieren solle, falls ich mich verlaufe. Vom Turm aus führt der Weg direkt zum Institut. Er zeigt mir eine Straße.

Ich laufe an einer Flussmauer vorbei. Aber das Flussbett ist nichts anderes als der Hauptgraben der städtischen Kanalisation, der alle Abfälle und Abwässer der Seitengräben aufnimmt und die träge Brühe langsam ins Meer führt. Die Kloake stinkt.

Was für ein Lärm, was für ein Gestank, was für ein Chaos in der City von Karatschi. Wieder sehe ich keinen Mann mit einer Frau gehen, keine Pärchen, nur Frauen mit Frauen, dagegen viele Männer umschlungen wie Liebespaare. Die Frauen tragen oft schwere Lasten und haben den Männern auszuweichen, andernfalls wird nach ihnen getreten, oder sie werden ausgeschimpft.

An fast jeder Straßenecke wird Orangensaft angeboten. Auf Karren und Tischen werden in einer Eisenpresse die Früchte ausgedrückt. Ich kaufe mir ein Glas Saft.

Zeitweilig verirre ich mich im Durcheinander der Straßen und Gassen, ich verliere die Orientierung. Im Bazar finde ich eine Straße, in der nur Stoffe verkauft werden. Leuchtende, grelle Farben, die ganze Straße ist eine Symphonie aus Farben.

Zwei Frauen, die Stoff kaufen: Ihre Schleier vor den Gesichtern und die sackähnlichen Kleider machen es mir unmöglich, ihre Figuren zu erkennen oder sogar ihr Alter zu schätzen. Ich höre sie durch die Schleier mit dem Verkäufer reden, und ihre Stimmen sind so leise, dass auch aus ihnen ihr Alter nicht zu erraten ist. Ich bin so versunken in das Kaufzeremoniell der beiden Frauen, dass ich den Mann erst bemerke, als er mir die Hand auf die Schulter legt und mir höflich, aber energisch zu verstehen gibt, dass ich weitergehen solle.

Ich gehe.

Was mir auffällt, sind nicht so sehr die vielen Bettler als vielmehr die vielen Blinden. Sie ertasten sich allein ihren Weg, werden von Kindern geführt, sitzen an Hauswänden in der Sonne und strecken den Vorbeigehenden ihre Hände entgegen. Mit ihren toten Augen sehen sie den Menschen entgegen, die auf sie zutreten. Vor allem in den schmalen Seitenstraßen wohnen Armut und unbeschreiblicher Schmutz. Die Gassen sind verstopft von Eselskarren und hohen Holzwagen mit eingeschirrten Kamelen, auf den Bürgersteigen liegen Verkrüppelte, Blinde und Aussätzige, und immer wieder Horden schmutziger Kinder, verwahrlost, hungrig, bettelnd, mit traurigen, alten Augen.

Straßenhändler schreien, Taxifahrer gestikulieren, wenn sie nicht weiterfahren können, und das alles sehe ich nicht auf einer Leinwand, ich kann es anfassen, ich bin mitten drin, nur bin ich nicht Betroffener.

Ich bin müde geworden vom Laufen und der Hitze, ich hätte mich gern in ein Café gesetzt, um eine Tasse Tee zu trinken, aber es gibt keine Cafés, und die Teestuben, die ich sehe, sind so schmutzig, dass ich nicht wage, sie zu betreten.

Das Zwiebeltürmchen suchen.

Karatschi ist keine Stadt für Touristen, hier gibt es nichts zu besichtigen. Nur auf der einen Seite die kalte Pracht der Banken und Versicherungsgebäude, auf der anderen Seite die Slums. Auf der einen Seite die Herren im blauen Anzug mit Nadelstreifen, auf der anderen Kleider, die nur noch vom Schmutz zusammengehalten werden, da Kinder, die vom Chauffeur der Familie zur Schule gefahren und wieder abgeholt werden, dort verwahrloste Kinder, die noch nie eine Schule von innen gesehen haben, auf der einen Seite Schweineschnitzel, die vom Ausland eingeflogen werden müssen, auf der anderen die ausgestreckte Hand für ein Stück Fladenbrot.

Ich habe Schwierigkeiten, den Weg zum Zwiebelturm zurückzufinden, ich habe mich in eine Gasse verlaufen, die auf dem Stadtplan, den mir Hilman gegeben hat, nicht zu finden ist. Ich bin erleichtert, als ich schließlich das Parlamentsgebäude finde, von wo aus ich mich wieder orientieren kann.

Im Institut atmen sie auf.

Hilman erzählt, dass seine Angestellten ihm schon Vorhaltungen gemacht haben, weil er mich habe allein gehen lassen, die Frauen glauben immer noch, in Karatschi verschwinde ein Europäer auf Nimmerwiedersehen.

Auf der Fahrt nach Hause gehen wir ins Sheridan-Hotel, weil ich ein paar Ansichtskarten kaufen will, die man am Zeitungsstand in der Hotelhalle bekommt.

Neben dem Hotel ist ein Swimming-Pool, der mit einem roten Zelt überdacht ist. Um den Swimming Pool ein Garten, und im Garten wird für eine Hochzeit illuminiert, die am Abend hier gefeiert wird. Um den Swimming-Pool Tische, Stühle und Bänke, auf den Wegen liegen bunte Teppiche und Läufer, und überall stehen üppige Blumenkörbe. Der Geruch der Blumen ist betäubend.

Die Tochter eines reichen Pakistani wird mit einem reichen Inder verheiratet, die Trauung erfolgt nach mohammedanischem Ritus, der Inder aber bleibt Hindu. Ich stehe nur und schaue. So schön das alles ist, es ist mir zu üppig, zu aufdringlich, wie die Kinoreklamen zu schwülstig. Da möchte ich gerne dabei sein, sage ich zu Hilman, der lacht nur.

Zu solchen Hochzeiten wird nur eingeladen, wer mindestens eine Million schwer ist, in bar, Grundstücke und anderer Besitz verstehen sich von selbst. Hier bleibt das Geld unter sich, hier heiratet Geld zu Geld.

Vor einer Stunde bin ich noch durch ein Viertel gelaufen, in dem Kinder wie Hunde im Abfall wühlten.

Auf dem Wasser des Swimming-Pools liegen Hunderte aufgeblasener Luftballons, und ich erfahre, dass die Dienerschaft der reichen Brautleute nach dem Festessen in voller Kleidung in das Wasser springt, um die Luftballons herauszuholen und sie dann an den Lehnen der Stühle festbindet, damit sie hinter den Köpfen der Gäste leuchten.

Mittags gibt es bei von Halems Goulasch aus Wasserbüffelfleisch. Wollen von Halems einmal Schweinefleisch essen, dann müssen sie ins Sheridan Hotel, sie sagen, eine einfache Rechnung, wann wir da einmal hingehen, bei den Preisen.

Das billigste Zimmer kostet hundertachtzig Mark, das einfachste europäische Essen fünfzig und ein Gericht mit Schweinefleisch, das importiert werden muss, weil es im Land keine Schweine gibt, klettert in astronomische Höhen.

Trotzdem, hier lebt ein Volk im Aufbruch.

Den verlorenen Krieg in Bangladesh hat Pakistan erstaunlich schnell verkraftet, manche hier sagen, hinter vorgehaltener Hand freilich, es sei Pakistan gut bekommen, dass es den Krieg verloren habe und die Ostprovinz dazu, die doch nur ein Klotz am Bein des Staates gewesen sei.

Hilman fährt nach dem Essen ins Institut.

Ich nehme mir wieder den Koran und setze mich in den Garten. Die schwarze Katze mit dem glänzenden Fell rückt keinen Zentimeter zur Seite, als ich mich zu ihr auf die Bank setze. An den Stauden an der Gartenmauer reifen schon Bananen, die Raben sitzen wie schlafend auf den Ästen und beobachten mich. Warum müssen sie nur immer am Morgen krähen.

Ich war eingeschlafen.

Die Kinderfrau, eine dralle Inderin, weckt mich. Es ist Zeit geworden für die Fahrt zum Heiligen, einer mohammedanischen Wallfahrtsstätte, die wir gestern Nacht ursprünglich noch besuchen wollten, wenn wir nicht in dem Haus mit den vier Badezimmern gelandet wären.

Erst fahren wir am Volkspark vorbei. Frau von Halem erzählt mir, dass an manchen Wochenenden Hunderttausende den Park bevölkern, der sich bis zum Indischen Ozean ausdehnt. Der Indische Ozean heißt hier Arabisches Meer, seit die Beziehungen mit Indien gespannt sind.

In eine Felsgrotte ist ein Tempel geschlagen. Ein Eisengitter hindert uns am Betreten des Tempels, er wird gereinigt. Ich sehe durch das Gitter: Bilder, bunte Fähnchen, Flitter, in seiner Überladenheit ähnelt der Tempel einer katholischen Barockkirche, Kitsch und Kunst einträchtig beieinander.

Am Strand, nicht weit von dem Viertel, in dem Staatspräsident Bhutto residiert, wenn er in Karatschi weilt, wird ein modernes Gebäude errichtet, eine Spielbank.

Das wird böses Blut geben, wenn die Nabobs der arabischen Welt und die neuen Ölmillionäre dort vorfahren mit ihren Autos, die allein schon ein Vermögen kosten, dort spielen und protzen, wo doch dem einfachen Volk durch den Koran das Glücksspielen verboten ist. Aber auch hier: Wer Geld hat, der besitzt auch Privilegien, der mietet sich Schriftgelehrte, die für ihn ganz allein die betreffenden Stellen im Koran so auslegen, dass alles, was er tut, Allah gefällig ist. Auch das Glücksspiel wird dann eine Lobpreisung Allahs. Aber das Volk hier ist nicht mehr so dumm, alles als Allahs Willen hinzunehmen, auch die Unterdrücker und Ausbeuter erfahren plötzlich, wo ihre Grenzen liegen.

Eine schöne Bucht.

Rechts die Skyline von Karatschi, die weißen und rotbraunen Hochhäuser, das Sheridan Hotel, ein achteckiges Hochhaus, das einer Bienenwabe gleicht. Über der Stadt liegt ein dunkler Schleier: Abgase.

Vor dem Parkeingang sind Verkaufsbuden aufgeschlagen, es gibt Nüsse und verschiedene Arten von Körnern zu kaufen. Luxus der Armen. Die Reichen besuchen den Park nie, es sei denn, sie wollen sich dem Volk zeigen, sie leben auf ihren Besitzungen wie früher die englischen Kolonialherren, deren Villen sie auch größtenteils übernommen haben.

Ich steige die Stufen zu einem Pavillon hinauf. Das Meer ist blau. Zwei Düsenjäger zeichnen Kondensstreifen in den Himmel. Am Horizont fährt ein Schiff, aus dessen Schornsteinen schwarzer Rauch quillt.

Als ich wieder auf dem Vorplatz stehe, sagt Frau von Halem, alle Abwässer dieser Millionenstadt werden auf der anderen Seite der Bucht ins Arabische Meer geleitet, dort wohnt kein Reicher. Noch hat das Meer die Kraft, den Unrat aufzunehmen und auf natürliche Weise zu vernichten, ohne daran zu ersticken.

Dann fahren wir zum Heiligen.

Vor dem Heiligtum Verkaufsbuden, die Plunder anbieten, für meine Begriffe, für die Wallfahrer aber sind es geheiligte Beigaben für das Grab des Heiligen, die sie entweder am Grab niederlegen oder mit nach Hause nehmen und in ihren Wohnungen aufbewahren, damit der Heilige ihr Leben, ihr Haus, ihre Tiere beschütze.

Auf der steilen Treppe zum Tempel sitzen Gläubige und beten. Auch hier Gebrechliche, Krüppel und Blinde, die auf ein Almosen der Wallfahrer warten.

Die Wallfahrtskirche ist nur ein schmaler, viereckiger Turm und bietet oben eine weite Sicht über die Bucht, das Land und die Stadt. Der Schrein, in dem der Heilige bestattet liegt, steht inmitten des Raumes, es ist möglich, um ihn herumzugehen.

Am Eingang sitzen zwei weiß gekleidete Männer, Gerippe, über die Haut gezogen ist, ihre Bärte fallen bis auf die Stufen, sie haben braune, zerknitterte Gesichter. Die Wächter des Heiligen sind im Volk angesehen, das Wächteramt wird vom Vater auf den Sohn vererbt, und es ist auch sehr einträglich, denn der Wallfahrer, der dem Heiligen opfert, bringt auch seinen Wächtern Gaben, und manchmal auch Geld. Eine Familie betritt das Heiligtum. Sie opfern dem Heiligen Süßigkeiten und legen sie auf den mit Zierrat überladenen Schrein. Ein junger Mann schüttet mir plötzlich aus einer Tüte etwas in die Hand, eine Art Bonbons.

Ich sehe Frau von Halem an, sie nickt und sagt später, am Grab des Heiligen dürfe man nie ablehnen, was einem geschenkt wird, das würde den Spender kränken und den Heiligen beleidigen.

Wir haben genug gesehen, der Raum, das Allerheiligste, wird eng, immer mehr Familien drängen zum Schrein, wir steigen die steile Treppe wieder hinunter.

Die Händler bieten ihre Waren an, nicht aufdringlich, eher untertänig. Wir winken ab. Die Händler sind alte Männer. Neben den Alten sitzen Kinder. Hunde und Katzen streunen herum, ein abgemagertes Pferd steht am Straßenrand.

Ich sage auf der Straße zu Frau von Halem: Man hat Sie als Frau doch akzeptiert.

Ich bin mit einem Mann gekommen. Aber ohne Mann und vielleicht mit einem kurzen Rock, das möchte ich nicht riskieren. Sie würden mich belästigen und anfassen, nur damit sie ihren Spaß haben.

Auf der Rückfahrt besuchen wir in einem neu erbauten Wohnblock eine pakistanische Bekannte der Halems. Ich betrete zum ersten Mal die Wohnung einer emanzipierten Frau dieses Landes. Sie wohnt mit ihrer Mutter zusammen.

Sie spricht fließend Deutsch, denn sie hat jahrelang in der Schweiz gearbeitet und möchte wieder nach Zürich zurück, aber sie hat dort noch keine Arbeitsstelle gefunden, die ihr zusagt. In Pakistan gibt es für sie kaum etwas zu verdienen.

Sie ist Ismaelitin, Aga Khan ihr Gott. Er wird morgen ein Fest geben, zu dem auch sie eingeladen ist, Tausende werden kommen.

Ihre Wohnung liegt weit außerhalb der Stadt.

Wie kommen Sie in die Stadt, frage ich, mit dem Bus?

Nein, antwortet sie, mit dem Bus kann hier keine Frau allein fahren. Ich habe Telefon, ich rufe ein Taxi. Ich habe auch einen jungen Mann, der mich in seiner Freizeit fährt. Der Wagen gehört mir.

Ihre Wohnung ist sauber, moderne Möbel, Schallplattenspieler, dazu Platten mit klassischer deutscher Musik, Bilder, Teppiche auf dem Fußboden, an den Fenstern jedoch sind keine Gardinen, ihre Mutter bügelt Wäsche, solange wir uns unterhalten. Es gibt Tee, ohne den hier niemand bewirtet wird.

Die UNO hat das Jahr 1975 zum Jahr der Frau erklärt. Ich muss lachen, wenn ich daran denke, dass hier nicht einmal eine Frau allein in einem öffentlichen Verkehrsmittel fahren kann, und bei uns zu Hause eine Frau immer noch nicht selbst über ihren Leib bestimmen kann.

Als ich längst wieder in Dortmund war, las ich in einer Zeitung: In Mogadischu, in Somalia, wurden zehn Männer zum Tode verurteilt, weil sie gegen die Gleichberechtigung der Frauen waren. Sie hatten eine entsprechende Entscheidung des Revolutionsrates von Somalia kritisiert.

Wenn man Männern den Kopf abschlägt, damit die Frauen ihre Rechte erhalten, das ist auch keine Methode.

Wir verabschieden uns. Die junge Ismaelitin gibt mir nicht die Hand, sie macht nur eine leichte Verbeugung vor mir.

Frau von Halem fährt mich noch durch ein Neubauviertel am Stadtrand: phantasieloser europäischer Kasernenstil. Die Häuser haben Kanalisation und fließendes Wasser. Der Augenschein trügt, man muss die Häuser nach drei Jahren wiedersehen, sagt Frau von Halem.

Zwischen den Neubauten Supermärkte, aber hinter dem Viertel eine trostlose Wüste, steinig, ohne Vegetation, auf der Büffel, Esel und Kamele nach Fressen suchen.

Kinder stehen am Straßenrand und halten jedem Auto, das sich ihnen nähert, die ausgestreckten Hände entgegen. Aber es hält kein Auto, auch Frau von Halem fährt vorbei.

Ich bin müde von den vielen Eindrücken, von der Sonne, als wir in Halems Haus ankommen. Es bleibt nicht mehr viel Zeit bis zu meiner Lesung im Institut.

Die Veranstaltung ist ein Experiment, ich habe das vorher nie versucht, sagt Halem, das heißt, es war auch schon viele Jahre kein deutscher Autor mehr hier.

Es wird schon schiefgehen, tröste ich ihn.

Er sagt mir, dass ein Institutsleiter einfach zum Erfolg verurteilt ist, denn nicht das Experiment zählt in München oder Bonn, nur das Geglückte.

Das alte Lied der Bürokratie, antworte ich ihm, wer viele Besucher melden kann, der ist erfolgreich, auch wenn die Besucher hinausgehen und nichts verstanden haben.

Wem sagen Sie das, sagt er.

Vielleicht sollte man die Leute in München mal auf Außenposten schicken, in Entwicklungsländer, sage ich.

Hilman antwortet nicht, aber ich sehe, dass er verstohlen grinst.

Am Abend ist der Saal wieder gefüllt.

Ich lese den deutschen Text, der bereits ins Urdu übersetzt ist. Hilmans Absicht, in der Diskussion sofort von Urdu ins Deutsche zu übersetzen und umgekehrt, ohne das Englische zwischenzuschalten, wird durch den Professor und Rilke-Übersetzer erschwert, indem er Fragen, die an mich gerichtet sind, nicht an mich weitergibt, sondern selbst beantwortet.

Es gibt eine Kette von Missverständnissen, ich lege meine Höflichkeit ab und frage, ob nicht ein anderer übersetzen könne. Jeder fühlt sich plötzlich zum Dolmetscher berufen. Es wird alles nur noch verworrener.

Da geht die Tür auf, mein junger Chemiker aus der Lackfabrik tritt ein und will sich auf einen der wenigen freien Stühle setzen. Ich rufe ihm zu: Rana, komm her. Dolmetsche!

Er tut es ohne Widerspruch. Auf einmal läuft es, Rana bringt Ruhe in die Diskussion, die erhitzten Gemüter beruhigen sich, er hat Autorität, weil niemand seine Sprachkenntnisse anzweifelt. Es geht um Literatur, um die Wirkung oder Wirkungslosigkeit von Literatur, was ist Dichtung, was ist Lobhudelei, was ist Gestaltung, was ist Schönfärberei.

Ich erfahre, dass Schriftsteller sein in diesem Lande bedeutet, Lobpreisungen auf die jeweils Mächtigen zu singen in seit Jahrhunderten erstarrten Formen. Dichtung als Hofsingerei. Von Nestbeschmutzung sprach keiner, nicht einmal Rana fand dafür ein adäquates Wort in seiner Sprache.

Aber auch hier saßen und sitzen Schriftsteller im Gefängnis, weil sie nicht nur Hofsänger, sondern auch Kritiker der Gesellschaft sind. Hilman ist nervös. Ich kann ihm nachfühlen, das Experiment hat nun mal keine gültigen Formeln.

Zum Schluss fragt mich eine Fernsehjournalistin, was ich als das Wesentliche der Literatur ansehe und warum ich eine Reise bis nach Karatschi unternommen habe. Ich antworte: Mit jedem Buch, das ich lese, verbindet sich die Hoffnung, mir eine neue Dimension des Lebens zu erschließen. Mit jeder Reise, die ich unternehme, verbindet sich die Hoffnung, eine neue Dimension des Lebens zu erfahren, die mir bislang verschlossen war.

Anschließend in Hilmans Haus lerne ich den Professor, der den Abend fast geschmissen hätte, näher kennen. Ein Mann, der Rilke in Urdu und in Deutsch auswendig aufsagen kann.

Das Deutschlandbild des Professors, der in Heidelberg studiert hat, ist das Heidelbergbild der zwanziger und dreißiger Jahre. Romantische, vergnügte Studentenjahre, die ein reicher Vater vergoldete; außer der Vorliebe für guten Wein haben wir nichts gemeinsam. Die Lösung der gesellschaftlichen Probleme seines Landes erwartet er aus Europa. Wenn die Menschen in seinem Land verhungern, sind sie selbst schuld, weil sie sich vor der Arbeit drücken.

Natürlich, warum sind sie nicht alle Rilke-Übersetzer geworden, denke ich, warum nicht Erben von Großgrundbesitzern.

Mir sind solche Menschen verdächtig. Was sie mit sich herumtragen, ist nur Bildungsballast, ein Rahmen ohne Bild.

Für ihn muss Literatur nicht wahrhaftig oder glaubwürdig sein, nur schön, ich frage ihn, ob ein Gedicht, das die vollendetste Form hat und doch zum Krieg und Völkerhass aufruft, noch Dichtung ist.

Er sagt, natürlich ist es Dichtung, auch wenn es sich zum Faschismus bekennt, das Einmalige an der Dichtung ist ja eben, dass sie wertfrei ist.

Verdammt, denke ich, das habe ich doch schon mal gehört.

Als er sich verabschiedet, legt er seine Hand auf meine Schulter und sagt: Junger Mann, Sie müssen noch viel lernen. Auch der Faschismus hat große Dichter hervorgebracht.

Ich bin froh, als ich auf meinem Zimmer bin. Ich lese im Koran, ich kann nicht einschlafen und grüble.

Ich bin von Goethe eingeladen, meinen Zuhörern und meinen Diskutanten meine Literatur nahe zu bringen und damit auch ein Stück deutscher Kultur, aber manchmal hat es den Anschein, als befände ich mich auf einer Sightseeing-Tour von Goethes Gnaden, mir wird mehr geboten, als ich selbst anzubieten habe. Ist es noch sinnvoll, wenn man zu Lesungen fährt.

Als ich wieder zu Hause war, erfuhr ich aus der Zeitung, dass auch Böll nicht mehr bereit sei, auf Einladung der Goethe-Institute im Ausland zu lesen. Böll protestierte damit gegen Zensurmaßnahmen des Auswärtigen Amtes. In London, beim Deutschen Monat kam es zum Eklat, als ein Plakat des Graphikers Staeck, das einen messerwetzenden Strauß darstellt, vom erzkonservativen CDU-Politiker Max Schulze-Vorberg beanstandet wurde. Er erboste sich so darüber, dass er eine Anfrage im Bundestag einbrachte. Der Taktiker Genscher spielte wieder einmal den starken Mann, er übte Zensur und strich die Mittel.

Sicher wäre ihnen Strauß als Ritter St. Georg lieber.

Ich verstehe Bölls Reaktion nur zu gut. Aber ich kenne auch – wie er – die Arbeit der Goethe-Leute im Ausland. Sie sind auf den Besuch der deutschen Autoren angewiesen. Man bestraft nicht Genscher und das Auswärtige Amt, wenn man sich weigert, weiterhin im Ausland zu lesen, sondern nur die vielen Institutsleiter und die ausländischen Gäste, die zu diesen Veranstaltungen kommen.

Einige Politiker glauben, Autoren würden durch solche Lesereisen reich werden. Für jede Lesung erhalte ich dreihundert Mark, plus Spesen, von denen man seine Hotelrechnungen bezahlen muss, und wer zum Beispiel die Preise in den skandinavischen Ländern kennt, der weiß, dass der Spesensatz kaum ausreicht, um die Hotelrechnungen zu bezahlen. In Tromsö zahlte ich für eine Übernachtung für ein mittelmäßiges Zimmer ohne Frühstück ganze hundertzwanzig Kronen, das sind mehr als sechzig Mark, und es kommt nicht selten vor, dass man noch wochenlang auf sein Honorar warten muss. Zimmer über sechzig Mark bei einem Tagesspesensatz von achtundsechzig Mark.

Wem das Honorar von der Zentrale in München überwiesen wird, der hat noch Glück, aber wer es von der Bundeskasse aus Bonn direkt erhält, der kann warten.

Nach meiner Islandreise, für die ich auch noch zweitausend Mark für die Flugkarte verauslagte, rief ich nach acht Wochen den Sachbearbeiter im Auswärtigen Amt an und fragte, was denn nun mit meinem Geld wäre. Aber der Mann fragte nur erstaunt: Brauchen Sie denn das Geld so dringend?

Am liebsten wäre ich durchs Telefon gesprungen.

Dass man auf Auslandsreisen doch mit seinen Spesen auskommt, liegt an den Bekannten und Freunden, die einen zum Essen einladen.

Bölls Weigerung, nicht mehr für Goethe zu reisen, trifft ausgerechnet die, die mit ihm solidarisch sind.

Man kann nicht, weil sich ein Minister kleinkariert verhält, die Goethe Leute auch für kleinkariert halten.

Was können die Leute für ihren zuständigen Minister, und er ist zuständig, auch wenn immer wieder erklärt wird, die Zentrale in München sei unabhängig – das Geld kommt vom Auswärtigen Amt.

Samstag, 7.12.1974

Entweder schlief ich so tief oder die Raben hatten ihren stummen Morgen, die Sonne scheint in mein Zimmer, als ich aufwache. Ich bin noch müde, will liegen bleiben, aber ich höre im Wohnzimmer Geschirr klappern und will nicht, dass sie mit dem Frühstück auf mich warten.

Ich habe einen freien Tag vor mir, keine Lesung, keine Diskussion, keine Interviews und keine Menschen, die immer wieder Fragen stellen. Ich werde oft ungeduldig, weil ich eine Frage zum tausendsten Mal beantworten muss, der andere sie vielleicht zum ersten Mal stellt.

Beim Frühstück sagt mir Hilman, dass er ein großes Segelboot im Hafen mieten wird und wir auf das Meer hinausfahren, um Krebse zu angeln. Ich habe in meinem Leben noch nie geangelt. Ich denke schon wieder an den Abschied. Aber bis morgen Abend ist noch viel Zeit.

Die beiden Belutschistan Brücken, auf die ich so stolz bin und für deren Kauf Hartmut so viel Zeit und Überredungskunst aufwenden musste, werden mir lästig.

Womöglich muss ich den Karton bei der Ausreise am Zoll wieder öffnen. Ich bitte Frau von Halem um eine große Plastiktasche. Aber so selbstverständlich sind Plastiktaschen hier nicht, sie durchsucht erst das Haus, bis sie eine findet, und dann ist es eine, auf der »Karstadt« steht, sie hat sie im letzten Jahr aus Berlin mitgebracht.

Ist die gut?, fragt sie.

Besser als der Karton, sage ich, die Tasche muss ich wenigstens nicht aufschnüren.

Ich setze mich in den Garten und blättere in einigen kunstgeschichtlichen Büchern über Pakistan. Frau von Halem hat Kunstgeschichte studiert, sie spricht ausgezeichnet Englisch und hat gestern ein Interview für die »Karachi Times« gedolmetscht.

Ich will Bananen von den Stauden pflücken, aber Alexander rät ab, sie wären unter der Schale noch grün und bitter, nicht einmal das Kaninchen frisst sie. Als ich ihm sage, ihr müsst es fett füttern und in einem halben Jahr schlachten, fängt er zu heulen an und rennt ins Haus.

Mittags fahren wir zum Hafen.

Die Tochter kommt nicht mit, weil sie sich in einem Buch festgelesen hat. Als ich Hilman fragend ansehe, sagt er nur: Kinder soll man nicht am Lesen hindern.

Am Hafen der übliche Handel um den Preis. Hilman bezahlt für das Boot nach unseren Vorstellungen nur ein Trinkgeld. Hilman lässt alle, die uns am Pier ihre Boote anbieten, stehen, und geht auf einen alten Pakistani zu, dessen Boot er schon früher oft gemietet hat.

Ich weiß nicht mehr wie unser Boot hieß, aber es hatte einen schönen Namen.

Das Boot hat drei Mann Besatzung, junge, dunkelhäutige Männer. Im Hafen liegen große Schiffe vertäut: Sowjets und Polen, Deutsche aus Ost und West, Jugoslawen, Amerikaner und Griechen. Unser Boot treibt langsam aus dem Hafenbecken, es ist Windstille, zwei Männer rudern, bis wir aus der Flaute heraus sind.

Draußen in der Bucht setzen sie die Segel.

An einem großen Schiff sind Bohlen an Seilen heruntergelassen, ein paar Matrosen streichen mit blauer Farbe den Bug des Schiffes an, sie winken uns zu, ich kann nicht erkennen, welcher Nationalität das Schiff ist, auch die Worte verstehe ich nicht, die uns die Matrosen zurufen, wahrscheinlich galten die Zurufe Frau von Halem, die inmitten unseres Bootes steht und sich ein Kopftuch umbindet.

Ich fühle mich wie in Tausendundeiner Nacht versetzt. Ich bin gelöst und heiter, ich sitze im Bug des Schiffes und genieße die Wärme, ich ziehe mein Hemd aus, das Meer ist glatt wie ein Spiegel.

Vorsicht, sagt Hilman, im Winter ist die Sonne hier gefährlich, besonders wenn man auf dem Wasser ist.

Ich ziehe das Hemd wieder an.

Während wir in die Bucht hinaussegeln, essen wir. Hilmans Frau hat Goulasch, Reis und eine große Kanne Wasser mitgebracht. Wasser ist immer das Wichtigste.

Als die Männer uns ein paar Kilometer hinausgesegelt haben, werfen sie an einer seichten Stelle Anker.

Ein Matrose gibt mir einen Plastikfaden. Ich weiß nicht, was ich damit anfangen soll. Hilman sagt: Krebse.

Am unteren Ende ist ein Stück Fisch festgebunden. Ich werfe den Faden ins Meer und warte. Auch die drei Matrosen angeln, und der Erste, der einen Krebs aus dem Meer zieht, ist Alexander.

Ich liege mit dem Bauch auf einer Bank im Bug und genieße die Wärme, sehe auf das Meer und meinen Faden und warte, aber bei mir beißt keiner an, jeder holt nach und nach Krebse aus dem Meer, sooft ich aber meinen Faden herausziehe, es ist nichts am Haken.

Nach einer Stunde haben wir fünfzehn Krebse herausgeholt, die Matrosen richten auf dem Boot ein Feuer, die Hälfte der Krebse wird gegrillt, die andere Hälfte gekocht.

Wir essen die gekochten und gegrillten Krebse, das Fett tropft auf die Planken, ich wische mir mit Brot meine fettigen Finger ab und esse das Brot auf. Frau von Halem sagt, sie würden manchmal so viele Krebse fangen, dass sie sie nicht alle auf dem Boot essen könnten, den Rest nehmen sie mit nach Hause und frieren ihn in der Tiefkühltruhe ein.

Ich liege in der Sonne und starre in das trübe Wasser, das Boot treibt lautlos in der Bucht, vom Hafen her ist kaum ein Laut zu hören. Ich denke:

So müsste es bleiben. Europa ist weit.

Frau von Halem hätte sich gerne in ihrem Bikini gesonnt. Ich frage: Warum ziehen Sie sich nicht aus. Sie antwortet: Ich will nicht, dass die drei Männer mich während der Fahrt nur anstarren. Man kann das nur machen, wenn man ein Boot ohne Besatzung mietet.

Wir sprechen wenig auf dem Boot, jeder hängt seinen Gedanken nach, nicht einmal Alexander plappert. Eine ausgeworfene Angel macht stumm. Nur einmal erzählt Hilman, dass er sich Gedanken darüber macht, wie es in Glasgow werden wird, denn die Arbeit in einem Land wie Pakistan sei letztlich doch interessanter und dankbarer, aber irgendwann einmal wolle man wieder in die vertraute Zivilisation zurück.

Als wir drei Stunden später in das Hafenbecken einlaufen, ist es kühl geworden, Wind ist aufgekommen, der Staub wirbelt durch die Luft. Morgen fahren wir ans Meer in unser Strandhaus und gehen baden, sagt Hilman.

Morgen muss ich in Teheran sein, antworte ich.

Ja, aber erst am Abend. Der Tag ist lang. Man kann doch nicht von hier abreisen, ohne im Indischen Ozean gebadet zu haben.

Gibt es Haie?, frage ich.

Manchmal. Aber das ist nicht so schlimm, sagt er und grinst.

Im Hafen werde ich wieder an die Wirklichkeit erinnert, nichts mehr von Tausendundeiner Nacht. Da warten die Bettler und die Blinden, die Kinder mit ihren ausgestreckten Händen, und der Alte, der uns das Boot vermietet hatte und nun von Hilman den doppelten Preis verlangt. Aber Hilman lässt sich auf keinen Handel mehr ein und lässt den Alten stehen. Als wir wegfahren, schimpft er laut hinter uns her.

Hilman bleibt ruhig, er sagt, wenn wir morgen wiederkämen, ist er der Erste, der uns sein Boot anbietet und die anderen Bootsvermieter wegscheucht.

Abends haben von Halems Gäste geladen. Die Fernsehjournalistin von gestern ist auch dabei. Wenn die Frauen keinen Schleier vor dem Gesicht tragen, sieht man erst, wie schön sie sind. Die Gäste sind ausschließlich Journalisten, die in Zeitungsredaktionen, beim Fernsehen und Rundfunk arbeiten, alle betrachten die Bundesrepublik als ein Land, in dem Milch und Honig fließen, ich sage ihnen, dass es auch bei uns saure Milch gibt und vertrockneten Honig, und ich sage, dass für Milch und Honig schwer gearbeitet werden müsse. Während der mehrstündigen Unterhaltung gewinne ich den Eindruck, die Intellektuellen Pakistans sind noch weiter vom Volk entfernt als die in der Bundesrepublik.

Als ich einmal sagte, dass auch in der Bundesrepublik kein Manna vom Himmel fällt, lachen die Halems lauthals, und die Gäste sind irritiert. Hilman versucht ihnen unser Spiel zu erklären, aber Ludwig Thoma ist ihnen kein Begriff, und auch der Humor ist ihnen fremd. Manchmal verfluche ich diese Unterhaltungen am Abend, sie strapazieren mich, ich errege mich, und doch weiß ich, dass sie mir viel bringen, weil mir Auffassungen und Ansichten vermittelt werden, die mir sonst fremd blieben, weil ich sie nirgendwo nachlesen kann.

Nachts in meinem Zimmer lese ich noch in Bölls Buch. Ich lese die Stelle, wo die Hauptfigur erzählt, wie gerne sie auf Friedhöfe geht und an Beerdigungen fremder Menschen teilnimmt und es ihr dann nicht selten passiert, dass die Hinterbliebenen sie zum Leichenschmaus einladen, weil sie annehmen, sie sei ein guter Bekannter des Verstorbenen gewesen.

Ich muss an meine Mutter denken, die sich jeden aufgebahrten Toten in der Leichenhalle ansah und die auf keiner Beerdigung in unserer Kleinstadt fehlte. Wenn sie mit rot geweinten Augen nach Hause kam, sagte sie manchmal: Eine schöne Leich ... so eine schöne Leich ...

Je schöner und prächtiger sie eine Beerdigung fand, desto energischer drängte sie mich, dass sie einmal eingeäschert werden wollte. Keine Kränze, keine Lieder, keine Musik, kein Pastor, vor allem keine Worte.

Der größte Kummer meiner Mutter war, dass sie sich selbst nicht als Leiche auf ihrer eigenen Beerdigung sehen konnte. Sie hatte einmal zu mir gesagt: Wissen möcht ich schon ganz gern, wie ich als Leich ausseh. Gell, du machst mir ein Bildchen, damit ich später seh, wie ich als Leich ausseh. Das sagte sie ernst.

Ich habe sie als Tote nicht photografieren lassen. Ich hasse Bilder von Toten.

**Sonntag, 8.12.1974**

Als ich vom Geschrei der Raben erwache, stürze ich ans Fenster und will meine Wut in die Bäume schreien. Ich öffne das Fenster, in diesem Moment fällt ein toter Rabe vom Baum, auf den Rasen genau vor mein Fenster.

Ich schließe es sofort wieder, ich erinnere mich, was Hilman mir erzählt hatte, aber es geschieht nichts. Die Raben bleiben auf ihren Ästen sitzen und glotzen mich nur aus großen Augen an. Ich gehe in den Garten, hebe den Raben an den Krallen auf, sehe ihn mir genau an und werfe ihn in die Mülltonne.

Ich gehe zurück und warte auf den Tanz der Raben. Aber nichts rührt sich in den Platanen. Nur ihre schwarzen Körper leuchten aus dem grünen Blattwerk.

Wir fahren mit zwei Autos zum Strand. Hilman mit seinem VW-Variant, Frau von Halem mit ihrem Käfer. Ich lade mein Gepäck ein, denn sie werden mich am Nachmittag vom Strand direkt zum Flughafen bringen.

Als ich meine verschnürte Plastiktasche mit den beiden Brücken in den Kofferraum werfe, lacht Frau von Halem laut und sagt: Der Gastarbeiter.

Welcher Nationalität, frage ich, und wir zwei spielen dann das Spiel der Spiele, das Spiel der Vorurteile:

Türke? – Nein, Moslems, Männergesellschaft, schmutzig, humorlos, rückständig.

Italiener? – Nein, Spaghettifresser, Papagalli, Anarchisten, Blender, Frauenhelden.

Spanier? – Um Gottes willen, nein, Faschisten.

Jugoslawe? – Wo denken Sie hin. Kommunisten.

Grieche? – Auch nicht, dumm, faul und gefräßig.

Portugiese? – Schon gar nicht. Umstürzler, Chaoten, Weiberhelden.

Schließlich sage ich ihr: Ich bin ein deutscher Gastarbeiter aus Deutschland. Sie antwortet mit Thoma: Dann lasst uns endlich frohlocken und Halleluja singen.

Wir stehen zwischen den Autos und singen: Halleluja … Halleluja … Sack Zement … 'luja sag i …

Die Dienerschaft blickt erstaunt.

Etwa dreißig Kilometer außerhalb der Stadt, im Süden, haben die Halems ihr Strandhäuschen direkt am Meer, drei Zimmer, eine Terrasse, nicht komfortabel, aber angenehm.

Ganz in der Nähe steht ein Atomkraftwerk, das die Sowjets gebaut haben. Es sieht aus wie eine Trutzburg in dieser öden Landschaft, in der es weder Sträucher noch Bäume gibt, nur verdorrte Disteln, die allenfalls von Kamelen und Ziegen gefressen werden.

Sie haben Fleisch mitgebracht, Hilman wird am Mittag auf Holzkohle grillen.

Er leiht mir eine Badehose, ich klettere vorsichtig die nicht allzu hohe Steilküste zum Wasser hinunter.

Das Wasser ist klar. Die kleinen Krebse auf den Felsen im Wasser verkriechen sich, wenn ich die Steine betrete.

Das Wasser ist warm, und ich schwimme weit ins Meer hinaus. Die beiden Kinder bleiben am Strand und bewerfen sich mit Tang und Erde.

Es ist für mich unfassbar: Vierzehn Tage vor Weihnachten bade ich im Indischen Ozean.

Ich brauche mich beim Schwimmen kaum anzustrengen, das Wasser trägt. Als ich mich nach einiger Zeit umwende, sehe ich erst, wie weit ich schon hinausgeschwommen bin. Ohne große Mühe schwimme ich zum Felsen zurück.

Frau von Halem steht auf den Klippen und winkt mir. Ich rufe: Ist das Essen schon fertig. Sie antwortet: Seien Sie still, Sie werden Ihr Manna schon bekommen!

Ich laufe mit den Kindern den Strand entlang. Wir springen von Stein zu Stein, spritzen uns voll und tollen herum.

Die Freiheit ist grenzenlos.

Wir sind allein. Niemand ist weit und breit zu sehen, nur die weiße Kuppel des Atomkraftwerkes leuchtet in der Sonne. Die Kuppel sieht aus wie ein schimmeliger Riesenpilz.

Hilman ist inzwischen zum Flughafen gefahren, um vier deutsche Musiker abzuholen, die morgen im Institut spielen, Mozart und Beethoven. Das Quartett ist schon drei Wochen unterwegs mit Goethe. Ich laufe allein auf den Klippen zum Kraftwerk, die Trutzburg in der Wüste ist mit einem hohen Maschendraht eingezäunt. Fünfzehn Wochenendhäuschen zähle ich. In Karatschi drängen sich Millionen auf engstem Raum, hier, wenige Kilometer von der Stadt entfernt ist Stille, Weite und das Meer.

Als wir heute Morgen auf das Strandgelände fuhren, musste sich Hilman an einem Holzhäuschen am Eingang des Geländes ausweisen und zwanzig Rupies bezahlen.

Hilman sagt, dass die Strandhäuschen fast ausschließlich Europäern und Amerikanern gehören, die vor allem im Sommer vor der mörderischen Hitze in der Stadt zum Meer flüchten. Die Hitze ist im Sommer zum Schneiden.

Hinter dem Atomkraftwerk weiden schwarze Ziegen.

Als ich zum Strandhäuschen zurückkehre, sind die vier Musiker schon eingetroffen. Sie haben sich umgezogen und gehen baden, sie hatten gestern in Lahore musiziert und davor in Colombo. Ich frage: Wie war es in Colombo?

Einer antwortet: Sehr heiß.

Hinter dem Häuschen, an windgeschützter Stelle, grillt Hilman das Fleisch, Frau von Halem hat Salat zubereitet und das Bier zur Kühlung in einen Windfang gestellt.

Wir sitzen um einen großen Tisch. Es ist still, nur das Meer schlägt seine Wellen an die Felsen. Wenn doch die Zeit stehen bleiben würde ... Europa ist weit, und doch werde ich in ein paar Stunden wieder im Flugzeug sitzen.

Mir fällt plötzlich ein, dass Wolfgang Petersen in Köln und Dortmund meinen Roman »Stellenweise Glatteis« verfilmt, während ich hier am Indischen Ozean sitze und mir wünsche, dass die Zeit stehen bleibt. Ich hatte Wolfgang eine Karte geschickt und drauf geschrieben: Nun film mal schön. Wenn ich zurückkomme, wird der Film bald abgedreht sein. Drei Monate haben die Dreharbeiten gedauert. Ich habe zwei Jahre an dem Roman geschrieben und ein Jahr am Drehbuch gearbeitet. Wo ist nur die Zeit geblieben.

Von den Kindern und von den Musikern kann ich mich dann doch nicht mehr verabschieden, sie tummeln sich irgendwo im Wasser.

Frau von Halem ruft mir zu: Auf geht's!

Schon?, frage ich.

Sie lacht mich an und sagt: Das war schön, was Sie jetzt gesagt haben.

Ich gebe Hilman die Hand. Wir fahren los. Ich sehe mich nicht mehr um. Ich schließe die Augen, ich versuche, mir das Bild zurückzuholen: Strand, Wasser, eine öde Weite.

Wir fahren wieder durch die Stadt.

Die Bankgebäude und die Versicherungspaläste stehen wie Festungen inmitten der Armut.

Plötzlich sagt Frau von Halem: Verhungern ist ein leiser Tod. Ein sehr leiser Tod.

Ich hatte erfahren, dass die Polizisten die auf dem Bürgersteig Liegenden mit den Füßen anstoßen, um zu prüfen, ob es Schlafende oder Tote sind. Sind es Tote, rufen sie einen städtischen Wagen, der die Leichen abtransportiert.

Frau von Halem fährt gut, ich fühle mich sicher.

Als wir auf dem Flughafen sind, fragt sie mich: Werden Sie in Teheran abgeholt?

Ich glaube schon, antworte ich, wenn nicht, nehme ich mir ein Taxi und fahre zu meinem Hotel.

Es wird Sie bestimmt jemand abholen, Goethe-Leute sind höfliche Menschen und zuverlässig.

Ich kann ihr nicht ansehen, ob Sie es ernst oder ironisch gemeint hat.

Dann sind wir am Flughafen.

Wollen Sie noch was essen? In der sowjetischen Maschine bekommen Sie wahrscheinlich nichts zu essen, wenn die Maschine hier nur zwischenlandet.

Danke, ich bin noch satt von Hilmans gegrilltem Fleisch.

Ich habe Glück. Am Zoll brauche ich meine Plastiktasche nicht aufzuschnüren.

An der Passkontrolle, wo ich zuerst meinen Impfpass vorweisen muss, steht ein junger Mann, der einen erregten Wortwechsel mit einem Beamten führt. An seinem Pass sehe ich, dass er Deutscher ist. Er spricht nur ein paar Worte Englisch und versteht nicht, dass auf seinen Papieren ein Stempel fehlt, den er sich bei einer Behörde in Karatschi besorgen muss.

Der junge Mann ist verständlicherweise verzweifelt, denn wie soll er jetzt noch in die Stadt kommen, wo er doch mit dieser Maschine fliegen muss.

Frau von Halem sagt zu ihm: Geben Sie dem Beamten hundert Rupies, dann bekommen Sie auch von ihm den Stempel.

Der junge Mann sieht uns beide erst ungläubig an, zögert, reicht dann aber dem Beamten doch die hundert Rupies, der nimmt das Geld wortlos und drückt den Stempel in seinen Pass.

Jeder konnte sehen, was sich abgespielt hat, der Beamte hat aus dem Handel kein Geheimnis gemacht.

Ich umarme Frau von Halem und gebe ihr einen Kuss auf die Wange.

Ich sage: Ich werde schreiben, wenn ich wieder zu Hause bin.

Schön, dass Sie hier waren, erwidert sie.

Ich sehe ihr nach, als sie die Halle verlässt.

In der Transithalle spricht mich der junge Deutsche wieder an, er sagt, er habe noch eine Menge Rupies in der Tasche, was er in der Bundesrepublik dafür wohl bekomme.

Nichts, sage ich, gehen Sie raus in die Halle zur Bank und tauschen Sie zurück in Dollars. Sie haben doch noch ihre Umtauschbescheinigung von der Bank?

Er nickt.

Nach wenigen Minuten kommt er wieder, er strahlt.

Gut, dass Sie mir den Rat gegeben haben, jetzt fühle ich mich schon wieder wohler.

Wir sind sechs Personen in der Halle, die mit der Aeroflot nach Teheran fliegen werden. Der junge Deutsche fliegt bis Moskau, von dort mit einer DDR-Maschine zurück nach Berlin, von Schönefeld aus fährt er mit dem Bus nach West-Berlin. Die Iljuschin ist ein großes Flugzeug, ich denke, wir werden viel Platz haben, die Maschine kommt aus Colombo und fliegt nach Moskau, es werden vermutlich nicht viele Passagiere an Bord sein.

Als ich die Maschine betrete, ist sie voll.

Mir wird ein Platz am Gang zugewiesen. Ich erfahre dann, dass es sich bei den Passagieren zum größten Teil um sowjetische Urlauber handelt, die drei Wochen auf Ceylon gewesen sind. Sie sind braun gebrannt und ausgelassen, und als die Maschine ihre Höhe erreicht hat und wir uns abschnallen dürfen, rennen sie alle durcheinander, als wollte jeder jeden besuchen.

Gleich wird die Maschine ihr Gleichgewicht verlieren, denke ich.

Neben mir sitzt ein Ehepaar, Mongolen.

Ich nehme mein »book of records« und beginne zu lesen.

Da sagt der Mongole neben mir: Sorry, you are English?

No, German.

Ach, Sie sind Deutscher!

Er gibt mir die Hand, seine Frau lächelt mich an. Ich habe bis zur Landung in Teheran nicht erfahren, ob sie auch Deutsch verstand, sie sprach mit mir kein Wort.

Der Mann gibt mir eine Zigarre. Er sagt: Colombo, Moskau. Wir in Moskau weiter nach Bratsk mit Flugzeug, und noch einmal einen halben Tag mit Eisenbahn. Lange Reise. Aber es war schöne Reise, sehr schöne Reise.

Er will mein Buch sehen, ich gebe es ihm, er blättert darin.

Ich kann nicht viel Englisch, sagt er. Ich sehe, ist ein Buch über Rekorde. Auch sowjetische Rekorde?

Auch sowjetische Rekorde, sage ich.

Er scheint zufrieden und gibt mir das Buch wieder zurück.

Hinter mir beginnen einige Frauen zu singen, erst zaghaft und leise, dann immer lauter, immer mehr fallen ein, und als ich mich umwende, sehe ich eine junge Frau im Gang stehen und dirigieren. Sie singen mit einigen Unterbrechungen bis zur Landung in Teheran. Nach der Hälfte der Flugzeit werden Tee und ein Stück süßer Kuchen serviert. Ich überlege, wo Bratsk liegt, den Namen habe ich schon einmal im Zusammenhang mit einem Industriewerk gehört, aber dieses Land ist so riesig, dass man sich nicht alle Städte merken kann. Ich will mich mit dem Mann unterhalten, aber er ist eingeschlafen, die Frauen singen immer noch, einige Lieder klingen mir vertraut, eine junge Schwarzhaarige schräg vor mir flirtet mit mir, ich gehe auf ihr Spiel ein.

Die Frau des Mongolen am Fenster kaut ein Bonbon nach dem andern, und wenn ich sie ansehe oder einfach nur versuche, aus dem Fenster zu sehen, lächelt sie mich an, als wolle sie sich dafür entschuldigen.

Ein Mann geht durch den Gang mit einer Flasche Wodka, er lässt jeden, der will, daraus trinken.

Ich erinnere mich an einen Flug von Lwow nach Kiew.

Die Stewardess sagte durch den Lautsprecher, dass sie an Bord auch einen westdeutschen Schriftsteller begrüßen könne. Wladimir, mein Übersetzer, der mich auf meiner Reise begleitet hatte, übersetzte mir die Ansage.

Der Erste stand auf und bot mir einen Schluck aus seiner Flasche an, der Zweite stand auf und bot mir einen Schluck aus seiner Flasche an, der Dritte ...

Am nächsten Tag fragte ich Wladimir, wie ich eigentlich aus der Maschine gekommen sei.

Der Mongole neben mir wacht kurz vor der Landung in Teheran auf, er sieht mich an und sagt: Langer Flug. Müde.

Die Tüte mit den Bonbons ist leer. Aber die Frau holt aus ihrer Handtasche, die sie zwischen ihren Füßen stehen hat, eine neue.

Wir lächeln uns an, wir verstehen uns.

In Teheran übernachte ich nur auf meinem Weg nach Tel Aviv, ich habe keine Lesung.

Wird mich jemand abholen? Wie werden wir uns erkennen? Immer diese bange Frage vor der Ankunft an einem fremden Ort.

In Teheran liegt ein halber Meter Schnee. Es ist acht Uhr abends, es ist kalt. Vor fünf Tagen, so hatte ich in Karatschi erfahren, war unter der Last der Schneemassen das Glasdach der Empfangshalle zusammengebrochen, es hatte zwanzig Tote und die doppelte Zahl an Verletzten gegeben. In den Teheraner Zeitungen beschuldigt man sich gegenseitig, wer für das Unglück verantwortlich ist: Architekten oder Baufirma, Statiker oder Sicherheitsbehörden. Wie überall sucht man die Schuld erst, wenn das Kind in den Brunnen gefallen ist. Die eingestürzte Halle ist von Militär abgeriegelt. Als ich auf ein Seitengebäude, wohin die Reisenden geleitet werden, zugehe, sehe ich hinter einer Glasscheibe plötzlich ein rotes Plakat, auf dem in weißer Schrift steht: Goethe.

Mir ist wohler. Ich winke. Ein Mann winkt zurück.

Herr Adam ist ein älterer Herr, er wartet mit seinem persischen Fahrer. Der Leiter des Teheraner Instituts, Dr. Becker, lässt sich entschuldigen.

Vor Tagen auf dem Flug nach Kabul erschien mir Teheran märchenhaft, aber die Stadt ist jetzt alles andere als märchenhaft. Teheran hat vier Millionen Einwohner und eine Million Autos. Adam sagt, bald wird die Stadt ersticken, der plötzliche Reichtum armer Leute … na, Sie wissen ja.

Die Fahrt zu meinem Hotel ist eine Quälerei, wir stehen mehr, als wir fahren. Wo man hinsieht: Neubauten und Baustellen. Nirgendwo auf der Welt gibt es solch einen Bauboom wie in Teheran, sagt Adam.

Alles wird abgerissen, alles wird neu gebaut, es ist grässlich. Nichts kann pompös genug sein, nichts zu hoch, nichts zu teuer. Die Stadt hat ein Rausch erfasst, alle sind stolz auf ihre neuen Bauten, sie würden auch noch ihre Kulturbauten oder das, was davon übrig geblieben ist, niederreißen, wenn nur einer kommt und ihnen sagt, das sei fortschrittlich, das sei westlich.

Der plötzliche Reichtum der armen Leute von …

Wir fahren erst noch am Air-France-Büro vorbei, um meinen Flug morgen nach Tel Aviv checken zu lassen.

Im Hotel lasse ich mir von Adam Rial geben, ich gebe ihm dafür einen DM-Scheck. Er gibt mir den Rat, dass ich morgen früh für das Taxi zum Flughafen nicht mehr als hundertfünfzig Rial bezahlen solle, Ausländer würden leicht übers Ohr gehauen, und sie ließen sich aus Bequemlichkeit oder weil sie Ärger fürchten leicht übervorteilen, und vor allem, ich müsse das Taxi schon heute Abend bestellen, wenn ich morgen pünktlich am Flughafen sein wolle. Es gebe zwar genug Taxis, aber wegen des Verkehrs müsse man in der Regel eine Stunde warten.

Nach dem Duschen gehe ich in die Stadt. Sie ist gesichtslos wie eine Industriestadt. Interessant für mich sind nur die Straßen, in denen ein Teppichgeschäft neben dem anderen ist. In einer Auslage sehe ich einen Teppich liegen, der umgerechnet hunderttausend Mark kostet.

Adam hat mir auf der Fahrt vom Flughafen ins Hotel erzählt, dass die Amerikaner in Persien ganz dick drin sitzen, sie machen gute Geschäfte und haben sogar ihre eigene Fernsehstation mit sechzehn Stunden Programm am Tag, und wenn sie in die Staaten zurückkehren und ihre Geschäfte erfolgreich waren, kaufen sie sich einen Teppich und brauchen dafür nicht einmal Ausfuhrzoll zu bezahlen.

Es gibt vornehme Geschäfte, die noch geöffnet sind, teure Restaurants. Der Verkehr steht. Tausend Verkehrstote im Jahr, allein in Teheran. Die Segnungen des Fortschritts fordern ihren Preis.

Ich habe Hunger.

Die ausgehängten Speisekarten sind in der Landessprache und Französisch. Adam hat mir geraten, in meinem Hotel zu essen, da wohnen viele Deutsche, und die Ober sprechen halbwegs gut Deutsch.

Ich gehe in ein Kino und komme gerade zur Wochenschau.

Auf der Leinwand erscheint der Schah.

Auf einmal springen die Zuschauer in dem vollen Kino auf, klatschen rhythmisch in die Hände und setzen sich wieder. Als beim nächsten Wochenschaubeitrag der Schah wieder auf der Leinwand erscheint, springen die Zuschauer erneut auf und klatschen wieder rhythmisch in die Hände.

Ich bleibe sitzen, ich denke: Sind die verrückt.

Ich begreife langsam, dass die Wochenschau so geschickt zusammengestellt ist, dass man den Eindruck bekommt, der Schah sei allgegenwärtig: Einmal mit, einmal ohne Sonnenbrille, einmal lächelnd, einmal nachdenklich, einmal auf Ölfeldern, einmal inmitten von Kamelkarawanen, dann im Flugzeug, im Jeep, einmal mit Frau, einmal ohne, dann im Palast, dann davor, einmal auf einer Großbaustelle, dann bei der Armee.

Und immer wieder, wenn sein Bild auf der Leinwand erscheint, springen die Menschen auf und klatschen rhythmisch in die Hände. Da werde ich von hinten am Jackenkragen hochgezogen, ich lasse mich hochziehen, ich habe so etwas erwartet, ich drehe mich um, ein junger Mann schreit mir etwas ins Gesicht, seine Augen leuchten, ich bekomme plötzlich Angst, dass man mir hier in dem voll besetzten Kino etwas antun könnte, es wäre nicht verwunderlich, die Menschen gebärden sich wie eine aufgeputschte Masse, ich habe den Eindruck, sie haben es alle auf mich abgesehen, dann drückt mich der junge Mann wieder auf meinen Sitz, als er sich setzt, aber beim nächsten Schahbild reißt er mich wieder an meinem Jackenkragen hoch. Ich denke, du kommst hier nur dann heil wieder heraus, wenn du mit der Meute heulst. Der Spuk ist vorbei, der Hauptfilm beginnt, ich verlasse das Kino und gehe langsam zu meinem Hotel zurück, der Schreck sitzt mir noch in den Gliedern. Die Menschen in einem Fußballstadion sind dagegen nichts weiter als brüllende Lämmer. Aber ich war unter Wölfen.

Der Schnee ist von den Straßen und Bürgersteigen geräumt, von den Bergen weht ein kalter Wind.

Ich bestelle mir Hühnchen mit Reis und dänisches Bier.

Und dann steht Dr. Becker vor mir. Ich freue mich, dass er doch noch gekommen ist.

Sofort haben wir unser Thema. Das Goethe-Institut in Teheran ist zu klein geworden, zwanzigtausend Menschen besuchen jährlich sein Institut, die deutsche Sprache ist, wegen der immer intensiveren Handelsbeziehungen, sehr gefragt und vor allem auch, weil viele persische Studenten aus der Bundesrepublik zurückkehren. Lernwillige müssen abgewiesen werden, weil es an Personal und Räumen fehlt.

Überall das gleiche Lied. Die Institute waren einst für eine exklusive Minderheit geplant, jetzt ist die Minderheit in den betreffenden Ländern eben keine Minderheit mehr.

Das Essen war gut.

Als sich Dr. Becker verabschiedet, ist es schon spät. Ich bin müde und kann doch nicht schlafen. Vor wenigen Stunden habe ich noch im warmen Wasser des Indischen Ozeans gebadet, und hier liegt ein halber Meter Schnee.

In der Hotelhalle setze ich mich vor den Fernsehapparat. Farbe. Der amerikanische Kanal. Ein Wildwestfilm. John

Wayne reitet über die Prärie. Er ist wieder einmal der Freund der Indianer, kann jedoch nicht verhindern, dass alle Rothäute von den Unionstruppen umgebracht werden. John Wayne sagt: Es sind tapfere Krieger, diese Rothäute. Dann weint er sogar über den Tod seines indianischen Freundes. Mein Gott, wie traurig, ein weinender Mann. Alles war doch nicht so gemeint, alles war nur ein Missverständnis auf beiden Seiten, schuld an dem ganzen Gemetzel war nämlich ein Weißer, der an die Rothäute Feuerwasser und Waffen verkaufte. Ja, das alte Lied, Konflikte entwickeln sich ausschließlich aus den Geschäften mit Gewehren und Whisky, mit Politik hat das alles nichts zu tun. Im schönen wilden Westen, wo der Einzelne sich noch selbst bewähren musste und die Faust und der Colt Gerechtigkeit sprachen, gab es keine Politik der Ausrottung. Unser Kinopublikum glaubt das heute noch.

Armer »Little big man«.

## Montag, 9.12.1974

Als ich morgens um sieben ins Taxi steige, meine Maschine startet Viertel nach acht, bittet mich ein Amerikaner vor dem Hotel zum Flughafen mitfahren zu dürfen. Warum nicht, denke ich, jeder zahlt die Hälfte. Ich bitte ihn einzusteigen.

Im klaren Morgenlicht sehe ich erst, wie hässlich Teheran wirklich ist. Auch die hohen Berge in der unmittelbaren Umgebung der Stadt mildern diesen Eindruck nicht.

Der Amerikaner neben mir schnarcht.

Unser Taxifahrer rast so durch die Stadt, dass mir warm wird, er fährt auf die an Bushaltestellen wartenden Menschen zu, als wollte er sie niederwalzen und reißt dann mit einem Ruck das Steuer herum, der Amerikaner fliegt auf mich, murmelt sorry und schnarcht weiter.

Da die Empfangshalle eingestürzt war, drängen sich die Fluggäste in die kleine Halle der Auslandsabfertigung. Wer kein Ticket vorweisen kann, wird von der Polizei am Eingang abgewiesen. Vor dem Eingang drängen sich die Menschen. Sie winken und schreien.

Der Amerikaner gibt unserem Taxifahrer, der uns anstrahlt, als erhoffe er sich für seine Fahrweise ein Sonderlob und auch eine Sonderbezahlung, zweihundert Rial. Ich reiche dem Amerikaner hundert Rial, jeder zahlt die Hälfte, denke ich, das sind immer noch fünfzig Rial mehr, als mir Adam empfohlen hatte. Da gibt uns der Taxifahrer zu verstehen, dass er von jedem von uns zweihundert Rial haben wolle. Ich will zahlen, nur kein Ärger, aber der Amerikaner, einsneunzig groß, Kleiderschrankbreite und Stiftenkopf, schreit plötzlich:

Police! Police! Ich habe nie in meinem Leben einen Taxifahrer so schnell in sein Auto einsteigen und abfahren sehen. Der Amerikaner neben mir lacht und sagt zu mir: All taxidrivers are gangsters!

Meine letzten fünfzig Rial gebe ich einem Gepäckträger, der mir Koffer und Tasche in einer Weise aus der Hand reißt, die keinen Widerspruch duldet.

Er geht vor mir her in die Halle, mit den Ellenbogen stößt er die zur Seite, die vor dem Eingang warten, weil sie kein Ticket vorweisen können.

So ungefähr habe ich es mir vorgestellt: Die längste Schlange vor einem der Schalter ist die, bei der ich mich anstellen muss, mein Gepäckträger stellt das Gepäck ab und hält noch einmal die Hand auf, aber ich habe von dem Amerikaner gelernt, ich sage: Shut up. Er sieht mich ungläubig an, geht.

Ich bin eine Stunde vor Abflug gekommen, doch als mein Gepäck angenommen wird, der Flugschein registriert ist, hätte die Maschine schon eine halbe Stunde in der Luft sein müssen, und hinter mir drängen sich immer noch Leute. Die Maschine fliegt über Tel Aviv nach Paris. Ich fürchte schon, nicht mehr mitzukommen, mir geht alles Mögliche durch den Kopf, was passiert, wenn plötzlich der Mann am Abfertigungsschalter sagt, dass keine Passagiere mehr angenommen würden.

Aber ich werde doch noch angenommen, auch die, die sich hinter mir noch drängen.

Als ich in der Maschine sitze, haben wir bereits zwei Stunden Verspätung, und als dann die Maschine anrollt, wird sie wieder gestoppt, die Stewardess sagt durch den Bordlautsprecher, wir sollten Geduld haben, das Militär habe für unbestimmte Zeit die Rollbahn gesperrt.

Das kann doch wohl nicht wahr sein, denke ich.

Ist eine Revolution ausgebrochen? Dieses Warten, und nicht rauchen dürfen, die Gerüchte, die von Mund zu Mund gehen und alle paar Minuten anders lauten, das ist zermürbend. Die Fluggäste werden unruhig, der Grund für die Sperrung wird uns nicht mitgeteilt, nur alle paar Minuten werden wir um Geduld gebeten, die Rollbahn sei immer noch nicht freigegeben.

Das Warten wird zur Qual, ich darf nicht rauchen. Ein Franzose hinter mir versucht es trotzdem, ich bekomme seinen Zigarettenrauch in die Nase, ich drehe mich um, er lächelt mich an, ich habe Verständnis für ihn, aber er wird schnell entdeckt, eine Stewardess kommt und nimmt ihm die Zigarette aus der Hand. Sie sagt nichts dabei, aber sie lächelt auch nicht. Ich habe zum ersten Mal eine Stewardess gesehen, die nicht lächelt.

Ich sehe aus dem Fenster, und wenn ich mich weit vorbeuge, erlaubt mir ein schmaler Winkel den Blick auf das Rollfeld. Ich sehe Hubschrauber landen und Armeeflugzeuge starten. Was geht da vor? Ich hätte es gerne gewusst. Da sitzen hundertachtzig Menschen eingesperrt in einem Flugzeug, die irgendwohin wollen, und die nicht wissen dürfen, warum sie hier warten müssen. Die Luft wird stickig, obwohl jeder die Frischluftdüsen über seinem Sitz angedreht hat.

Es dauert eine ewige halbe Stunde, bis wir starten dürfen.

»No smoking« verlöscht, ich darf rauchen.

Vor wenigen Wochen passierte Ähnliches. In Reykjavik

konnte die Maschine nicht starten, weil das Rollfeld erst vom Schnee geräumt werden musste, und als das nach einer Stunde erledigt war, konnten wir wieder nicht starten, weil während dieser Zeit die Höhen- und Seitenruder vereist waren, das Enteisen dauerte wieder eine Stunde. Zwei Stunden in einer Maschine sitzen und auf den Start warten, das macht Menschen verrückt.

Weil die arabischen Länder nicht überflogen werden dürfen, führt die Route über die Türkei. Die Maschine biegt in Ostanatolien im rechten Winkel nach links ab, und ab Adana fliegt sie schnurgerade über das Mittelmeer nach Tel Aviv.

Das Meer unter mir ist blau. Ich sehe ein Schiff. Auf den hohen Bergen in der Türkei lag Schnee, weiße Tupfer auf unendlicher brauner Fläche.

Heute Abend werde ich in der Hirsch-Bibliothek in Tel Aviv lesen, ich denke an das Publikum. Es ist ein beklemmendes Gefühl für einen deutschen Autor meines Jahrgangs, Menschen gegenüberzutreten, die von den Deutschen verfolgt wurden. Wie alt sind sie, wie jung? Sind es Überlebende oder in Israel Geborene? Sind sie der Vernichtungsmaschinerie entkommen, sind sie vorher geflüchtet?

Auf dem Flughafen Lod erwartet mich niemand.

Ich komme mir verlassen vor. Israel empfängt mich mit Regengüssen. Ich setze mich in die Empfangshalle und warte. Das kann doch nicht wahr sein, es muss doch jemand kommen und mich abholen, auch wenn das Flugzeug zwei Stunden Verspätung hat.

Das Visum für Israel hatte ich mir schon zu Hause besorgt. Auf dem Antrag wollte man eine Menge wissen: Ob man einer NS-Organisation angehört hat und wenn ja, welcher. Hundert Fragen, die ich wahrheitsgetreu zu beantworten versuchte, aber wie viele Kleinigkeiten hatte ich bereits vergessen, ich war noch keine neunzehn Jahre alt, als das tausendjährige Reich zusammenbrach, und ich war beim Zusammenbruch nicht dabei gewesen, ich war in Louisiana in Gefangenschaft. Es kann durchaus vorkommen, dass einem das Visum verweigert wird, weil man eine Frage nicht korrekt beantwortet hat. Ich hatte immer geglaubt, die Formalitäten bei der Einreise nach Israel wären strenger, aber an der Pass- und Zollkontrolle wurden die Passagiere zügig abgefertigt.

Der Regen hat nachgelassen, ich gehe vor den Eingang und sehe in die Gesichter, ich bin versucht, die Leute anzusprechen, die mich ebenfalls anstarren. Allmählich wird mir klar, dass niemand auf mich wartet.

Ich rufe ein Taxi. In diesem Augenblick gießt es wieder. Vom Ausgang bis zum Taxi sind es nur zwanzig Meter, aber in bin völlig durchnässt, als ich in den Wagen einsteige.

Ich zeige dem Taxifahrer den Briefkopf der Hirsch-Bibliothek, er nickt, er kennt die Adresse. Unterwegs fällt mir ein, dass ich kein israelisches Geld habe. Ich frage ihn auf Englisch, ob er auch deutsches Geld nimmt, er antwortet auf Deutsch: Natürlich nehme ich auch deutsches Geld. Und dann fällt mir ein, dass ich nur noch zehn Mark einstecken habe. Mir ist nicht wohl.

Als wir vor der Hirsch-Bibliothek in der Kikar Malchei ankommen, bitte ich den Fahrer zu warten, ich erkläre ihm, dass ich nicht mehr genügend deutsches Geld einstecken habe und mir im Institut etwas leihen werde.

Der Fahrer ist misstrauisch und behält mein Gepäck als Pfand zurück. In der Bibliothek finde ich die Bibliothekarin, sie geht mit mir auf die Straße, um den Taxifahrer zu bezahlen. Weil sie ihm israelisches Geld gibt, wird er unfreundlich und ich muss mein Gepäck sogar selbst aus dem Kofferraum heben.

Ich erfahre, dass doch eine junge Frau am Flughafen gewesen ist, um mich abzuholen. Wir haben uns verpasst.

Sie hat vor einer halben Stunde vom Flughafen aus angerufen und Schoenberner, dem Direktor der Hirsch-Bibliothek, gesagt, ich sei nicht mit der Maschine angekommen. Große Aufregung. Was sollte Schoenberner mit dem Abend anfangen. Er sagt mir später, wenn ich nicht gekommen wäre, hätte er selbst deutsche Weihnachtsgeschichten vorgelesen.

Ich fahre in seine Wohnung. Mira, seine Frau, hat für mich Essen zubereitet, aber ich habe keinen Hunger, das Essen in der Maschine war reichlich und gut. Endlich aber wieder guter Kaffee.

Wir unterhalten uns über die am nächsten Wochenende beginnende internationale PEN-Tagung. Ich finde Ort und Zeitpunkt nicht glücklich, nicht taktvoll gegenüber den arabischen Staaten. Manchmal tut es auch Autoren gut, Neutralität zu üben, trotz Engagements.

Schoenberner fährt mich in mein Hotel. Es ist klein und ruhig, hundert Meter vom Meer entfernt. Ich habe mich schon so daran gewöhnt, englisch zu sprechen, dass ich an der Reception selbstverständlich in dieser Sprache die Unterhaltung führe, aber dann höre ich hinter mir deutsche Worte. Die Wirtin spricht mit einem Gast. Ich erfahre dann, dass der

Besitzer des Hotels ein böhmischer Jude ist, der aus Brünn in Mähren stammt. Der Wirt spricht auch tschechisch. Ich suche die wenigen tschechischen Worte zusammen, die ich noch kenne, schließlich habe ich auf der Schule einmal vier Jahre Tschechisch gelernt, doch für eine Unterhaltung reichen meine Sprachkenntnisse nicht mehr aus.

Draußen regnet es indessen Bäche.

Der Wirt tröstet mich und sagt, in einer Stunde scheine draußen wieder die Sonne.

Sie scheint nach einer Stunde. Die Straßen dampfen.

Ich gehe spazieren, ich muss mir die Stadt, in die ich zum ersten Male komme, erlaufen, um sie kennen zu lernen. Zuerst die Dizengoffstraße entlang, Tel Avivs Kurfürstendamm. Dann zur Albany, später hinunter zum Meer.

Tel Aviv ist eine triste Stadt, eines der neuen Viertel halte ich irrtümlich für die Altstadt. In Tel Aviv fehlt mir das orientalische Treiben, mir ist alles zu europäisch. Ab und an setze ich mich in ein Straßencafé, ich hatte mir im Hotel fünfzig Mark umgetauscht. Ich bestelle auf Englisch, aber das ist meist nicht notwendig. Deutsch wird überall verstanden, ich höre auch deutsche Dialekte: böhmisch, sächsisch, schwäbisch, berlinerisch.

Ich bin erstaunt über die vielen Bettler auf den Straßen, die ich hier am allerwenigsten erwartet hatte. Sind es Israeli oder Araber? Ich habe dafür noch keinen Blick.

An einer Straßenecke begegne ich einem Blinden. Ich bleibe stehen und sehe ihm zu. Der Blinde tastet sich mit einem weißen Stock voran, bei jedem Schritt schlägt er mit seinem Stock an die Bürgersteigkante, er trägt keine Brille, seine Augen blicken ausdruckslos geradeaus. Als er an mir vorbeigegangen ist, laufe ich weiter.

Diese Blinden.

Seit ich einmal in der Jury für einen Blindenlesewettbewerb gewesen bin, kann ich nicht mehr achtlos an Blinden vorbeigehen, ich sehe sie heimlich an, suche ihre Augen, und ich versuche mir immer vorzustellen, wie sie sehen.

Wir, zwei Sehende, drei Blinde, saßen als Jury um einen Tisch, einige Meter weiter standen ein Tisch und ein Stuhl, auf dem der Lesende, der von einem Sehenden hereingeführt wurde, Platz nahm. Jeder Teilnehmer durfte fünf Minuten lesen, einen Text, den er sich selbst ausgesucht hatte, ausgewählt aus Büchern in Blindenschrift und anschließend einen Pflichttext, der ihm erst vor Beginn seiner Lesung von einem blinden Jurymitglied vorgelegt wurde.

Die Blinden lasen mit ihren Fingern und blickten dabei geradeaus. Viele trugen dunkle Brillen, die ohne Brillen gekommen waren, verstörten mich, weil ihre Augen ganz woanders hinsahen, als ich erwartet hatte. Ich war fasziniert von diesen Fingern, die über eine Schrift glitten, die nur aus Punkten besteht.

Eine Frau wurde hereingeführt, die aufgeregt war und sagte: Meine Finger sind kalt, ich weiß nicht, ob ich lesen kann.

Ich erwiderte in meiner Naivität: Warum haben Sie denn vorher ihre Finger nicht auf die Heizung gelegt.

Ich sah sie zusammenzucken, sie lächelte dann in die Richtung, aus der sie meine Stimme vernommen hatte und sagte: Aber das nützt doch nichts, die Kälte kommt doch von innen. Wenn ich sie auf die Heizung lege, werden sie nur außen warm, aber nicht innen; wenn man aufgeregt ist, dann sind die Finger kalt.

Ich hatte begriffen, dass ein Blinder mit kalten Fingern nicht lesen kann, weil sie kein Gefühl vermitteln. Ich erfuhr dann auch, dass zwei meiner Romane in Blindenschrift »übersetzt« sind – in Blindenschrift übersetzt, wie sich das anhört.

Während ich durch die Straßen Tel Avivs laufe, frage ich mich, warum ich damals nach dieser Jurytätigkeit so verstört nach Hause gefahren bin. Ich hatte mir damals immer die Frage vorgelegt, was denn nun schlimmer sei, das Gehör zu verlieren, die Sprache, den Tastsinn oder das Augenlicht.

Das Meer schlägt hohe Wellen an den Strand. Ich sehe dem Spiel der Wellen eine Weile zu.

Abends bei meiner Lesung ist der Saal voll. Schoenberner freut sich, dass auch junge Leute gekommen sind und nicht nur die Älteren, die keine Lesung eines deutschen Autors auslassen: Die Alten haben Sehnsucht nach dem Land, das sie verlassen mussten, aus dem sie vertrieben wurden, aus dem sie unter Lebensgefahr flüchteten, auch wenn sie es nicht mehr betreten wollen.

Nach der Lesung treffe ich Kay Hoff, der schon für die internationale PEN-Tagung in Jerusalem angereist und der jahrelang Leiter der Hirsch-Bibliothek in Tel Aviv gewesen ist.

Wir trinken noch Whisky in Schoenberners Büro.

Dienstag, 10.12.1974

Beim Frühstück treffe ich Kay Hoff wieder, er wohnt im selben Hotel. Er rät mir, nach Jerusalem zu fahren. Das sei nicht eine Frage der Religion, man müsse das einfach mal gesehen haben. Nimm dir einen Mantel mit, auch wenn es hier warm ist, Jerusalem liegt achthundert Meter höher.
Nimm dir ein Taxi.

In dem nicht weit entfernten Lufthansabüro lasse ich mir meine Flugkarte nach Düsseldorf checken für den Heimflug morgen.

Als ich eine halbe Stunde später ins Hotel zurückkomme, gibt mir der Wirt den Rat, nicht mit dem Taxi, sondern vom Zentralbusbahnhof aus mit dem Non-Stop-Bus nach Jerusalem zu fahren. Das sei einmal billiger und für mich vielleicht interessanter. Es dauere auch nur eine Stunde.

Der Zentralbusbahnhof von Tel Aviv ist der Verkehrsknotenpunkt Israels. Es geht laut und hektisch zu und erinnert mich an arabische Länder. Ich finde mich schneller zurecht, als ich gedacht habe, viele sprechen deutsch, die meisten englisch.

Beiderseits der Straße nach Jerusalem Apfelsinenplantagen. Die Früchte leuchten aus den Blättern, bald werden sie geerntet. Zwischen den Plantagen sind eingezäunte Plätze, auf denen zerschossenes Kriegsmaterial gestapelt ist, Panzer, Kanonen, Lastwagen, Jeeps ...

Im Bus höre ich viele Sprachen, auch Deutsch.

Links vor mir sitzt ein Pärchen, das sich unentwegt küsst, als wäre es allein im Bus. Ein Soldat und ein hübsches, schwarzhaariges Mädchen in Uniform. Die beiden umarmen sich selbstvergessen, was um sie her vorgeht, interessiert sie nicht. Als der Soldat beginnt, die Uniformbluse der jungen Frau aufzuknöpfen, stoppt plötzlich der Bus. Wir fallen nach vorne. Die beiden sehen um sich, das Mädchen knüpft seine Bluse wieder zu.

Bis zum Weizsäcker Forest sitzen sie eng umschlungen auf ihren Sitzen und rühren sich nicht mehr, sie sehen sich an, sitzen Wange an Wange. Niemand im Bus beachtet sie, nicht einmal die Kinder und Halbwüchsigen kümmern sich um sie. Alles ist selbstverständlich, auch die Liebe. Ich wende mich von den beiden ab und sehe aus dem Fenster.

Vom Weizsäcker Forest aus steigt die neugebaute, teilweise vierspurige Straße steil an bis nach Jerusalem. Die Stadt auf dem Berge. Vor dem Krieg von 1967 war das Gebiet, auf dem die Straße gebaut wurde, jordanisches Hoheitsgebiet.

Später erfahre ich, dass die Israelis vor allem auf früherem jordanischem Territorium investieren, besonders um die Stadt Jerusalem. Sie errichten Hochhäuser, Verwaltungsgebäude und Wohnsiedlungen, auch für den arabischen Teil der Bevölkerung. Aber nicht aus Nächstenliebe. Die Araber, die in diesen Wohnvierteln angesiedelt werden, sollen als Arbeiter in den Fabriken, die fünfzehn Kilometer von Jerusalem entfernt errichtet werden, arbeiten. Nichts mehr hat hier den Charakter des Provisorischen, alles ist endgültig, hier wurden vollendete Tatsachen geschaffen.

Mit diesen groß angelegten Bauten wollen die Israelis vollendete Tatsachen schaffen, und jeder Israeli, mit dem ich sprach, sagte mir: Jerusalem geben wir nicht mehr her.

Ich denke: Der Kolonialismus hat viele Gesichter.

Einer sagte mir sogar: Wir sind ein Volk ohne Raum. Das aber habe ich vor vierzig Jahren schon einmal in der Schule gehört.

Die Neustadt interessiert mich nicht. Ich bleibe, bevor ich vom Busbahnhof die Straße zur Altstadt hinuntergehe, stehen und sehe auf die Berge. Das also ist das Heilige Land. Mir ist nicht heilig zumute, ich friere, trotz meines warmen Mantels. Der Wind bläst mir ins Gesicht, es riecht nach Schnee, die Luft ist klar, die Berge ringsum sind braun.

Die Altstadt, den Bazar rieche ich schon, auch wenn er längst noch nicht zu sehen ist. Ich frage niemanden nach dem Weg und folge meinem Instinkt. Man muss sich Städte erlaufen.

Dann stehe ich vor den Mauern der Altstadt.

Das also ist Jerusalem, dieses sagenhafte, legendäre Jerusalem. Bläst mich der Hauch der Geschichte an?

Mich stören die Soldaten, die mit umgehängten Maschinenpistolen herumlaufen, am Straßenrand stehen und winken, um von Autofahrern mitgenommen zu werden.

Auf dem weiten Platz vor der Mauer stehen nur wenige Busse. Ich bin in eine gute Zeit geraten. Der Ansturm von Touristen aus aller Welt zu Weihnachten hat noch nicht eingesetzt.

Gut, dass ich Hoffs Rat befolgt und meinen Mantel mitgenommen habe. Es ist kalt.

Vom Religionsunterricht ist nicht mehr viel übrig geblieben in meinem Gedächtnis. Ich werde mal wieder in der biblischen Geschichte lesen. Ich stehe also auf dem Boden derer, die dieses Land und diese Stadt zum Eldorado in Christi und Mohammeds Namen machten. Kriege in Christi Namen, Massaker in Christi Namen, Morde in Christi Namen, Raub in Christi Namen.

Ich suche die Heiligen Stätten und finde den Bazar. Von allen Bazaren, die ich auf meinen Reisen bislang kennen gelernt habe, ist der von Jerusalem der schönste, sauberste und ruhigste. Der von Istanbul ist der lauteste, der von Kabul der ärmlichste, der von Karatschi der schmutzigste.

Achtzigtausend Araber wohnen noch in der Altstadt, ich begegne kaum Touristen. Die Läden bieten wenig Überraschung, am interessantesten sind die Läden, in denen die arabische Bevölkerung kauft. Vor allem die Gewürzläden ziehen mich an. Ich stehe davor und atme nur noch tief ein.

In einem Lädchen trinke ich frischen Orangensaft. Der Mann an der Presse sieht mich abschätzend an und fragt mich auf Deutsch: Deutscher? Ich bejahe. Er fragt, woher ich komme. Ich sage: Dortmund.

Da lacht er mich an und sagt: Nix gut Fußball mehr Dortmund. Ich bin überrascht und erwidere: Sie werden wieder besser.

Das ist gut, sagt er.

Er lächelt mich freundlich an, als ich bezahle und seinen Laden verlasse. Ich bin nicht sicher, ob er Araber oder Israeli ist. Werde ich dafür ein Auge bekommen?

Im Gewirr der vielen Gassen, Treppen, Hinterhöfe und Werkstätten verliere ich die Orientierung, der Himmel verengt sich zu einem schmalen Streifen. Ich habe das Gefühl für Himmelsrichtungen verloren und verlaufe mich mehrmals. Ich habe meinen Mantel ausgezogen, in den engen Gassen, die den Wind abfangen, ist es warm. Und dann stehe ich plötzlich vor der Klagemauer.

Ich kann mich einen Moment nicht von der Stelle rühren, ich denke nur: Auf den Stufen des Tempels hat König Salomo gestanden.

Ich weiß, dass mein Vater, hätte er an meiner Stelle gestanden, niedergekniet wäre und den Boden geküsst hätte. Er war ein frommer Mann. Der Traum seines Lebens war, einmal an Christi Grab zu stehen und zu beten. Mein Vater war Schuster. An seinem Dreifuß, beim Besohlen der Schuhe, träumte er, auf einem Tischchen neben sich lag die Bibel, in der er auch während der Arbeit las. Er war nie nach Jerusalem gekommen, er landete in einem KZ.

Er hatte mir gesagt: Junge, wenn du einmal nach Jerusalem kommen solltest, dann knie nieder und küsse für mich den Boden, auf dem unser Heiland gewandelt ist.

Ich knie nicht nieder.

Ich küsse nicht den Boden.

Mein Vater ist tot.

Ich halte solche Worte für verlogen, und doch lässt mich das, was ich sehe, nicht unbeeindruckt.

Ich sehe schwarz gekleidete Männer an der Klagemauer. Orthodoxe Juden beten Litaneien. Die Betenden sind geteilt in Männer und Frauen, zwischen ihnen ein Gitter. Das aber hatte ich schon die ganze Zeit über gesehen, Männer und Frauen getrennt, es überrascht mich, dass ich der Geschlechterteilung auch hier begegne.

Ich setze mich auf einen Stein gegenüber der Klagemauer

in die Sonne, an die windgeschützte Seite. Die Sonne ist angenehm, sie wärmt.

Ich sehe, wie die betenden Männer und Frauen bei ihren Litaneien mit den Köpfen gegen die Mauer stoßen, ihre Oberkörper zur Mauer hin- und herbewegen, in einem Rhythmus, der mich plötzlich zwingt, ihre Bewegungen zu zählen, und als ich schon eine Zeit dasitze und zusehe, ertappe ich mich dabei, wie ich ihre Bewegungen nachvollziehe. Ich sehe mich verstohlen um, ob mich jemand beobachtet hat. Aber der weite Platz vor der Klagemauer ist leer, nur vor einem Drahtzaun, hinter dem seit Jahren Jahrtausende alte, steingewordene Geschichte ausgegraben wird, drängen sich Menschen und sehen in die Gruben.

Diese betenden, schwarzen Gestalten an der Mauer, die im vollen Sonnenlicht liegt, machen mich ratlos. Mich erschreckt ihre zur Schau gestellte Frömmigkeit, und ich weiß nie, ist es Gläubigkeit oder festgefahrenes Ritual.

Mein Vater hatte immer zu mir gesagt: Wenn du beten willst, dann gehe in dein Kämmerlein ...

Ich bin in einer katholischen Kleinstadt aufgewachsen, in der die meisten nicht in die Kirche gingen, um zu beten, sondern einzig und allein, um gesehen zu werden. Mancher Handwerker und Geschäftsmann betrat sonntags nur die Kirche, weil der Kirchgang Aufträge und Geschäft versprach. Beim Frühschoppen dann unmittelbar nach dem Gottesdienst machte man sich über Pfarrer und Gott lustig. Heuchelei in ihrer widerlichsten Form.

Aber wer die Wahrheit zu sagen wagte, wie etwa mein Vater, wurde zum Außenseiter.

Wenn ich daran denke, dass ich als streng erzogener Lutheraner einmal zum Katholizismus konvertieren wollte, muss ich heute noch über mich selbst lächeln.

1951 war ich arbeitslos geworden, und ich hatte Gelegenheit, für Essen und ein Taschengeld in der Bibliothek eines Zisterzienserklosters zu arbeiten.

Die Stille des Klosters und die Gelassenheit der Nonnen, die auf alle meine Fragen eine Antwort wussten, faszinierten mich, und wenn ich ihnen von meinen Zweifeln erzählte, nahmen sie die Bibel, suchten und fanden und lasen mir die Antwort vor.

Es beruhigte mich, mit Menschen zusammenzuleben, die auf alle meine Fragen eine Antwort wussten. Nach einem halben Jahr bin ich davongelaufen. Ich wollte meine Zweifel behalten und keine Antworten von denen, die erst in einem Buch nachschlagen mussten. Ich ließ mich, da es keine anderen Arbeitsmöglichkeiten gab, für den Ruhrbergbau anheuern. Hals über Kopf bin ich ins Ruhrgebiet, auch die Tränen meiner Mutter hatten mich nicht berührt, und mein Vater hatte nur gesagt: Reisende soll man nicht aufhalten.

Ich habe immer noch Angst vor denen, die nie zweifeln, die auf alles eine Antwort wissen.

Mein Vater ist fromm gewesen, meine Mutter spottete manchmal darüber und mein Vater war traurig über ihren Spott.

Die schwarz gekleideten Puppen an der Klagemauer erinnern mich an meine Kindheit, an Demütigungen und Armut, und ich laufe vor ihnen davon, zurück in das Gewirr der Gässchen, manchmal sehe ich mich um, als sei jemand hinter mir her, der mir eine Antwort sagen will auf eine Frage, die ich gar nicht gestellt habe.

Wenn doch mein Vater neben mir wäre.

Als ich einen Platz erreiche, auf den die Sonne einen hellen Kreis malt, bleibe ich stehen. Ich habe mich verlaufen.

Da höre ich einen Mann neben mir sagen: You are English?

Ich gebe keine Antwort.

Er fragt: You are American?

Ich gebe keine Antwort.

Er fragt: You are German?

Ich nicke zaghaft.

Er streckt die Arme aus und ruft: Mein Freund, ich dir zeigen Jerusalem. Er ist aufdringlich, ich will ihn abschütteln, aber er fasst mich am Arm und weist auf eine runde, gelbe Plakette an seiner Jacke: Ich bin ein licensed guide.

Ein Fremdenführer, er wird mir also Jerusalem zeigen, zumindest das, was ich mir noch nicht selbst erlaufen habe.

Ich denke, warum nicht, ich habe nicht viel Zeit, am Spätnachmittag muss ich wieder in Tel Aviv sein.

Er nennt mir den Preis: Dreißig israelische Pfund.

Für eine Stunde?, frage ich.

Nein. Für die gesamte Führung, antwortet er.

Und wie lange dauert die Führung?, frage ich wieder.

Er sagt: Bis du sagst, es ist genug, aber nicht länger als eine Stunde.

Und dann bin ich doch froh, dass ich nicht mehr allein bin in dieser Stadt, dass jemand neben mir geht, obwohl ich den Fremdenführer schon nach zehn Minuten zum Teufel wünsche, weil sein Mund keine Sekunde still steht und er mir nur zeigt und erklärt, was ich sowieso sehe. Aber ich bin nicht mehr allein. Ich nicke nur noch zu seinen Worten. Er ist zufrieden.

Mein Fremdenführer spricht ein Kauderwelsch aus Englisch, Deutsch und Jiddisch, und ich kann mir nicht immer das Lachen verkneifen, aber das scheint ihn nur zu ermuntern, noch schneller und noch gestenreicher und noch mehr Überflüssiges zu reden.

Er führt mich erst in die Grabeskirche vor das Grab Christi. Er sagt: Hier ist Golgatha.

Er weist auf einen Stein, den Engel vom Grab Christi weggewälzt haben sollen. Er führt mich durch die Kirche, in der alle christlichen Religionen ihren Altar haben. Mein Gott, was für eine Häufung von Geschichte, Kunst und Kitsch, Frömmigkeit und Repräsentanz kirchlicher Macht.

Ich fühle, wie der Anblick dieser toten Dinge mir den Atem nimmt, auch mein Fremdenführer spricht leiser, aber ich verlasse so schnell wie möglich diesen Ort, ich bekomme Atembeschwerden, das eingefrorene Lächeln auf dem Gesicht meines Führers ist verschwunden.

Er zeigt mir die protestantische Kirche, die der letzte deutsche Kaiser Wilhelm II. erbauen ließ. Ein Schandfleck.

Er führt mich an der Klagemauer vorbei hinauf zum Tempelplatz, wo der zwölfjährige Jesus gepredigt haben soll, aber mich interessieren nur die beiden herrlichen Moscheen auf dem Tempelplatz.

Ich will den Mann entlassen, er stört meine Gedanken, meine Erinnerungen, aber er lässt nicht locker, er fragt mich plötzlich, ob ich ihm für seine Dienste deutsches Geld geben werde. Als ich ihm antworte, dass ich kein deutsches Geld mehr besitze, lächelt er mich an, hebt seine Arme, spreizt die Finger und sagt: Das macht gar nichts, wir werden trotzdem nach Bethlehem fahren.

Ich will nicht nach Bethlehem, ich muss nach Tel Aviv zurück, sage ich, und das sehr bestimmt.

In seinem dreisprachigen Kauderwelsch versucht er mir zu erklären, dass zuerst niemand nach Bethlehem wolle und dann doch froh sei, dort gewesen zu sein.

Ich winke ab, ich will nichts mehr von Bethlehem hören, ich will überhaupt meine Ruhe haben, und ich wünsche mir plötzlich, ein starker Wind käme auf und würde den Mann forttragen, weg von meiner Seite.

Wir ziehen unsere Schuhe aus und gehen auf Socken in die Moschee. In der Moschee ein Stein, ein ziemlich großer Felsen, auf dem Abraham geopfert hat ... geopfert haben soll. Aber auch das interessiert mich wenig. Ich steh nur da und bewundere die Schönheit dieser Architektur, die Harmonie von Farben, Mustern und Symmetrie des Raumes.

Die Moschee ist einfach schön. Auf den handbreit dicken Teppichen läuft man wie auf Watte, lautlos.

Wolken, sagt mein Führer und deutet auf die Teppiche unter unseren Füßen, Teppiche wie Wolken. Mir ist, als versinke ich beim Laufen. Ich denke mir, wie viel Geld wohl Herrscher und Kirchen im Laufe der Jahrhunderte für Sakralbauten ausgegeben haben, wie viele Menschen sich jahrelang zu Tode geschuftet haben, sich zu Krüppeln gearbeitet haben zum Ruhm Gottes und Allahs, letztlich aber doch zum Ruhme des Potentaten und Auftraggebers.

Müde vom Laufen und Schauen setzte ich mich draußen in die Sonne. Hat auf diesem Stein der junge Jesus gesessen?

Ich reiche meinem Führer die vereinbarten dreißig Pfund, er wehrt ab, als hätte ich ihn beleidigt. Er sagt: Nicht Vorschuss, erst bezahlen, wenn Führung zu Ende, wir noch müssen nach Bethlehem. Jetzt gleich nach Bethlehem.

Geh zum Teufel mit deinem Bethlehem, denke ich, und bin doch schon überzeugt, dass ich mit ihm nach Bethlehem fahren werde.

Ich laufe mit ihm widerwillig hinunter zur Klagemauer, über den Platz zur Stadtmauer, und ohne dass er ein Taxi gerufen hat, zumindest habe ich nichts bemerkt, hält neben uns ein Fahrer und sagt auf Deutsch: Einsteigen. Bethlehem.

Also steige ich ein und fahre mit ihm nach Bethlehem, nur keinen Streit jetzt, ich bin auch zu müde, um ernsthaft Widerstand zu leisten, ich bin träge und neugierig zugleich.

Der Fahrer fährt, als gelte es, einen Rekord zu brechen, mich wirft es von einer Seite auf die andere. Und als wir in Bethlehem sind, frage ich mich, was ich in dieser Stadt eigentlich will.

Mein Führer wollte es.

Ich bleibe im Taxi sitzen. Er fordert mich ungeduldig auf auszusteigen. Aber ich sage plötzlich: Umkehren!

Er versteht nicht.

Ich wiederhole: Umkehren! Zurück nach Jerusalem!

Fahrer und Führer sehen mich an, überrascht und betroffen, kein Lächeln mehr in ihren Gesichtern. Ich bleibe im Wagen sitzen.

Wir fahren zurück. Unterwegs sprechen wir kein Wort.

Am Damaskustor entlohne ich sie.

Während der Taxifahrer das Geld nimmt und abfährt, versucht mein Führer mir zu erklären, dass der Preis nun doch höher sei als vorher vereinbart worden war. Ich winke ab, aber er wird lästig und zudringlich. Passanten werden schon auf uns aufmerksam. Plötzlich beginne ich mit dem Mann zu feilschen wie Hartmut beim Teppichkauf in Kabul, ich feilsche so, als hätte ich mein Leben lang nichts anderes gemacht. Ich rudere mit meinen Armen, rede wie ein Wasserfall und im Durcheinander von Deutsch und Englisch laufe ich wie er hin und her. Und?

Er bleibt plötzlich vor mir stehen, legt seine Hände auf meine Schultern, strahlt mich an und sagt: Good man.

In einer Menschentraube, die sich aus einem Bus wälzt, verschwindet er, es sind Franzosen. Durch das Stimmengewirr hindurch höre ich ihn wieder in seinem Kauderwelsch aus Französisch, Englisch und Jiddisch.

Endlich wieder allein.

Nach Tel Aviv fährt jede halbe Stunde ein Bus, ich kann mir Zeit lassen. Am Himmel ist keine Wolke, er ist blau, an windgeschützten Stellen ist es warm, ich kann ohne Mantel laufen. Ich gehe langsam und versuche so viel wie möglich in mich aufzunehmen. Wann komme ich je wieder nach Jerusalem.

Die Berge ringsum leuchten in klarem Licht.

Ich spaziere wieder zur Klagemauer, sie zieht mich an, setze mich auf denselben Stein, auf dem ich schon vor Stunden saß, der Platz ist immer noch windgeschützt und die Sonne wärmt noch immer, und ich sehe den schwarzen Puppen zu, wie sie ihre Oberkörper vor- und zurückbewegen. Die Puppen tragen lange Haare, Bärte, an den Ohren Löckchen gedreht. Die Gesichter blass, asketisch, fanatisch, die Augen glänzend. Das Leben an der Mauer kommt mir theatralisch vor.

Ich denke wieder an meinen Vater, für den Leben Glauben war. Mein Vater hat an Harmagedon geglaubt, an das Jüngste Gericht und dass er einer von den 144 000 sei, die nach der Offenbarung des Johannes ins Paradies eingehen würden, zum ewigen Leben. Für ihn begann die Geschichte der Menschheit mit Adam und Eva und der Schlange und dem Apfel. Alle wissenschaftlichen Erkenntnisse: Teufelswerk. Vor mir steht ein alter Jude, sein Bart geht ihm bis zum Bauch, auf der Nase eine Nickelbrille, er sieht verloren irgendwohin. Ein ernstes Gesicht.

Ist er einer der wenigen, die dem Wahnsinn in Treblinka entkommen sind?

Ich erinnere mich an Jean-Francois Steiners Buch »Treblinka«. Treblinka war das einzige Vernichtungslager, das sich gegen seine Peiniger erhoben hat.

Als die Leichen wieder ausgegraben und verbrannt wurden, um den anrückenden Russen keine Beweise zu liefern, waren die Techniker des Todes verlegen, weil die Leichname nicht brennen wollten. Ein Spezialist namens Floß fand dann die Lösung, wie zehntausend Leichen am Tag verbrannt werden konnten: »... die Kunst bestand darin, die Guten zur Verbrennung der Schlechten zu benutzen. Nach seinen Forschungen – offensichtlich waren sie weit gediehen – brannten alte Leichen besser als neue, dicke besser als magere, Frauen besser als Männer, und Kinder zwar schlechter als Frauen, aber besser als Männer. Daraus ergab sich, dass alte Leichen von dicken Frauen ideale Leichen darstellten ...«

Ich habe diese Stelle des Buches auswendig gelernt, um das Schreckliche immer in meinem Gedächtnis zu tragen.

War der alte Jude vor mir mit seinem schönen, langen und weißen Bart einer von denen, die sich gegen ihre Peiniger auflehnten und glücklich in den Wäldern Polens untertauchen konnten? Wäre ich 1943 statt zu den Fallschirmjägern zur SS eingezogen worden, wäre ich vielleicht noch zur Wachmannschaft von Treblinka abkommandiert worden. Wer weiß. Es gibt zu viele Selbstgerechte. Mich friert plötzlich. Vom Tal herauf weht ein frischer Wind. Dort drüben der Ölberg, da unten der Garten Gezehmane. Vertraute Namen aus Kindertagen.

Als ich zurück durch den Bazar wieder an der Stadtmauer bin, sehe ich ein großes Werbeplakat, das auf ein Restaurant hinweist. Da wird mir erst bewusst, wie hungrig ich bin.

In dem Restaurant bin ich der einzige Gast.

Der Wirt muss mir angesehen haben, dass ich Deutscher bin, ich lese in einer deutschen Zeitung, die ich mir in Tel Aviv gekauft habe, jedenfalls setzt er sich zu mir und beklagt sich über das schlechte Geschäft, über die Preissteigerungen, über die Steuern, und dass in aller Welt geschrieben wird, ein neuer Krieg stehe bevor. Das halte die Touristen fern, und die Gastronomie könne nun mal ohne die Touristen nicht existieren. Und dabei sei es doch in Israel genauso ruhig oder unruhig wie in anderen Ländern auch, und dabei werde der Tourist nirgendwo höflicher und zuvorkommender bedient als hier.

Ich erwidere, dass es vielleicht weniger politische Gründe

sind, die Touristen abhält, sein Land zu besuchen, als die von ihm selbst beklagte Teuerung, schließlich überlege sich jeder, was er für sein Geld bekomme. Auch die Deutschen, denen anscheinend das Geld am lockersten sitzt.

Deutschland ist ein reiches Land, sagt er.

Dann kommen doch Gäste. Eine amerikanische Reisegruppe. Das Essen ist gut.

Auf halbem Weg nach Tel Aviv beginnt es wieder zu regnen, und in Tel Aviv gießt es dann so heftig, dass die Straßen zu Bächen werden, weil die Gullis die Wasserflut nicht mehr aufnehmen. Ich rette mich mit nasser Hose und nassen Füßen in ein Café und bestelle Tee mit Zitrone.

Nach einer Stunde lässt der Regenguss nach. In meinem Hotel dusche ich mich und ziehe mich um, und die Heizung, auf die ich meine nassen Kleidungsstücke zum Trocknen lege, ist nicht in Betrieb. Alles im Zimmer ist klamm.

Dann gehe ich wieder zur Dizengoffstraße in die Stadt. In zwei Kinos wird der Film »Death Wish« gespielt. Ein Mann sieht rot. Menschenschlangen vor den Kassen.

Ich denke, wenn in einem Film ein Geschlechtsakt gezeigt wird, soll angeblich das moralische Empfinden der Zuschauer verletzt werden, aber wenn in einem Film ein Mann sich zum alleinigen Richter aufschwingt über Tod und Leben, die Gesetze missachtet, dann ist das moralische Empfinden nicht verletzt, weder Staat noch Kirche empören sich. Ein Geschlechtsakt untergräbt die Moral, aber Brutalität und Selbstjustiz dürfen gezeigt werden.

Gäbe es Orden für Heuchelei, unsere Straßen ließen sich mit ihren Orden pflastern.

Als ich zur Albany komme, regnet es erneut. Wieder in ein Café. Ich bestelle Bier und lese den »Spiegel«, den ich mir unterwegs gekauft habe. Ein junger Mann setzt sich an meinen Tisch und spricht mich an, er stellt sich vor, ein Medizinstudent. Er möchte die letzten Semester in der Bundesrepublik studieren, aber im Ausland dürfe er nur studieren, wenn er von Israel ein Stipendium erhält oder in Deutschland jemanden findet, der ihm sein Studium finanziert. Nein, ich weiß keinen Bürgen, sage ich.

Für ihn ist es gegenwärtig überhaupt unmöglich, ins Ausland zu kommen, irgendwohin zu reisen, er ist Reservist und bei der angespannten politischen Lage muss er immer abrufbereit sein.

Ich sage, wenn ihr mit den Arabern Frieden schließt, dann könnten auch Reservisten ins Ausland reisen.

Er sieht mich an.

Ich musste wohl etwas völlig Unverständliches gesagt haben. Nach einer Weile sagt er: Frieden?

Er sagt es so, als müsste er ein obszönes Wort aussprechen. Frieden kann nur sein, wenn die Araber noch einmal besiegt werden, sagt er mühsam, ich merke ihm an, dass er sich beherrscht. Sonst wird kein Friede sein. Und die Araber werden geschlagen werden, wenn nicht heute, dann morgen, wenn nicht morgen, dann in den nächsten Jahren.

Ist das Ihre Meinung, frage ich.

Reisen Sie durch unser Land, fragen Sie die Menschen, sie werden Ihnen das antworten, was ich Ihnen gesagt habe. Ich bin kein Chauvinist.

Ich sage: Die Zeit arbeitet gegen Israel. Die Fellachen werden nicht immer Fellachen bleiben. Deshalb müsst ihr heute Frieden schließen, und nicht erst dann, wenn die Araber sich es leisten können, Krieg zu führen.

Er bleibt lange stumm, dreht das Glas in seinen Händen und fragt mich dann unvermittelt, ob ich unter Hitler Soldat gewesen sei.

Ich bejahe.

Ob ich gegen die Juden gewesen sei.

Ich antworte: Mein Vater kam 1938 ins KZ, er war bei den Zeugen Jehovas. Wollen Sie noch mehr dazu hören?

Er nickt unmerklich vor sich hin, fragt dann aber: Warum sind Sie dann heute Antisemit?

Ich erschrecke: Was bin ich? Antisemit?

Natürlich, sagt er, Sie sind für die Araber.

Bin ich das?

Natürlich, sonst müssten Sie meine Überzeugung teilen.

Krieg führen? Ist das eine Überzeugung?, frage ich.

Ja, weil es unsere Existenz ist.

Ich bin an einen Nationalisten geraten, denke ich.

Ich sage ihm, ich bin weder gegen die Juden noch gegen die Araber, aber gegen diejenigen, die im Krieg die Lösung der Konflikte sehen. Ich bin ein deutscher Schriftsteller, der keinen Grund hat, Antisemit zu sein. Aber wahrscheinlich verwechsle er Judentum mit Zionismus. Vielleicht werde diese Unterscheidung an seiner Hochschule nicht gelehrt. Was er von sich gebe, laufe darauf hinaus, was auch die Nazis gesagt hätten: Willst du nicht mein Bruder sein, so schlag ich dir den Schädel ein.

Ich stehe auf und zahle.

Er kommt hinter mir her, hält mich am Arm fest und sagt: Das mit Schädel einschlagen, das steht schon im Neuen Testament, denn euer Christus hat gesagt, wer nicht für mich ist, der ist wider mich.

Ich schüttle ihn ab, winke auf der Straße ein Taxi und fahre in mein Hotel. Im Hotelrestaurant sitzen vier finnische Soldaten an einem Tisch und trinken Bier, sie gehören zur UN-Friedensstreitmacht und wohnen im Hotel.

Ich telefoniere mit Schoenberner, der von Haifa zurückgekehrt ist, wir verabreden uns für den nächsten Tag zum Mittagessen. Er sagt mir noch, dass ich morgen kein Taxi zu nehmen brauche, Mira würde mich zum Flughafen bringen.

Der Regen hat aufgehört, ich laufe hinunter zum Meer. Ich kann das Wasser nicht sehen, höre aber die Wellen an die Mauer klatschen. Ich setze mich auf eine Bank, die ich vorher mit einem Taschentuch abtrockne.

Sturm zieht auf. Wassertropfen spritzen über die Straße bis zu mir herüber, der Wind rüttelt an den Fahnenmasten vor meiner Bank. Als ich ein Kind war, habe ich meine Mutter einmal gefragt, ob man den Wind fangen und einsperren könne.

Dummer Junge, hatte sie gesagt.

Da sitze ich am Mittelmeer im Sturm und komme mir verlassen vor. Während meiner gesamten Reise habe ich mich keine Stunde einsam gefühlt, aber jetzt wäre ich am liebsten aufgesprungen und zum Flughafen gefahren. Doch die planmäßige Maschine nach Frankfurt ist längst abgeflogen. Ich denke schon wieder an meinen Schreibtisch, an die Post, die sich angesammelt hat, an die folgenden Tage, die ich nur mit dem Beantworten zubringen werde. Nichts erledigt sich von selbst.

Ich friere. Die Straßen sind menschenleer.

Im Hotel zurück, setze ich mich an einen Tisch neben die finnischen Soldaten. Alle vier strohblond und mit gesunden Gesichtern. Ich sehe mir das Fernsehprogramm an. Wieder ein amerikanischer Western, der Film ist hebräisch synchronisiert.

In der ganzen Welt diese amerikanischen Western, sie verbinden die Völker wie die Religion.

Mir fällt der Student im Café wieder ein und seine Ansicht, dass die Araber Menschen niederer Art seien. Er verachtet sie. Offenbar weiß er nicht, dass er dieselbe Ideologie vertritt, mit der die Nazis die Juden umgebracht haben. Es ist makaber. Da hat man den Juden nach dem Zweiten Weltkrieg ein Stück Land gegeben, so klein und überwiegend Wüstenflächen, dass von vornherein schon abzusehen war, dass auf diesem schmalen Streifen Land ein Volk nicht existieren kann, noch dazu mit ungesicherten Grenzen. Und als die Juden 1967 im Jom-Kippur-Krieg sich aus der Umklammerung befreien, Raum schaffen wollten für ihre Existenz, wurden sie zum Aggressor und kamen in die Nähe der NS-Ideologie: Volk ohne Raum, wurden sie zum Unsicherheitsfaktor für das Gleichgewicht der Kräfte.

Immer sind es die kleinen Völker, die für das politische Unvermögen der Großen bezahlen müssen, die Großen machen die Politik, die Kleinen haben dafür geradezustehen.

## Mittwoch, 11.12.1974

Sie fliegen heute Nachmittag nach Deutschland zurück, fragt mich der Wirt beim Frühstück. Sagen Sie doch ihren Leuten zu Hause, sie könnten getrost nach Israel reisen, alles sei ruhig hier, ruhiger als anderswo.

Ich nicke, ich will mich auf keine Unterhaltung mehr einlassen.

Draußen regnet es wieder.

Der Wirt, der meinem Blick folgt, meint, es werde leider den ganzen Tag über regnen, aber morgen werde der Himmel wieder blau sein, ich solle ruhig einen Tag länger bleiben, dann könne ich im Mittelmeer baden.

Aber ich bin schon zu lange unterwegs, meine Badewanne zu Hause ist mir jetzt lieber als das warme Mittelmeer. Ich wünsche mir, es wäre sechzehn Uhr und meine Maschine nach Frankfurt würde vom Boden abheben.

Der Wirt leiht mir seinen Regenschirm, ich verspreche ihm, auf sein gutes Stück aufzupassen.

Dann setze ich mich in den ersten besten Bus und fahre kreuz und quer durch die Stadt. Vorbei am Bahnhof, am Planetarium, zum Stadion und zum Shalom Meir Tower, hinaus nach Yafo.

An einer Haltestelle am Meer steige ich aus und betrete ein Café. Was soll man tun, wenn es regnet. Ich bestelle mir eine Tasse Kaffee und bekomme Espresso. Die freundliche Bedienung sagt mir auf Deutsch, Espresso sei auch Kaffee.

Das Meer schlägt hohe Wellen. Manchmal überspült ein Brecher die Straße, die durch eine Mauer vor dem Wasser geschützt wird. Ich sitze am Fenster und warte darauf, dass einmal ein Brecher ein vorüberfahrendes Auto überspült, aber ich warte vergebens. Die Wellen jagen hintereinander her bis zum Strand und zerstören sich dann selbst.

Soll ich den Vormittag hier in dem Café verbringen, in dem ich der einzige Gast bin?

Ich steige wieder in einen Bus und fahre hinaus zum Campus der Universität. Als alle Fahrgäste ausgestiegen sind, sieht mich der Fahrer fragend an. Ich deute zur Stadt. Er zuckt die Schultern und fährt nach wenigen Minuten wieder zurück. Die Architektur der Universität ist wie überall auf der Welt: einfallslos.

Meine Brücken.

Soll ich sie aus der Plastiktüte in den Koffer umpacken? Wie hoch ist der Zoll für sie? Ich habe keinen Pfennig deutsches Geld mehr. Ob die Zöllner in Deutschland auch einen Scheck nehmen? Hinter mir im Bus unterhalten sich zwei ältere Frauen auf Deutsch über einen Mann aus ihrer Nachbarschaft, der nach Paris gefahren ist und dem beide die Reise nicht gönnen.

Eine junge Frau, die neben mir sitzt, spricht hebräisch auf ihr Kind ein. Ich lasse diese Sprache bewusst auf mich wirken, mir ist, als habe die Frau eine Erkältung und versuche ständig, ihren Hals zu reinigen.

Nicht weit vor meinem Hotel steige ich aus, auf meinem Zimmer packe ich die Brücken in meinen kleinen Koffer.

Ich muss mich lange quälen, bis ich sie endlich so zusammengelegt habe, dass ich den Koffer wieder verschließen kann. Einen Teil der Wäsche, die sowieso schmutzig ist, bringe ich in der Reisetasche unter und in der Plastiktüte, in der vorher meine Brücken waren. Vier Gepäckstücke habe ich wieder, obwohl ich aus vier Teilen doch eigentlich drei machen wollte.

An der Reception kann ich mit Scheck bezahlen. Ich lasse mein Gepäck in einem Nebenraum. Bei Schoenberner, die ganz in der Nähe wohnen, verabschiede ich mich. Mira hat gutes Essen serviert. Ihre Wohnung ist kalt, die Heizung funktioniert nicht, obwohl Schoenberners eine hohe Pauschale dafür bezahlen müssen. Aber Öl ist knapp, das Militär hat absoluten Vorrang.

Es funktioniert so manches nicht in diesem Land, auf der einen Seite sind sie genau und geradezu pingelig korrekt, auf der anderen Seite levanthinischer Schlendrian.

Mira macht mir noch Kaffee, dann ruft sie telefonisch ein Taxi. Sie begleitet mich zum Flughafen, wir holen zuvor mein Gepäck aus dem Hotel.

Mira darf am Flughafen mit durch die Sperre, sie zeigt ihren Diplomatenausweis vor.

Die Abfertigung läuft zügig. Ich muss zwar meinen Koffer öffnen, bevor ich am Lufthansaschalter abgefertigt werde, aber Mira erklärt den beiden Zöllnerinnen, die wahrscheinlich zum Sicherheitsdienst gehören und die meine Gepäckstücke vornehmen, dass ich selbst meinen Koffer gepackt habe, niemand habe mir dabei geholfen. Ich wundere mich über ihre Auskunft. Auch an der Passkontrolle sind die Beamten freundlich. Ich lobe im Stillen die unbürokratische Bürokratie Israels und werde dann in eine der vielen Kabinen zur Leibesvisitation gewiesen. Das ist überall so, denke ich, warum soll es hier anders sein, gerade hier in diesem Land.

In der Kabine nimmt mir ein junger Uniformierter meine Tasche und meinen Pass ab. Während er meinen Pass durchblättert, fragt er mich, ob ich englisch spreche.

Ich bejahe. Vorsichtig legt er meinen Pass auf ein Seitenbord. Ich muss alles auspacken: Die Bücher, die Manuskripte, die Toilettentasche mit dem Rasierapparat, ich muss meinen Mantel ausziehen und auch noch meine Jacke. Er fordert mich auf, meine Brieftasche aus der Jacke zu nehmen.

Ich muss sie aufklappen, er schnüffelt daran herum wie ein Hund. Wenn ich das gewusst hätte, dann hätte ich vorher Niespulver hineingeschüttet.

Dann beginnt ein sonderbares Verhör.

Er: Wie sind Sie zum Flughafen gekommen?

Ich: Mit einem Taxi.

Er: Allein?

Ich: Nein.

Er: Wer hat Sie begleitet?

Ich: Eine Dame der deutschen Botschaft.

Er: Haben Sie oder die Dame mit dem Taxifahrer während der Fahrt gesprochen.

Ich: Nur das Übliche.

Er: Was ist das, das Übliche.

Ich: Weiß nicht mehr genau. Wohin wir fahren und was der Preis für die Fahrt ist.

Er: Haben Sie oder die Dame, mit der Sie gekommen sind, im Flughafengelände und auf dem Weg hierher in die Kabine mit jemandem gesprochen, mit einer fremden Person, hat Sie eine fremde Person angesprochen.

Ich: Nein, nicht dass ich wüsste.

Er nimmt die Stange Zigaretten, die ich mir am Flughafen gekauft habe, in die Hand und fragt: Wo haben Sie die Zigaretten gekauft?

Ich: Hier am Flughafen.

Er: Sie haben also doch mit einer fremden Person gesprochen.

Ich bin so verblüfft, dass ich nicht wusste, was ich antworten sollte.

Ich: Ja, ich habe mit einer fremden Person gesprochen, die mir Zigaretten verkauft hat. Wollen Sie auch noch den Preis wissen?

Er runzelt die Augenbrauen.

Er: Mit welchen Personen haben Sie noch gesprochen?

Ich werde langsam ungeduldig.

Ich: Gehen Sie in die Halle und fragen Sie die Leute selber, ob ich mit ihnen gesprochen habe.

Er: Ich frage aber Sie.

Ich zucke mit den Schultern.

Er: Hat Ihnen jemand auf den Weg hierher zum Flughafen oder im Flughafengebäude etwas mitgegeben, das Sie mit nach Deutschland nehmen sollen?

Ich: Nein, mir hat niemand etwas mitgegeben.

Dann tastet er wieder alles gründlich ab. Meinen Mantel, meine Jacke, meinen Körper. Er begutachtet meine Zahnpasta, schraubt den Verschluss ab, riecht daran, schraubt wieder zu.

Ich sage: Gegen Karies.

Er drückt auf die Düse der Dose von meinem Körperspray, schnuppert, steckt sie wieder zurück, er besichtigt meine Toilettentasche, öffnet das Necessaire und nimmt eine Schere heraus, steckt sie wieder hinein, nimmt das Nähzeug heraus, das ich immer bei mir habe, steckt es wieder hinein.

Ich sehe auf die Uhr. Wenn es so weitergeht, dann fliegt die Maschine ohne mich.

Er riecht an der Niveacreme. Er sieht sich die Bücher genau an und die Manuskripte, vor allem aber die Übersetzungen in arabischer Schrift. Er fragt mich, was das ist, ich antworte, das könne er doch selbst sehen, ich könne es ihm nicht übersetzen. Er blättert aufreizend langsam im »Guiness book of records«, dann widmet er sich noch einmal gründlich meinem Pass, er blättert Seite für Seite um, dreht den Pass manchmal, um die Stempel besser lesen zu können, er entziffert laut die Eintragungen.

Dann sagt er: Sie reisen wohl sehr viel in arabische Länder?
Ich: Ist das verboten? Das tut doch Mister Kissinger auch.
Er versteht keinen Spaß und ist beleidigt.

Er deutet mir an, meine Sachen wieder einzupacken, nimmt mir dann aber noch einmal den Rasierapparat aus der Hand und verlässt die Kabine, ich habe ihm zu folgen.

Ich frage mich, was er wohl jetzt wieder im Schilde führt. Diese Prozedur, davon war ich überzeugt, war nichts weiter als Schikane, irgendetwas an mir hatte ihn geärgert.

Einem Beamten hinter einem Schalter drückt er meinen Rasierapparat in die Hand. Der nimmt ihn, sieht ihn sich genau an, steckt den Stecker in die Steckdose. Der Apparat läuft.

Ich war so wütend auf diese Beamten geworden, dass ich mir wünschte, er wäre explodiert.

Lächelnd gibt ihn mir der Beamte wieder zurück. Von

meinem »Interviewer« ist nichts mehr zu sehen. Ich darf in die Abflughalle. Ich suche Mira. Sie kommt mir aufgeregt entgegengelaufen und ruft: Wo warst du denn? Ich wollte dich schon ausrufen lassen. Wir setzen uns an die Theke der Cafeteria und trinken Kaffee zum Abschied. Mira sagt, dass die Stempel der arabischen Länder in meinem Pass der Grund für die schikanöse Kontrolle gewesen wären. Wie dem auch sei, sagt sie, mancher Beamte lässt seine persönliche Unzufriedenheit an den Reisenden aus.

Sie tröstet mich: Das gibt es überall.

Ein schwacher Trost, wenn man der Betroffene ist.

Wir geben uns die Hand. Ich verspreche ihr zu schreiben.

Die Maschine hat eine halbe Stunde Verspätung, als sie vom Flughafen Lod abhebt. Hoffentlich versäume ich in Frankfurt meinen Anschluss nach Düsseldorf nicht.

Als ich im Flugzeug sitze, treten die Gesichter vor meine Augen, denen ich auf der Reise begegnet bin. Wie viele habe ich gesehen, hundert, tausend. Mit wie vielen Menschen habe ich gesprochen. Jetzt, als die Stewardessen das Essen servieren, ist mir auf einmal, als sei das alles nicht wahr gewesen, als habe ich es nur geträumt.

Ich kann es noch nicht fassen, dass ich auf dem Weg nach Hause bin. Ich bin unterwegs gewesen in Sachen deutscher Kultur. Als Schriftsteller genießt man Privilegien.

Ich habe mich gefreut und geärgert. Ich begegnete Menschen, denen ich zu Hause ausgewichen wäre, und traf Menschen, deren Nähe ich zu Hause gesucht hätte. Ich begegnete Goethe-Leuten, die ebenso Streuselkuchen hätten verkaufen können, und traf andere, die ihren Beruf als Aufgabe begreifen. In einem Rattenloch zu sitzen und dennoch Goethe zu verkaufen wie in Istanbul, das nötigt einem mehr als Respekt ab.

Ich bin am Ende meiner Reise, müde und ausgebrannt, und ich kehre in die Hektik des Kulturbetriebes zurück.

Ich sitze und träume, ich schließe die Augen, damit die Träume plastischer werden. Irgendwo steht bei Goethe der Satz: Wirklich arm ist nur der, der nie geträumt hat.

Als Kind habe ich oft stundenlang in unserem Garten gelegen, den Hund gekrault und mit geschlossenen Augen geträumt. Träumen ist schön. Dann hat mich meine Mutter aufgescheucht und gerufen: Träume nicht! Arbeite!

Und dabei waren meine Träume doch auch Arbeit. Ich hatte mir ausgemalt, was ich täte, wenn ich der und der wäre. Ich war Rennfahrer, Bischof, Polarforscher. Aber meine Mutter sagte: Hier wachsen die Kartoffeln.

Sie hat mich nie am Lesen gehindert, wenn sie Lesen auch als verschenkte Zeit ansah, kein Wunder, in der Zeit, in der mein Vater in der Bibel las, hätte er ein paar Schuhe mehr besohlen können, aber manchmal hat sie doch gefragt, wenn ich mein Buch zu Ende gelesen hatte: Na, bist jetzt schlauer geworden, weißt du jetzt, wie wir besser satt werden?

Und mein Vater, der selbst jeden Tag ein paar Stunden in der Bibel las, sagte immer zu mir: Arbeite! Mit Lesen wird man nicht satt.

Mein Vater hatte Unrecht.

In Frankfurt spricht mich eine Stewardess an: Sagen Sie mal, Sie sind doch ...

Die Stewardess bittet mich um ein Autogramm. Sie reicht

mir einen Zettel und einen Kuli. Ich frage sie, was sie mit dem Zettel machen wolle.

Ich klebe ihn mir in Ihren letzten Roman, sagt sie.

Ein seltsamer Vorgang: Ich habe einen meiner Leser getroffen.

Auf dem Flug von Frankfurt nach Düsseldorf beugt sich eine Stewardess zu mir herunter und fragt mich: Haben Sie einen Wunsch?

Ich sehe sie einen Moment verwirrt an, ich sage, nur um etwas zu sagen: Nein, eigentlich nicht ... aber vielleicht können Sie mir eine Illustrierte bringen.

Sie bringt mir drei. Ich blättere. Farbphotos von Mexiko. Vielleicht sollte ich einmal nach Mexiko fahren.

Ob es dort auch Goethe gibt?

## Wer viel reist ...

Max von der Grün ist gern und viel gereist, nicht nur privat, sondern gerade auch im Auftrag der Goethe-Institute. Eine dieser größeren »Lesereisen«, von Ende November bis zum 11. Dezember 1974, führte ihn in die Türkei, nach Afghanistan, Pakistan und Israel, festgehalten in dem zu Unrecht kaum beachteten Prosatext »Wenn der tote Rabe vom Baum fällt«. Max von der Grün las in Izmir, Istanbul, Kabul, Karatschi und Tel Aviv auf Einladung der dortigen Goethe-Institute, unter anderem aus dem Roman »Stellenweise Glatteis« und den beeindruckenden Gastarbeiterporträts »Menschen in Deutschland«. Zugleich führte von der Grün dabei Tagebuch über die Veranstaltungen, über das Publikum und seine Fragen. Vor allem aber: Weitblickend und erstaunlich genau informiert beschreibt er die sozialen, gesellschaftlichen und politischen Zu- und Umstände in der sich nach Westen öffnenden Türkei, im mittelalterlich rückständigen Afghanistan, in der ehemaligen englischen Kolonie Pakistan, einer extremen Klassengesellschaft, und in Israel. Er porträtiert Städte wie Istanbul, Kabul und Karatschi, ihre Armut und Frauendiskriminierung, ihre Slums und ihren Rassismus. Auch in Tel Aviv und Jerusalem, fasziniert von dessen Altstadt und irritiert von religiösen Fanatikern an der Klagemauer, verschweigt er nicht die Probleme. Im Gespräch mit einem rassistischen Medizinstudenten und Reservisten, für den »Araber Menschen niederer Art« sind, bittet er – schon 1975 – um eine Politik des Friedens und des Miteinanders auf Augenhöhe von Israelis und Arabern: »Die Zeit arbeitet gegen Israel. Die Fellachen werden nicht immer Fellachen bleiben. Deshalb müsst ihr heute Frieden schließen, und nicht erst dann, wenn die Araber es sich leisten können, Krieg zu führen.« Selbstgerechtigkeit und mangelnde Empathie für den Anderen sind dem Menschenfreund und Humanisten Max von der Grün ein Ärgernis. Während von der Grün in »Wenn der tote Rabe vom Baum fällt« eine länderübergreifende Lesereise im Auftrage von Goethe-Instituten – und Probleme dieser Länder – dokumentiert, beschreibt er in dem 1979 entstandenen Bericht »Lesereise« die Anstrengungen einer Lesereise in Deutschland. Sie dauert dreieinhalb Monate und führt ihn von Flensburg bis Graz, von Eutin bis nach Basel. Eine sich hinziehende, fernab des Schreibtischs verbrachte, manchmal nervtötende Angelegenheit, mit immer denselben ermüdenden Fragen wie »Warum schreiben Sie?« und »Für wen schreiben Sie?«. Und mit »einer Diskussion, bei der meistens nichts herauskommt«, mit Herumsitzen und Warten in Cafés und Nächten in fremden, unpersönlichen Hotelzimmern, »in denen ich kaum eine Nacht richtig schlafen konnte«. Kein Vergnügen, aber dann tut er es doch immer wieder, um Erwartungen nicht zu enttäuschen, vor allem nicht von unverbildeten, neugierigen Kindern. In »Ein Tag wie jeder andere« hat Max von der Grün einen Tag im Jahr 1973 beschrieben, wie er ihn so oder anders als Autor fast täglich erlebt. Dieser Bericht zeigt, wie nahe von der Grün dem Alltag der Menschen ist. Morgens, wenn noch der Frühnebel im Norden Dortmunds die Bergsenke vor seinem Haus »zudeckt« und der Nachbar, der siebzigjährige Bauer Holtkamp, vor dem Frühstück mit ihm einen Klaren kippt, bauen die Kumpels der Zeche »Minister Stein« unter seinem Haus in einer Tiefe von 1000 Metern Kohle ab. Auf das Frühstück folgt die Zeitungslektüre, bei der er »Material«, mögliche Geschichten, ausschneidet. Nach dem Morgenspaziergang arbeitet, korrigiert, telefoniert er mit seinen Partnern im »Kulturbetrieb«, Lektor, Redakteur, Theaterintendant, Volkshochschulleiter. Und er erledigt Post, wobei er anonyme Schmähbriefe ignoriert. Nach dem Mittagessen Kurzschlaf, Arbeit und Spaziergang. Gegen Abend die Stammkneipe. Dort und auch den Tag über das Gespräch mit Nachbarn, mit »Arbeitern und Angestellten, kleinen Handwerkern und Bauern«: »Ich brauche das, ich brauche Menschen um mich, die nicht über Literatur sprechen, sondern darüber, wie man vielleicht einen Kaninchenstall baut. Da wird über Fußball gesprochen und über den Betrieb, über die Arbeit und über den Urlaub, über Politik und über Preise«. Und manchmal kommen Bittsteller, und dann, während der sich hinziehenden Schreibarbeit des Nachts, auch noch der Freund »Günter« Wallraff zu Besuch, der gerade in einer »heißen Sache« recherchiert und Rat sucht. Max von der Grün sah sich nicht tätig als Schriftsteller in einer »Enklave der Unverbindlichkeit«, sondern er stand »mit seiner Existenz« zu dem, was er sagte und schrieb. Das hat er, ein Geschichtenerzähler und homo politicus, bis zu seinem Tode 2005 so gehalten. Ihm tat, so der gern von ihm zitierte Lichtenberg, vieles weh, was anderen nur leid tat.

Stephan Reinhardt

## Ein Tag wie jeder andere

Frühnebel deckt das Tal zu.
 Aus dem Wald schreit ein Tier. Ich kenne es nicht.
 Das Tal ist kein Tal im üblich verstandenen Sinne, das sich 200 Meter vor meinem Fenster von Osten nach Westen erstreckt, nur eine Mulde, eine Senkung; in der Fachsprache heißt die Mulde Bodensenkung, abgesackte Erdoberfläche durch abgebaute Kohlenflöze unter Tage. Die Kumpels auf der Zeche »Minister Stein«, im Dortmunder Norden, deren Fördertürme etwa vier Kilometer von meiner Wohnung entfernt wie umgeknickte Finger in den Himmel stoßen, wühlen auch tausend Meter unter meinem Haus. Das Haus ist nicht mein Haus, ich zahle für 90 Quadratmeter Wohnung mit Garage und Heizung monatlich 500 Mark Miete. Unter Tage wühlen die Kumpels Tag und Nacht.
 Auch ich habe einmal gewühlt, wenn auch nicht unter meiner Wohnung.
 Bauer Holtkamp, mein Nachbar, stakst durch das Rübenfeld. Nur sein Kopf ist über den sich auflösenden Nebelgespinsten zu sehen. Gespenstisch. Es sieht von weitem aus, als torkle ein Kopf auf fließenden, durchsichtigen Geweben auf meine Wohnung zu.
 Ich lehne mich auf das Balkongeländer und sehe Bauer Holtkamp näherkommen, sehe seinen Kopf auf mich zuwackeln. Dann hebt sich sein Arm aus dem weißen Etwas. Er winkt mir. Dann steht er vor mir. Graue, nasse Strähnen in der Stirn.
 Die Rüben stehen gut, sagt er. Dann zieht er sich am Bal-

kon hoch, zwei Meter, und schwingt sich mit einer eleganten Flanke neben mich. Holtkamp ist über siebzig. Er sagt: Gib mir einen Schnaps. Ich hole die Flasche, wir kippen einen Klaren – vor dem Frühstück. Das ist nichts Ungewöhnliches. Bei seinem siebzigsten Geburtstag lagen wir beide als einzig Überlebende im Schweinestall und soffen die übrig gebliebenen Flaschen leer.

Im Wohnzimmer klappert Porzellan. Meine Frau richtet das Frühstück. Es ist kurz nach sieben.

Bist früh auf, sagt Holtkamp und trinkt zwei kräftige Schluck aus der Flasche.

Schreibst wieder einen Roman?

Nein, sage ich.

Faulpelz, sagt er.

Holtkamp hat von mir wahrscheinlich noch nie eine Zeile gelesen, er liest, außer seiner Tageszeitung, die er seit vierzig Jahren abonniert hat, überhaupt nichts, er hat zum Lesen keine Zeit. An langen Winterabenden liest er oft in der Bibel.

In seiner Zeitung liest er manchmal etwas über mich und über meine Arbeit, er hört manchmal von mir im Rundfunk, sieht etwas von mir im Fernsehen oder sieht mich dort selbst reden. Das ist ihm genug. In seinen Augen bin ich – besser gesagt, war ich – einer, der nicht arbeitet, der sein Geld im Schlaf verdient. Erst als ich im vorigen Jahr, sein Sohn lag im Krankenhaus, mich anbot, ihm auf den Feldern zu helfen, und dann drei Tage den Mähdrescher bei stechender Hitze über seine Felder lenkte, sein gesamtes Getreide erntete, respektiert er mich, und in unserer gemeinsamen Stammkneipe sagt er manchmal zu den anderen Doppelkopfbrüdern: Der?

Wenn der nur will, dann kann er schon arbeiten. Aber meistens will er ja nicht. Prost. – Ich bilde mir immer was ein, wenn er das sagt. Er sagt sein Lob über mich nicht oft; nur wenn er betrunken ist. Und das ist selten.

Holtkamp trinkt noch einen Klaren und springt vom Balkon wie ein Junger. Zwei Meter tief. Ich sehe ihm nach. Hundert Meter weiter tätschelt er angepflockte Schafe. Er spricht mit den Schafen.

Beim Frühstück die Zeitungen. Jeden Morgen drei. Eine der SPD nahe stehende, eine CDU nahe, eine mit liberal firmierte. Beim Lesen Notizen. Grotesk anmutende Berichte schneide ich aus und lege sie in eine besondere Mappe. Vielleicht brauche ich sie einmal. Man sammelt viel zu viel, immer in der Annahme, dass man es einmal für die eigene Arbeit verwenden könnte. Im Keller stapeln sich Zeitungen und Zeitschriften und Ausschnitte. Ich weiß, dass ich von alledem nichts brauche, trotzdem wird weitergesammelt.

Gespräche mit der Frau über den Inhalt einiger Artikel, über den vor uns liegenden Tag, über den Jungen – chronisch krank, ein Sorgenkind – wir sprechen über Vorhaben, fest verplante und spekulative.

Nach dem Frühstück gehe ich mit dem Hund über die Felder. Der Hund, ein Pudel, schwarz, ist lieb, Fremden gegenüber hinterlistig und nicht selten bissig. Er wird älter, er hat schon einen grauen Bart. Ich laufe über Feldwege, dreihundert Meter von meiner Wohnung auf eine Anhöhe. Ein Bauer pflügt ein abgeerntetes Feld. Ich sehe ihm ein paar Minuten zu. Die Schollen fallen wie mit dem Lineal gezogen. Das sieht so leicht aus, so spielerisch, und ich weiß doch aus Erfahrung, wie schwer es ist, ein Feld gleichmäßig zu pflügen, trotz Traktoren, trotz perfektionierter Pflüge. Was man kann, ist leicht, und man vergisst oft, wie schwer es zu erlernen war.

Der Hund jagt weit entfernt Fasanen und Rebhühnern nach. Wenn sie auffliegen, bleibt er stehen und klafft in den Himmel. Im Süden quillt roter Qualm und gelbes Gift aus den hohen Schornsteinen der Hoesch Werke. Wir haben Ostwind. Ich drehe mich um. Weißer, stoßender Dampf im Norden. Im Norden liegt Lünen, der Dampf steigt aus den Kühltürmen eines Kraftwerkes. Diese fatalen Zeichen der uns umgebenden Industrie, und ich stehe zwischen Feldern, abgeernteten, umgepflügten. Auf der nahen Ruhrautobahn jagen sich die Autos. Ich lese im Gehen die Artikel in der Zeitung, die ich beim Frühstück nur überflog.

Halb neun ist es geworden, als ich zurückkehre. Eine junge Frau begegnet mir, sie schiebt einen altmodischen, etwas ramponierten Kinderwagen vor sich her, das Kind in dem Wagen ist vier Monate alt und schläft. Die junge Frau geht seit Wochen diesen Weg spazieren, sie wohnt bei einer Tante in unserer Siedlung, sie musste von zu Hause fort, denn sie hat wohl ein reizendes Kind und einen Vater zu dem Kind, aber sie hat keinen Mann. Sie ist eine ledige Mutter, sie ist für ihre Familie eine Schande geworden.

Ja, so etwas gibt es noch. Manchmal fühlt man sich ins Mittelalter versetzt. Sie spricht mit mir jeden Tag ein paar Worte, was man eben so sagt, belangloses Zeug, Worte dahergesagt, einfach so, weil man nicht täglich aneinander vorbeigehen kann, ohne etwas zu sagen, nicht in unserer Siedlung, wo jeder jeden kennt, das wäre zumindest peinlich. Wir unterhalten uns über den schönen Vormittag und darüber, dass heute wieder ein heißer Tag werden wird, und das Mitte Oktober, und dass die kleinen Kinder bei solcher Hitze dann quengelig werden. Ich sehe höflichkeitshalber in den Wagen. Ein Puttengesicht. Der Junge weiß noch nichts von den Worten des Dichters: Das Fleisch schlägt auf in den Vorstädten, die Trommeln schlagen mit Macht ... er weiß nichts um die bittere Bedeutung dieser Worte. Wir nicken uns zu, die junge Frau und ich verstehen uns, auch ohne große Worte, auch ohne Worte, wir werden uns vielleicht am Nachmittag wiedersehen, werden dann wieder ein paar Worte sprechen oder uns nur zunicken.

Einmal, vor Wochen, hat die junge Frau zu mir gesagt: »Hund müsste man sein, Hund bei Ihnen.« Ich erschrak. Aber sie sagte es freundlich.

Am Schreibtisch mahnt die Arbeit. Sie summiert sich. Das Unbehagen an der Arbeit kommt durch ihre Summierung, das Übel ist die Arbeit, die nicht fertig werden will.

Da liegt das fertige Bühnenstück, das nicht fertig werden will. Der Intendant drängt, er hat schon mehrmals angerufen und war böse, er hat mich angebrüllt. Ein alter Freund von mir, von dem ich viel gelernt habe. Ich setze mich hin und lese eine Szene immer wieder und immer wieder von vorne; da stimmt etwas nicht. Ich weiß nicht, was nicht stimmt, aber ich spüre, dass irgendwo etwas nicht richtig ist. Ich lese meine Texte laut vor mich hin. Ich frage mich: Würde ich so sprechen, wie ich schreibe? Kann ein Schauspieler das sprechen, was ich schreibe? Kann ein Schauspieler, der mit Goethe und Molière gefüttert worden ist, einen Arbeiter sprechen, sich in ihn hineinversetzen?

Ich merke jetzt, dass in der Szene streckenweise eine gekünstelte Sprache ist, und wenn ich es selbst merke, der ich diesen Text schrieb, dann spüren das Außenstehende erst recht. Da ist der Bruch, die Syntax geht auf Stelzen. Ich säge die Stelzen ab, das heißt, ich streiche. Eine schreckliche Arbeit, fertige Texte zu korrigieren, Sätze oder ganze Szenen zu streichen, die man für ungeheuer wichtig hielt, als man sie niederschrieb. Es ist eine Arbeit ohne Ende, eigentlich ohne richtigen Anfang, da gibt es nur eins: Aufhören. Weglegen. Warten.

Dann kommen die Zweifel, die Unsicherheit und manchmal die Angst, nicht mehr weiterschreiben zu können, überhaupt nicht mehr schreiben zu können.

Das Problem, der Konflikt, der geschrieben werden muss, dargestellt, ist nicht mehr mein eigener, mein privater Konflikt, sondern der einer ganzen Generation geworden oder aber einer besonderen sozialen Schicht, die, in ihrer Gesamtheit gesehen, nicht gelernt hat, sich zu artikulieren. Was tue ich? Ich versuche, ihr Anliegen in menschlichen Schicksalen darzustellen, verständlich zu machen, es einfach zu sagen, damit es nicht nur Wissende oder Vorgebildete verstehen. Ein Abenteuer? Natürlich. Aber dieser Erkenntnis muss man sich beugen, und man muss dieses Abenteuer mit vollem Einsatz seiner Existenz wagen. Die Zeit der Unverbindlichkeit ist vorbei. Wer als Schriftsteller nichts wagt, der bleibt nur ein Klöppler von Texten, gehört den Schreibern zu, die täglich sich selbst befriedigen und damit die jeweils Mächtigen zufrieden stellen, ihnen eine Feigenblattfunktion zuerkennen.

Das Bühnenstück wird aufgeführt werden, wie auch der neue Roman erscheinen wird, und erst wenn so ein Roman zum Verkauf ausliegt, weiß man selbst, wie unfertig alles geblieben ist, weiß, dass das und das hätte gesagt werden müssen und das vielleicht besser nicht, dabei hat man drei Jahre über so einem Roman gesessen, Zeit genug zum Überlegen.

Zeit genug?

Da gibt es dann nichts mehr zu ändern, gedruckt ist gedruckt, letztlich bleibt man mit seinen Zweifeln und oft mit seiner Verzweiflung allein.

Das Management und die Kritiker haben ihre Tatzen in Buch und Autor verkrallt, der in Gang gesetzte Mechanismus zwingt den Autor, Stellung zu beziehen. Ausbruch? Nicht mehr möglich, nur noch Rechtfertigung des fertigen Produktes – und auch die Rechtfertigung wird schon wieder zu etwas Zweifelhaftem. Ein Teufelskreis.

Der Nebel hat sich gehoben, der Morgen verspricht einen heißen Tag.

Das Telefon schlug einige Male an. Einer wollte eine Auskunft, ein Redakteur schlug vor, meinen eingereichten Text zu straffen, mein Lektor aus dem Verlag rief an, wie weit ich mit den Fahnen sei, der Rektor einer Schule im Münsterland rief an, ob ich wohl bereit wäre, mit seiner Oberprima zu diskutieren, der ASTA der Universität Bonn bittet mich, auf einer Kundgebung im Universitätshof zu sprechen, der Leiter der Volkshochschule aus Bad Schussenried fragte an, ob ich im Herbst drei, vier Lesungen in drei, vier Städten der schwäbischen Alb halten könnte.

Ich stehe am Fenster und schaue auf das Rübenfeld, auf

die angepflockten Schafe, auf die Bäume und Büsche am Süggelbach. Ich könnte zufrieden sein. Erfolge sollen satt machen, hat mir einer gesagt. Aber was ist Erfolg? Geld? Ruhm? Popularität? Dann setze ich mich wieder an meinen Schreibtisch und brüte über einem Satz, von dem ich nur weiß, dass er formuliert werden muss, anders formuliert, als er jetzt steht.

Aber wie?

Und dann in der Schreibmaschine, um die Walze das weiße Papier. Es gibt nichts Schrecklicheres als weißes Papier. Ich träume nachts davon, dass ich unter weißem Papier ersticken werde, und manchmal wache ich schweißgebadet auf.

Von Balzac soll der Satz sein, dass er nur deshalb so schnell und produktiv arbeitete, weil nichts auf der Welt ihn so in Angst und Schrecken versetzte wie unbeschriebenes Papier. Vielleicht von Nachgeborenen als Erklärung für die Produktivität eines Genies erfunden. Vielleicht.

Zwischendurch, wenn es überhaupt nicht mehr gehen will mit der Arbeit, lege ich eine Platte auf, Barockmusik oder vielleicht Franz Josef Degenhardt oder den Folkloristen Cornelius, dessen Platten ich mir aus Schweden mitgebracht habe. Ich verstehe höchstens zehn Worte schwedisch, aber ich weiß, was er singt.

Um elf klingelt der Postbote. Zeitungen, Drucksachen, Briefe, nicht selten ein Arm voll. Meine Frau nimmt alles in Empfang. Manchmal, wenn er Geld bringt, trinke ich mit ihm einen Schnaps in meinem Arbeitszimmer oder eine Flasche Bier. Heute will er die Marke eines Briefes haben, der aus Japan kommt. Ich trenne sie ihm ab, sein Sohn sammelt

Briefmarken. Ich habe den Eindruck, unser Postbote kennt meine Post besser als ich selbst. Bin ich längere Zeit verreist und schreibe meiner Frau eine Karte, wann ich wiederkomme, dann sagt er ihr schon im Treppenhaus das genaue Datum meiner Rückkehr. Er kennt zwar nicht den Inhalt meiner Briefe, wohl aber sehr gut die Absender, die Karten natürlich auch vom Inhalt. Es kommt vor, dass er sagt: In dieser Woche schon der dritte Brief vom Hessischen Rundfunk; oder: War doch gestern erst ein Brief aus Ostberlin dabei; oder: So prominent bist du ja nun auch wieder nicht, dass die keine Straße mehr draufschreiben brauchen … oder … oder. Meine Frau und ich ärgern uns manchmal über ihn, aber was soll man dagegen tun, er gehört jener Menschensorte an, der man nicht böse sein kann, weil alles, was sie tut, irgendwie logisch ist, frei von klatschsüchtiger Neugierde oder gar Boshaftigkeit. Mein Postbote tut das Selbstverständliche selbstverständlich, und das ist es, was meine Frau und mich immer wieder irritiert.

Später, als ich wegfahren will, kommt Wilhelm auf der Straße auf mich zu, er war einkaufen, im Zentrum unseres Vorortes. Wilhelm wohnt in unserer Siedlung zwei Straßen weiter, er ist Fernfahrer, er kutschiert einen 36 Tonner Sattelschlepper mit flüssigem Sauerstoff täglich über unsere Autobahnen. Wilhelm erzählt mir aufgebracht, dass er auf dem Wohnungsamt war, er hatte Ärger, sie wollen ihm den Wohnungsgeldzuschuss kürzen, seine älteste Tochter wird Krankenschwester, sie lebt nun im Schwesternheim in Wattenscheid, ist also nicht mehr zu Hause.

Was denken die sich, mir das Wohnungsgeld zu kürzen,

die haben wohl nicht mehr alle Tassen im Schrank. Die Große kommt doch jedes Wochenende nach Hause, wo soll sie schlafen, wenn ich mir eine kleinere Wohnung nehme. Ich habe denen erst mal den Marsch geblasen, ich habe ihnen gesagt, dass wahrscheinlich nur Kinder von Großkopfigen Anspruch auf ein Zimmer haben, auch wenn die Kinder nicht mehr im Hause wohnen.

Wilhelm fährt morgen in Urlaub.

Ich nehme ihn erst mal mit in die Wohnung. Er sitzt mir in meinem Arbeitszimmer gegenüber, er raucht Kette, seine Hände zittern, und er gesteht mir plötzlich, dass er die letzten Monate 300 Stunden gearbeitet hat, also gefahren. Mein Gott, denke ich, das sind ja in der Woche 75 Stunden. Ist der Kerl wahnsinnig?

Wilhelm gibt offen zu, dass das nicht nur leichtsinnig ist, auch unverantwortlich. Aber was soll er tun? Er hat ein krankes Kind – unheilbar – und das braucht dringend Seeluft. Die Krankenkasse zahlt die Seeluft nicht. Er fährt an die Nordsee und bittet mich, seine Familie morgen um neun zum Bahnhof zu bringen, wegen der vielen Koffer und Taschen. Ich gebe ihm einen Schnaps. Als ich ihm einen zweiten einschenken will, kommt meine Frau und nimmt mir die Flasche weg, sie sagt: Bist du verrückt! Sein Führerschein ist seine Existenz.

Meine Frau sieht, wie Wilhelms Hände flattern. Sie sieht mich an. Ich zucke die Schultern.

Wilhelm war gestern mit seinem kranken Kind beim Arzt, über zwei Stunden musste er warten mit dem quengeligen Mädchen. Er schimpft. Auch auf die Ärzte, vor allem auf die

Kassen. Für Wilhelm wird unsere Gesellschaft als Klassengesellschaft sichtbar im Wartezimmer des Arztes. Ich muss sitzen und warten, sagt er voller Empörung, die Privatpatienten melden sich telefonisch an, werden prompt bedient. Mensch, unsereiner ist doch der letzte Dreck. Der Arzt verschreibt mir nicht einmal die Medikamente, die das Kind braucht, weil es von der Kasse doch nicht bezahlt wird. Er hat ein querschnittgelähmtes Kind. Er sagt: Sogar zu den Spezialmöbeln, die das Kind braucht, mussten wir zuzahlen. Die Kassen tun so, als kauften wir uns eine neue Wohnungseinrichtung. Verdammt, da gibt es ein Sozialhilfegesetz, weiß der Kuckuck was noch, und da musst du laufen und laufen und musst denen immer das Gleiche erzählen, was du verdienst, ob du Vermögen hast, dann Formulare und Anträge, nur damit sie einen Hundertmarkschein ausspucken, und dann gucken sie dich noch an, als hättest du ihnen silberne Löffel gestohlen. Sagt Wilhelm.

Und er sagt weiter: Ich sag dir nur, für unsereiner ist Kranksein eine Bestrafung, dauernd krank, da bist du schon asozial. Wilhelm ist verbittert, verständlich, ich kenne die Tragik seiner Familie mit dem kranken Kind – und er ist nicht allein, der seine Sorgen bei mir ablädt, es kommen viele in meine Wohnung in dem Glauben, dass ich ihnen helfen könnte, einfache Menschen glauben, ein Schriftsteller ist allmächtig, weil sie ihn vielleicht ab und zu im Fernsehen sehen und sprechen hören, von und über ihn lesen.

Wilhelm sitzt da, und seine Hände zittern, und ich erschrecke bei dem Gedanken, dass er täglich explosives Zeug über die Autobahn lenkt, 300 Stunden im Monat, und er muss Überstunden machen, will er sich einen Urlaub gönnen. Ich bin plötzlich böse auf ihn und sage es ihm auch.

Ich bin auf ihn böse nicht wegen der 300 Stunden, nein, er ist ja nicht nur Fahrer, er ist auch Betriebsrat, und als solcher hat er darauf zu achten, dass kein Fahrer mehr als 10 Stunden am Steuer sitzt, alle 4 Stunden eine halbe Stunde Pause macht, bei langen Touren zwei Mann im Führerhaus sitzen. So sagt es das Gesetz, und Betriebsräte haben innerbetrieblich darauf zu achten, dass diese Gesetze eingehalten werden, zum Nutzen der Arbeiter.

Du hast leicht reden, sagt Wilhelm, du sitzt hier im Trocknen, und wenn du fahren musst, dann fährst du erster Klasse, weil dir erster Klasse bezahlt wird. Dir kostet das alles nichts, du amüsierst oder langweilst dich auf einer Fahrt, aber für mich ist es Arbeit. Ich will auch mal raus, verstehst du, mit der Familie, Beine unterm Tisch, sich bedienen lassen, nicht immer Angst vor Explosionen haben, wenn so ein verrückter Kerl mal von hinten auf meinen Laster knallen sollte. Glaubst du, ich kann vom normalen Verdienst mir einen Urlaub leisten? Schön wär's. Ich möchte nur mal wissen, wer diese Statistiken immer zusammenstellt, wo es uns ungeheuer gut gehen soll.

Nicht nur er hat Tapetenwechsel nötig: Seine Frau ist, durch die ständige Sonderpflege des Kindes, supernervös geworden. Die Fliege an der Wand stürzt sie in hysterische Anfälle, die berühmte Fliege wird zur ehelichen Tortur. Wilhelm verspricht sich viel von dem Urlaub, für sich, seine Kinder, seine Ehe. Meine Frau hat ihm ein Päckchen zurechtgemacht, gibt es ihm. Erst aufmachen am Urlaubsort, sagt sie.

Wilhelm und ich schlendern anschließend noch durch unsere Siedlung, in der überwiegend Stahl- und Bergarbeiter wohnen, auch einige Bauern gibt es noch. Zwei Straßen weiter ist eine Baustelle, eine neue Kanalisation wird verlegt. Wir gucken zu. Ein Arbeiter windet ein Rohr von fast zwei Meter Durchmesser in Straßenhöhe aus der Baugrube. Seine Muskeln spannen sich. Obwohl ich selbst dreizehn Jahre unter Tage schwere und schwerste Arbeit verrichtete, um mein Geld zu verdienen, bin ich doch immer wieder von der körperlichen Kraft anderer fasziniert.

Es gibt Erinnerungen, die bleiben.

Als Junge habe ich, wenn ich meinen Vater schwere Dinge heben sah, geglaubt, die Lasten werden leichter, je älter man wird, seltsamerweise kam ich nie auf den Gedanken, dass die Lasten im Gewicht gleich bleiben und der Mensch kräftiger wird. Dann sah ich einmal beim Bauern dem Auswiegen von Kartoffeln zu. Sack für Sack, Zentner für Zentner, auf einer Dezimalwaage. Schließlich nahm ich das Fünfkilogewicht in die Hand, und es gelang mir mühelos, es mit einem Arm hochzustemmen. Seit diesem Tage war ich der Meinung, ich habe einen Zentner mit einer Hand über meinen Kopf gestemmt, und ich verkündete es laut, war schließlich wütend, weil mich meine Schulkameraden auslachten. Für Jahre hatte ich in der Schule meinen Spitznamen weg: Zentnerheber.

Es hat lange gedauert, bis ich einsah, dass mir die Unkenntnis technischer Dinge und Vorgänge einen Streich gespielt hatte, auch später, als wir in der Schule diese Rechnungen übten, weigerte ich mich noch, anzuerkennen, dass ich nicht einen Zentner, sondern nur ein Fünfkilogewicht gestemmt hatte. Ich erzählte das Wilhelm an der Baustelle. Er lachte, lachte, er sagte: Wie kann man nur so blöd sein.

Dann ging Wilhelm. Wir winkten uns zu. Ich rief ihm nach: Geht in Ordnung morgen, ich bring euch zum Bahnhof.

Auf dem Schreibtisch fand ich einen Zettel. Meine Frau hatte, wie immer, die Anrufer notiert, die mich sprechen wollten. So wichtig sind die auch wieder nicht, dachte ich und wusste doch, dass sie wichtig sind. Lass sie wieder anrufen.

Telefon ist ein Segen, aber nicht, wenn andere damit segnen wollen. Ich öffne die Briefe, lese, lege sie weg. Ich bin pedantisch, ordentlich, ordnerisch, wahrscheinlich, weil ich einmal auch als Buchhalter gelernt habe. In eine blaue Mappe kommen die wichtigsten, gleich in die oberste Schublade meines Schreibtisches die, deren Beantwortung Zeit hat, in den Papierkorb zerknülle ich die, die keinen Absender haben, anonym einlaufen, Menschen, die mich beschimpfen aus irgendeinem Grund, mich beleidigen, diffamieren, etwas unterstellen. Manchmal versuche ich mir vorzustellen, was in Menschen vorgeht, die anonyme Briefe schreiben, den Adressaten beleidigen, beschimpfen, bedrohen, ich versuche mir ihr Gesicht vorzustellen, male mir aus, wie sie leben, wie sie wohnen, was sie arbeiten, vor allem aber, wie sie denken. Sie beschimpfen mich und kennen mich nicht, nur das, was sie lesen, sehen und hören von mir. Es passt ihnen nicht, gut, sie setzen sich hin und schreiben, aber es geht ihnen nicht um die Sache, nur um das Schimpfen. Einmal rief nachts einer an, meine Frau ging zum Telefon. Der Anrufer fragte: Sind Sie die Frau von dem Kerl? Ja, sagte meine Frau, ich bin die Frau von dem Kerl.

Der Anrufer sagte: Wie kann man nur mit so einem Dreckskerl verheiratet sein. Sie sind genauso eine Sau wie der Kerl. Dann legte er auf. Sie erzählte es mir, wir lachten. Aber wir wussten beide, dass es nicht zum Lachen war. Trotzdem, Leser und Hörerbriefe sind mehr als nur Briefe, sie sind ein Fernglas für mich, andere Menschen, andere Schicksale kennen zu lernen, den Blick aus meiner Enklave rauszubekommen, um immer wieder festzustellen, dass das, was einem selbstverständlich ist, anderen eben nicht selbstverständlich ist.

Ich habe gut an den Korrekturen gearbeitet. Es wird Mittag. Ich nehme ein Manuskript, geschrieben für eine Anthologie, die im Frühjahr erscheinen soll. Ich lese langsam und laut das Niedergeschriebene durch. Es scheint alles richtig zu sein. Trotzdem habe ich ein ungutes Gefühl, ich weiß nicht, warum. Wieder die mich ständig bedrängende Frage: Versteht ein Außenstehender das, was ich sagen will. Sage ich es allgemeinverständlich? Es beginnen die Korrekturen. Da wird gestrichen, ergänzt, das Ergänzte wieder gestrichen und das Gestrichene wieder eingeführt. Ich komme ins Schwitzen, nicht in Schweiß, der Balkon vor meinem Fenster weist die größte Hitze ab. Ich suche nach einem Wort, ich schreibe mir zehn, zwanzig Worte auf ein Blatt Papier, vielleicht finde ich das richtige. Ist das Komma so richtig? Ist das Komma überhaupt wichtig?

Nebensächlichkeiten?

O nein, das Komma kann zum Tribunal werden. Sprache ist eben nicht Transportmittel, Sprache ist mein Bewusstsein, und viele machen es sich einfach zu leicht, wenn man Hitler als Phänomen hinstellt, das vom Himmel fiel und gegen das nichts zu machen war, Schicksal sozusagen, gegen das es keine Abwehr gab. Nein, er wurde durch die Sprache eingeführt, salonfähig und glaubwürdig gemacht. Durch die Sprache.

Das Telefon. Ein Fluch. Ich stelle den Fluch vor die Tür. Soll sich meine Frau damit befassen, sie weiß, wann sie mich zu rufen hat, sie weiß, wann sie lügen muss, etwa sagen, ich sei für mehrere Tage verreist. Schreiben Sie. Bei einem Brief kann man überlegen, am Telefon muss man sich sofort entscheiden, das ist Erpressung, und bei den Briefen ist es so, dass sich manches von selbst erledigt, wartet man mit der Beantwortung ein paar Tage.

Lüge? Natürlich, aber eine notwendige Sperre, damit man selbst über seiner Arbeit bleiben kann, bei den Dingen und Menschen, die man beim Schreiben erschaffen hat, und ihren Problemen und Konflikten.

Es gibt Gesetze, denen man sich unterwirft, weil man sich diese Gesetze selbst geschaffen hat, und es sind nicht die schlechtesten: Sitze ich am Schreibtisch, dann ist außerhalb meines Zimmers nichts so wichtig, als dass es nicht auch morgen getan werden könnte, und meine Frau würde mich in meinem Arbeitszimmer nur stören, wenn der Dachstuhl schon abgebrannt ist.

Im Arbeitszimmer nichts von Bedeutung: Ein gebeugter Körper über einer Tischplatte, vor dem Körper weißes und beschriebenes Papier, lose oder geheftete Blätter. Ein Windstoß kann die Blätter vom Tisch fegen, über die Felder wehen, in die Büsche der Bodensenkung. Unwichtig, vorbei, nie gewesen. Schließt man deshalb die Tür, das Fenster? Was würde sich ändern, wenn der Wind die Blätter vom Schreibtisch nimmt.

Was? Und was ändert sich, wenn der Wind die Blätter nicht fortweht, wenn sie ganz ordentlich mit der Post geschickt werden und auf einem anderen Schreibtisch landen und später in einer Setzerei und Druckerei. Das ist meine Frage.

Zum Mittagessen gibt es Wirsing mit Schweinerippchen und Salzkartoffeln. Wir unterhalten uns beim Essen, über das Kind, über die Nachbarn, über die muffelige Verkäuferin im COOP. Der Junge hält seinen Mittagsschlaf, der Junge war den Vormittag über lieb, wie meine Frau sagt. Der Hund verweigert das Fressen, der schwarze Kater liegt im besten Sessel und träumt. Seine Pfoten zucken.

Telefon. Wir heben nicht ab. Wir essen.

Während des Essens rechnet mir meine Frau vor, was in den nächsten Tagen zu zahlen ist, was wir unbedingt haben müssen. Ich denke oft an den Satz von Sokrates, der zu seinen Schülern einmal gesagt haben soll, als sie über den Markt von Athen gingen und die ausgelegten Waren betrachteten: Wie viel Dinge gibt es doch, die ich nicht brauche.

Aber meine Frau hält es nicht mit dem Philosophen, sie ist praktisch, sie sagt: Was glaubst du wohl, wie viel Dinge man heute zum Leben braucht.

Nach dem Essen haue ich mich im Wohnzimmer auf die Couch. Eine Zeitung, meist eine englische, dann der Wirtschaftsteil, der politische Teil, beim Lesen schlafe ich ein. Der Mittagsschlaf ist der erholsamste. Früher habe ich Leute ausgelacht, die nach dem Mittagessen schliefen. Der Hund schnarcht in meinen Kniekehlen. Mein Wunsch: Ich möchte einmal so schlafen können wie der Hund. Ich verstehe Menschen nicht, die ohne Tiere leben. Hunde sind ein Trost, sie haben keine Vergangenheit und keine Zukunft. Sie leben im Heute, im Augenblick, und ihr Heute ist unbelastet von dem, was war, und dem, was wird.

Meine Freunde mokieren sich über meine, wie sie sagen, Affinität zu Tieren; aber wahrscheinlich wissen sie nichts von den Korrektiven, die Tiere sein können. Wer kein Tier hat, dem kann man das auch nicht erklären. Ich bin mit und zwischen Tieren groß geworden: Ziegen, Gänse, Enten, Hunde, Katzen, Hühner, Vögel ... Meine Mutter, eine praktische Frau, keine intelligente, aber eine kluge Frau, stellte, bei aller Liebe zu Tieren, Tiere niemals über Menschen, wie es heute oft Zeitgenossen tun, aber sie stellte Tiere immer mit Menschen gleich, ich wurde groß mit den Worten: Erst wenn der Hund seinen Fraß im Napf hat, dann können wir zu essen anfangen. Meine Frau weckt mich, sie ist unerbittlich. Ein Anruf aus Wien. Ja, ich werde kommen, zum festgesetzten Termin da sein. Hotel? Irgendwo.

Dann wieder eine Stunde konzentrierte Arbeit.

Beim nachmittägigen Spaziergang im nahen Süggelwald treffen wir Karl. Oder richtiger: Karl trifft uns. Wir sitzen auf einer Bank und rauchen. Rauchen ist im Wald verboten. Der Hund tobt irgendwo herum. Hunde sind im Wald an der Leine zu führen. Karl muss mal wieder alles loswerden, was sich seit Tagen in ihm festgesetzt hat, vor allem, den ewigen Streit mit seiner Frau; denn erst, als er nach vierzig Jahren Arbeit unter Tage Invalide geworden ist und nach dreißig Jahren Ehe, stellte er fest, dass seine Frau nie zu ihm gepasst hat. Täglich findet er an ihr neue Unerträglichkeiten. Heute zum Beispiel: Seine Frau hat doch tatsächlich die Bratkartoffeln mit Zwiebelscheiben gebraten. Meine Frau will etwas erwidern, ich trete ihr auf die Zehen, denn Karl würde nie zugeben, dass er vor einer Woche erzählt hat, nicht ums Verrecken könne er seiner Frau beibringen, die Bratkartoffeln mit Zwiebelscheiben zu braten. Das ist pure Bosheit von der Alten, sagte er damals. Wir hören zu, ich versuche zu begreifen: Ein Arbeiter, der sein ganzes Leben nach der Uhr gelebt hat, jetzt aus dem Arbeitsprozess entlassen worden ist, weiß nichts mit seiner Zeit anzufangen, er beginnt an der Ordnung oder dem, was er unter Ordnung versteht, zu zweifeln und an ihr zu verzweifeln. Sogar sein Garten, sonst Schmuckstück und Visitenkarte seines Häuschens, würde verkommen, wäre nicht seine Frau, die das Unkraut jätet, die Beeren pflückt. Ich weiß nicht, sagte Karls Frau einmal zu mir, was mit dem Mann los ist: Als er noch im Betrieb war, acht Stunden und länger am Tag und doch kaum für sich Zeit hatte, da hatte er Zeit für den Garten und für das Haus. Und jetzt, ich weiß mir keinen Rat mehr, nichts kann man ihm recht machen.

Heute erzählt uns Karl von dem Maulwurf, der den Garten und den Rasen durchwühlt, und das im Oktober. Er steht morgens schon um vier Uhr auf, um das Biest zu fangen. Ich werde ihn schon erwischen, sagt er. Und ganz zum Schluss erfahre ich, dass besagter Maulwurf nicht in seinem Garten wühlt, vielmehr in anderer Leute Gärten. All das beobachtet er nur von seinem Garten aus.

Karl ist ein Problem, er wird mit sich und seiner freien Zeit nicht mehr fertig, denn diese Karls wurden ja zum Arbeiten erzogen, nicht dafür, die Zeit zu nützen.

Ich kenne viele Karls.

Da waren 69 die wilden Streiks im Ruhrgebiet, auch auf der Zeche nicht weit von meiner Wohnung. Ich war mit dem Fahrrad zur Post im Stadtteil Eving gefahren, ich kam am Zechenvorplatz vorbei, gegen halb zehn Uhr morgens, da standen etwa tausend Kumpels und diskutierten aufgeregt. Ich stieg ab, sah mir das eine Zeitlang an, bemerkte ihre Verwirrung und auch Hilflosigkeit.

Obwohl ich damals die Streikbewegung im gesamten Bundesgebiet aufmerksam verfolgte, schreckte mich dieser Anblick diskutierender und ratlos dreinsehender Kumpels doch, ich wurde plötzlich wieder mit einer Welt konfrontiert, in der ich selbst viele Jahre mein Geld verdiente und die ich gut zu kennen glaubte, aber jetzt war ich ihr wieder nahe, dieser Welt, und ich bemerkte, dass ich mich in all den Jahren von ihr entfernt hatte, dass ich diese Welt all die Jahre durch die Augen eines Berichterstatters gesehen hatte, von Funk, Fernsehen und Presse. Ich kenne mich aus, war dreizehn Jahre unten, ich weiß, was es heißt, täglich einen Liter Schweiß zu verlieren für 40 Mark Tagesverdienst.

Ich sehe mich um, ich höre auf Gespräche, ich höre meinen Namen rufen. Es ist Fritz. Fritz ist der Sohn von Karl, der heute Invalide ist und mit seiner freien Zeit nicht zurechtkommt. Ich lehne das Fahrrad an eine Hauswand dem Vorplatz gegenüber und gehe auf Fritz zu, der in einer Gruppe von etwa zwanzig Leuten steht.

Wir frotzeln uns an, wie das eben so ist, wenn man mit Blödeleien Sorgen wegreden will. Einer sagt: Du hast es gut, du bist von den armen Leuten weg. Ein anderer sagt: Na los, du Großmaul, jetzt zeig mal, dass du nicht nur schreiben kannst. Hau die Zeche zusammen. Ein anderer sagt: Zeche zusammenhauen? Bist meschugge, wo kriegen wir dann unsere Piepen her?

Solche und ähnliche Sätze schreit man mir ins Ohr, aber ich weiß, dass alles nicht so ernst gemeint ist, man muss diese Sprache verstehen, jeder Beruf hat seine eigene Sprache. Fritz sagt mir: Geh mal ans Zechentor, les mal, was die Betriebsleitung da ausgehängt hat. Ich gehe hin und lese. Es steht da in großen Buchstaben, dass alle diejenigen fristlos entlassen werden, die gewillt sind, weiter zu streiken, die nicht zur Mittagsschicht, also um 14 Uhr, zur Arbeit kommen. Ich gehe in die Gruppe zurück und sage ihnen, was sie nun denn erwartet hätten, ob die Betriebsleitung sie noch zum Streik auffordern würde, es ist doch ganz logisch, was da steht, es sei nun an ihnen oder an der Gewerkschaft, dagegen etwas zu unternehmen.

Aha, sagt einer, ein ganz Schlauer, so einer vom Fernsehen, die hören das Gras wachsen, die wissen immer genau, was gemacht werden muss, dabei wissen sie nicht einmal, dass Kohle schwarz ist.

Du hast gut reden, sagt Fritz. Aber wir. Wenn die doch ernst machen? Was dann? Dann liegen wir auf der Straße.

Ich überlegte. Manchmal kommt man auf die einfachsten Dinge nur schwer. Ich hatte selbst Mitte der fünfziger Jahre einmal solch eine Situation durchgemacht, wenn damals der Streik auch nur auf eine einzige Zeche im Ruhrgebiet beschränkt blieb, eben die, auf der ich arbeitete, und es ging damals nicht um mehr Lohn, sondern um Arbeitserleichterungen und mehr Sicherheit vor Ort.

Ich fragte: Fritz, wo arbeitest du?

Ich? Flöz Sonnenschein.

Ich frage: Ist das ein gutes Flöz?

Gut? Das ist das beste auf dem ganzen Pütt, bringt über ein Drittel der Gesamtförderung. Fritz, sage ich, schau mal, das ist doch ganz einfach: Wenn du nicht anfährst, dann können sie dich entlassen, wenn der oder der nicht anfährt, dann die vielleicht auch, aber wenn ihr euch einig seid, wenn ihr alle nicht anfahrt, dann kann es sich auch ein so großer Betrieb nicht leisten, euch alle auf die Straße zu setzen, auch nicht bei einer Belegschaft von zweitausend Mann.

Im Flöz arbeiteten damals über siebzig Mann. Fritz hat sie aus den vielen Menschentrauben auf dem Zechenvorplatz zusammengeholt, er hat sie um sich versammelt, er hat ihnen gesagt: Leute, passt auf, wir siebzig fahren heute Mittag alle nicht an, alle, versteht ihr, dann wollen wir doch sehen, was die machen. Sie hörten Fritz zu, als erkläre er ihnen einen ungeheuer politischen Vorgang, eine revolutionäre Tat und als fordere er sie auf, den Staat zu stürzen. Und sie waren anfangs auch bestürzt von dem, was Fritz sagte, dann waren sie im Zweifel, dann diskutierten sie die Wenn und Abers, dann nickten sie Fritz zu, dann gingen sie vom Zechenvorplatz über die Straße, entfernten sich von der Menge, und die Menge sah ihnen nach, und dann ging einer und noch einer und nach etwa einer halben Stunde war der Zechenvorplatz leer. Das hört sich so einfach an, so logisch, aber es ist sehr schwer, siebzig Arbeiter unter einen Hut zu bringen, wenn sie sich selbst und frei entscheiden müssen und wenn ihnen diese Entscheidung nicht von einem Gewerkschaftsfunktionär abgenommen wird, denn von was sie beherrscht werden, ist Angst, Angst davor, dass sie am Monatsletzten ihre Miete nicht bezahlen können, nicht die Raten für das Auto oder anderes. Ja, so etwas gibt es immer noch oder schon wieder in den siebziger Jahren des zwanzigsten Jahrhunderts.

Ich erzählte den Vorfall später meiner Frau, sie meinte, ich sollte mich da nicht einmischen, das wäre schließlich Sache der Gewerkschaftsfunktionäre, schließlich bezahlten die Kumpels ihre Beiträge, damit sie auch in solchen extremen Situationen vertreten werden. Mein Gott, sie hat leicht reden, meine Frau hat nie mit Gewerkschaftsfunktionären zu tun gehabt, sie weiß nicht, welches Gefängnis sie sich selbst aufbauten, in dem sie nun sitzen, nicht mehr herauskönnen und es wahrscheinlich auch nicht wollen, weil dann das Kartenhaus zusammenbricht.

Dass mich damals die Werkspolizei vom Werksvorplatz verwies wegen unerlaubten Betretens des Werksgeländes, das verschwieg ich ihr, ich sagte ihr auch nicht, dass mich Funktionäre als Kommunisten titulierten – oder beschimpften, wie es richtiger nach deren Deutung heißen müsste – und mir einen Prozess androhten wegen Aufwiegelung, wegen Störung des Betriebsfriedens. Als ob bei einem wilden Streik der Betriebsfrieden nicht längst gestört ist.

Es war mir damals wieder einmal klar geworden, dass sich die Arbeit eines Schriftstellers heute nicht mehr allein auf das geschriebene Wort beschränken darf. Die Öffentlichkeit sieht die Arbeit eines Autors nur im fertigen literarischen Produkt, Buch oder Fernsehfilm, Hörspiel oder Radiofeature, sieht seine Arbeit weniger im persönlichen Einsatz, dass er auch zu dem steht mit seiner Existenz, was er sagt und schreibt. Ich meine, nur so kann heute ein Autor glaubwürdig bleiben und das verhindern, was ich so oft befürchte, dass sich der Schriftsteller vom Volk entfernt, weil er zwar aus seiner intellektuellen Sicht heraus für eine Masse schreiben kann, nicht aber letztlich sich mit ihr zu identifizieren vermag. Das ist eine Tragik, die in einem falsch verstandenen Begriff von Kunst und Kultur und Literatur begründet liegt: Schriftsteller in einer Enklave der Unverbindlichkeit.

Gegen fünf Uhr sind wir wieder zu Hause. Auch dieser Spaziergang gehört zu dem Gesetz, das ich mir selbst verordnet habe. Ist das Wetter schlecht, dann gehe ich alleine. Man muss sich zu gewissen Dingen zwingen, sonst wird man von den Dingen gezwungen, und dann vielleicht zu ungünstigeren Bedingungen.

Dann ein paar Wege in die Vorstadt. Mit dem Wagen. Zur Post, in einen Laden, in die Werkstatt, einen Termin ausmachen zur längst fälligen Inspektion, an Schaufenstern vorbei.

Vor einem Laden für Haushaltgeräte bleibe ich stehen, da stehe ich oft eine halbe Stunde und gucke, es sind mir die liebsten Auslagen. Was es da nicht alles gibt. Da ist ein elektrischer Dosenöffner – sollte man mal probieren, da ein elektrischer Entsafter – meine Frau drückt mir jeden Morgen zwei Apfelsinen mit der Hand aus, da ist … Manchmal kaufe ich auch etwas, und wenn ich es zu Hause auspacke, dann frage ich mich, wann ich den Gegenstand wohl jemals gebrauchen werde. Eine Drahtzange, aber ich habe keinen Drahtzaun, irgendwelches Werkzeug, das nur ein Handwerker benötigt, ich habe eine neunzig Quadratmeter Mietwohnung, wenn etwas zu reparieren ist, dann kommt ein Handwerker aus meiner Nachbarschaft. Warum also dann die Werkzeuge, die ich nur in der Hand halten kann, um mich daran zu freuen und mir vorzustellen, wie es wäre, wenn ich Schreiner, Schlosser, Installateur oder Tapezierer geworden wäre.

Mein Vater war handwerklich geschickt, er hat aus vier weggeworfenen Fahrrädern wieder ein neues zusammengesetzt – der Not gehorchend –, er hat aus Kistenbrettern einen Küchenschrank gebaut, er hat mit weggeworfenen Autoreifen meine Schuhe besohlt – ich habe von dieser handwerklichen Fähigkeit nichts geerbt, ich bin so ungeschickt, dass ich mir erst einmal auf den Daumen haue, bevor ich den Nagel in die Wand bekomme.

Mein Vater sagte immer, bevor ihn im Jahre 38 die SS abholte: Wenn du mal in deine eigenen Töpfe gucken musst, dann verhungerst du bestimmt. Mit Lesen allein wird man nicht satt. Es war damals die Zeit, wo ich las und las, und weil mir meine Mutter nachts die Sicherungen rausschraubte, um Strom zu sparen, las ich unter der Bettdecke mit Hilfe einer Taschenlampe, und ich musste Geld haben für Batterien, deshalb trug ich Zeitungen aus, um mir die Batterien kaufen zu können.

Auf der Rückfahrt in meinen Vorort halte ich an einer Großbaustelle wenige Kilometer von meiner Wohnung entfernt. Ich steige aus. Ich stehe gern an Baustellen, teile hier wahrscheinlich das Interesse der meisten Menschen, die gerne zusehen, wenn andere arbeiten. Bei mir ist noch was anderes dabei. Nicht etwa, weil ich selbst in jungen Jahren, als ich aus der amerikanischen Kriegsgefangenschaft entlassen war, vier Jahre im Hoch- und Tiefbau arbeitete, vom Handlanger bis zum Maurer, vielleicht liegt mein Interesse für Baustellen darin begründet, dass man auf einer Baustelle die Abfolge einer Arbeit ablesen kann, die ständigen Veränderungen sieht. Es tut sich etwas, und das vor aller Augen.

Was tut sich eigentlich an meinem Schreibtisch. Wird da für jedermann etwas sichtbar? Nein, manchmal nicht einmal für mich.

Ich habe lange an der Baustelle gestanden. Das Abendessen wartet. Meine Frau sagt nur: An der Baustelle gewesen? Ich nicke. Wir essen und sprechen über den Tag. Ein Kollege aus Frankfurt ruft an, wenig später mein Intendant. Er drängt. Intendanten drängen immer, sagte mir einmal ein erfahrener Kollege. Ja, ich verstehe, nächste Woche muss die Arbeit abgeliefert werden, wenn die Proben pünktlich beginnen sollen.

Ich sage jajajaja, ich verstehe dich, nächste Woche muss die Arbeit abgeliefert werden, wenn die Proben pünktlich beginnen sollen, ich sage das, ich würde in diesem Moment alles versprechen, nur damit ich ihn loswerde, und ich weiß, dass ich wieder viele Nächte an meinem Schreibtisch sitzen werde und eine Unmenge Kaffee in mich hineinpumpe, um wach zu bleiben. Ich bin ungerecht: Man verwünscht die Menschen, die drängen, fragt nicht, warum sie drängen.

Der Abend ist lau, der Wind kommt von Süden, es wird morgen gutes Wetter geben. Der Ausstoß aus den Schornsteinen der Hoesch Werke sagt mir das, ich brauche keinen Wetterbericht und keine Wetterkarte, der Rauch aus den Schornsteinen ist für mich zuverlässiger.

Ich sitze noch etwas auf dem Balkon, unterhalte mich mit dem Jungen, versuche, ihm neue Worte beizubringen. Er plappert sie nach. Ich blättere noch etwas, ohne bestimmtes Interesse, in einem Buch. Die Konzentration fehlt, das Interesse an Dingen, die außerhalb meines Arbeitszimmers liegen. Ich sei verbildet, sagt meine Frau manchmal, oder aber, ich sei verdorben durch meinen Beruf, weil ich nicht mehr fähig bin, ein Fernsehspiel anzusehen oder einen Film, ohne dazwischenzureden, ich rede von der Machart und solchen Sachen, nicht so sehr vom Inhalt, ich sei nicht mehr fähig oder bereit, mich überraschen zu lassen.

Sie hat Recht. Dieser Beruf raubt Illusionen, dieser Beruf zwingt, nicht nur das Produkt allein zu sehen, vielmehr schon die Hintergründe des Produkts, sich immer wieder die Frage vorzulegen, was der andere gewollt hat, was er hat sagen wollen, ob es ihm geglückt ist, es zu sagen, warum er diese Form gewählt hat, warum nicht eine andere. Man kennt sich ja selbst sehr gut.

Dieser Beruf bringt es mit sich, dass in der Beobachtung des anderen schon zwangsläufig die Beobachtung des eigenen Ichs nachvollzogen wird, die Neugierde wird zur Frage der eigenen Existenz, die Neugierde ist ein Teil der eigenen Substanz, und nicht immer ist man neugierig auf andere, weit mehr darauf, was man selbst im nächsten Moment tun wird. Das eigene Verhalten steht im Mittelpunkt der Überlegung, denn nicht immer weiß man im Vorhinein, wie man reagieren wird, was man tun wird, oft wird man von der eigenen Reaktion über Dinge und Vorgänge selbst überrascht.

Dann setze ich mich auf das Fahrrad und fahre in meine

tausend Meter entfernte Stammkneipe. Da treffe ich immer Leute zum Palavern über Gott und die Welt und die Müllabfuhr und die längst fällige Lohnerhöhung. Es sind Arbeiter und Angestellte, kleine Handwerker und Bauern, die in der Kneipe verkehren. Wir stehen am Tresen und trinken Bier und reden, und jeder spricht jeden mit dem Vornamen an, man kennt sich, auch wenn man nie in der Wohnung des anderen war.

Es finden sich zwei oder drei oder vier, die dann an den Flipper gehen und ein paar Runden ausspielen. Der Flipper. Viel ist darüber geschrieben worden, meist Unsinn. Da wird von Langeweile gesprochen, von Frustration, die Menschen an diese Apparate bringt. Ich spiele aus Freude am Spiel, ich bin von der rollenden Kugel fasziniert, die bei jedem Anschlag Kontakte auslöst und Zahlen summiert. Am Flipper spielen gehört für mich genau wie Auto fahren zur absoluten Entspannung. Ich kann daran Stunden stehen und spielen, und ich finde immer welche, die mitspielen, denn allein macht es keinen Spaß. Ich gehe regelmäßig in die Kneipe, jeden Tag so eine Stunde, da steht man am Tresen und hat Zeit, es stört einen nicht, ob es draußen regnet oder die Sonne scheint, ich brauche das, ich brauche Menschen um mich, die nicht über Literatur sprechen, sondern darüber, wie man vielleicht einen Kaninchenstall baut. Da wird über Fußball gesprochen und über den Betrieb, über die Arbeit und über den Urlaub, über Politik und über Preise. Einige würden sagen, meine Kneipe sei eine reaktionäre Kneipe, sie sagen das Wort so dahin, ohne zu überlegen, über die Menschen nachzudenken, die da verkehren. Wer vierundzwanzig Stunden absolut abhängig ist, der sieht die Welt durch Gitterstäbe und aus permanenter Existenzangst. Die Invaliden, die am Tresen stehen, haben es überwunden. Sie fühlen sich frei, von Zwängen und von Sorgen.

Da rief einmal ein Mann an, jeden Tag, er müsse mich unbedingt sprechen, es sei für ihn lebenswichtig. Ich zögerte lange, ich habe da so meine Erfahrungen. Meist sind es Leute, die man gemeinhin als Psychopathen bezeichnet oder als Paranoiker. Schließlich geht mir der Mann am Telefon auf den Wecker, ich sage ihm, er soll kommen, wir machen einen Termin aus.

Nächsten Tag kam er. Ich erschrak, als er in mein Zimmer trat. In der Tür stand ein Gespenst. Das Gespenst war, wie ich wenig später erfuhr, zweiundfünfzig Jahre alt. Er litt unter schwerer Silikose und er brachte eine Aktentasche voller Akten mit, Korrespondenz mit Gewerkschaften und dem Sozialgericht, mit der Ruhrknappschaft und mit verschiedenen Kliniken.

Der Mann fühlte sich hintergangen, von den Ärzten, seinen eigenen Gewerkschaftsvertretern, von der Ruhrknappschaft, von seiner Frau und seinen Kindern und von Gott und aller Welt, er keucht mir seine Empörung und seine Staublunge ins Gesicht. Ein wandelnder Leichnam.

Ich müsse, so sagt er bestimmt, für ihn etwas tun, ich müsse seinen Fall aufgreifen und an die Öffentlichkeit bringen, damit die Gesellschaft sieht, wie heute in diesem Land mit Leuten umgesprungen wird, die sich halb tot gearbeitet haben und dann mit einer zweifelhaften Rente abgefunden werden.

Ich bekomme oft solche Besuche, und wenn ich auch den

Satz Lichtenbergs für mich in Anspruch nehmen darf, dass mir vieles weh tut, was anderen nur leid tut, so stehe ich doch ohnmächtig vor solchen Schicksalen, ich kann nichts tun, ich kann nur mit diesen Leuten reden – und oft genügt ihnen das schon – ich stehe ohnmächtig diesen Schicksalen gegenüber, denn diese Leute kommen in der Hoffnung, dass ein Schriftsteller so etwas wie ein Rächer der Enterbten ist, Anwalt der Rechtlosen, Interessenvertreter kleiner Leute, Volkstribun einer neuen Gerechtigkeit. Ich bin immer wieder deprimiert, wenn diese Menschen aus meinem Zimmer gehen, ich ihnen nur raten konnte, aber nicht helfen.

Bei dem Gespenst war es anders. Ich hörte ihn mir geduldig an, ich war interessiert, ich blätterte nicht nur in seinen Akten, ich las sie auch gründlich, ich erfuhr, dass in seinem Fall so allerlei nicht mit rechten Dingen zugegangen war, dass hier ein Mann, wie man so sagt, verschaukelt worden ist, weil sich Kompetenzen nicht einigen konnten, Ärzte verschiedener Meinung waren, Diagnose gegen Diagnose stand, und das Gespenst hatte keine Ahnung von den rechtlichen Möglichkeiten, denn der Mann wollte nichts mit Rechtsanwälten zu tun haben, ihn schreckten die Kosten.

Der Mann redete und redete, ich unterbrach ihn immer wieder und stellte Fragen, stellte die Frage: Was soll ich tun, was kann ich für Sie tun? Ich kann nichts tun.

Er sagte: Schreiben Sie über meinen Fall einen Artikel in der Zeitung.

Ich fragte: Was nützt Ihnen das?

Er sagte: Machen Sie was im Rundfunk oder im Fernsehen.

Ich fragte: Was nützt Ihnen das?

Ich war ratlos; völlig verwirrt fragte er: Ja aber, kann man denn überhaupt nichts machen?

Nein, sagte ich, man kann überhaupt nichts machen, Ihr Fall ist abgeschlossen.

Sein Schicksal war nur noch eine Akte.

Da stand er auf und beschimpfte mich, dass ich nicht der wäre, als der ich mich ausgebe, dass ich im Grunde genommen nicht für die kleinen Leute eintrete, sonst müsste mich doch sein Fall auf die Barrikaden bringen, dass ich nur so tue, als ob mich kleine Leute interessierten. Er nahm seine Akten und verstaute sie in seiner Aktentasche, er schimpfte noch an der Haustür auf mich, dass ich vergessen habe, wo ich herkomme.

Es war unmöglich zu erklären, dass sein Fall kein Sonderfall ist, dass er mit 60 Prozent eingestuft wurde, wo ihm wahrscheinlich 100 Prozent hätten zuerkannt werden müssen. Aber wie sollte ich ihm erklären, dass ich ein Gutachten eines Lungen- oder Silikosespezialisten nicht anfechten konnte; es gibt tausend solcher Fälle, wo diese Kranken niedriger eingestuft werden, das wirkt sich selbstverständlich auf die Höhe der Rente aus. Ich kann nichts tun, es sei denn, ich arbeite mit Unterstellungen, Verleumdungen, Beschimpfungen, das aber würde dem Betroffenen nichts nützen.

Ich fahre wieder nach Hause. Meine Frau sitzt im Wohnzimmer vor dem Fernsehapparat, irgendein Fernsehspiel, ich gehe auf mein Zimmer und nehme ein Buch. Ich lese nur Buchstaben und nicht den Sinn. Ich mache mir Notizen zum Stück, und da fallen mir plötzlich die drei Bauarbeiter ein, die vorgestern in meine Wohnung kamen in Dreck und Speck, sie setzten sich auf den Fußboden, als sie das ratlose Gesicht meiner Frau sahen. Sie arbeiteten an der nahen Autobahn.

Einer sagte: Wir haben gehört, dass du hier in der Nähe wohnst, da habe ich gesagt, da gehen wir mal hin. Da sind wir. Dann saßen sie da und erzählten und fragten mich, was sie am besten tun sollten, ihr Unternehmer weigere sich, ihnen die Teerzulage zu geben, obwohl das tariflich geregelt ist. Ich weiß, welche furchtbare Arbeit das ist, bei dreißig Grad im Schatten, auch wenn die Arbeit heute weitgehend mechanisiert ist. Ich sagte ihnen, sie sollen die Arbeit doch einfach hinschmeißen, dann würden sie den Unternehmer vor die Entscheidung stellen, entweder die Zulage zu bezahlen oder aber er wird mit seinen Terminen nicht fertig, wenn die Arbeit liegen bleibt. Sie entlassen kann sich der Unternehmer nicht leisten, weil die Termine eingehalten werden müssen, er müsste ein schönes Sümmchen Konventionalstrafe bezahlen, und er würde wahrscheinlich nie mehr einen Staatsauftrag erhalten, und für sie sei das doch überhaupt kein Risiko, Spezialisten für Tiefbau werden überall mit Kusshand genommen. Einer der drei – sie waren alle nicht älter als dreißig, sah mich ungläubig an, ich hatte ihnen nämlich etwas geraten, an das sie selber gedacht hatten, das sie aber nicht wollten, denn sie möchten nicht, wie er sagte, radikal sein. Jeder trank eine Flasche Bier, dann gingen sie. Meine Frau putzte den zurückgelassenen Dreck weg.

Am selben Tag nachmittags machte ich einen Spaziergang über die Autobahnbrücke und über die Felder. Die Teermaschine stand still, ein Mann im weißen Hemd redete auf ungefähr zwanzig Leute ein, die ihn im Halbkreis umstanden. Ich sah von der Brücke eine Weile zu.

Am andern Tag abends in meiner Stammkneipe stellte sich ein Mann neben mich, den ich noch nie gesehen hatte, er war schon etwas angetrunken. Plötzlich sagte er: Wenn Sie noch mal meine Leute aufhetzen, dann werde ich Sie wegen Geschäftsschädigung verklagen. Da wusste ich, wen ich vor mir hatte.

Ich hetze niemand auf, sagte ich, ich gebe nur Ratschläge, wenn ich gefragt werde. Der Mann suchte offensichtlich Streit, aber die Kumpels in der Kneipe drängten ihn ab, vor die Tür.

Meine Frau ruft mich ans Telefon, das ich ins Wohnzimmer gestellt hatte.

Es sind Freunde. Sie wollen zu uns herauskommen. Ich stottere, meine Frau neben mir nickt, sie hat mitgehört. Ich sage ja, aber ich bin wütend. Trotzdem, sie hat Recht. Immer kann man nicht für sich sein, immer kann man sich nicht mit Arbeit entschuldigen.

Also kommt.

Als das junge Paar wenig später im Wohnzimmer sitzt, bin ich froh, denn sie bringen Klatsch und Neuigkeiten in unsere Abgeschiedenheit, und ich merke meiner Frau an, dass sie glücklich ist: Endlich wieder mal andere Menschen um sich, nicht nur meine Welt, das Kind und den Wald und immer dieselben Menschen, die uns jeden Tag begegnen, endlich mal wieder Klatsch von weither.

Als das Paar nach etwa einer Stunde wieder geht, bleibe ich auf der Couch noch etwas sitzen neben meiner Frau.

Ach, sagt sie, es ist doch herrlich, wenn man mal so richtig über andere klatschen kann, wenn man erfährt, wer mit wem und wer mit wem nicht mehr.

Später höre ich sie aus der Küche zweifelhafte Lieder singen. Sie singt laut, wäre ich es, käme sofort die Mahnung: Hör auf, du weckst das Kind auf.

Sie hat nichts dagegen, dass ich mich, es ist halb elf geworden, in mein Arbeitszimmer zurückziehe.

Und hier bin ich wieder bei meiner anderen Welt und bei einer anderen Wahrheit. Es ist still, eine gute Zeit zum Arbeiten, eine gute Zeit, mit den Menschen, die man erschafft, allein zu sein. Und beim Schreiben plötzlich merkt man, dass die Menschen, die man erfunden hat, andere Wege gehen, ihre, nicht die, die ihnen der Autor zu gehen vorbestimmt hat. Sie machen sich selbständig, sie geraten plötzlich in Konflikte, die vom Autor nicht beabsichtigt waren. Plötzlich habe ich nicht mehr zu gestalten, was sie zu tun und zu sagen haben, jetzt sagen ihm die Menschen, was er nicht gewusst hat.

Eine Stunde, zwei oder vier sitze ich am Schreibtisch, nicht selten, dass es draußen schon hell wird, wenn ich vom Schreibtisch aufstehe, manchmal holt die Frau den Jungen schon aus dem Bett. Trotzdem bleiben noch ein paar Stunden Schlaf.

Ich komme über einen langen Zeitraum mit wenig Schlaf aus, mit vier oder fünf Stunden am Tag, wenn ich eine größere Arbeit vor mir habe, ist sie aber abgeschlossen, dann überfällt mich etwas, das nicht allein mit Müdigkeit erklärt werden kann, dann kann es sein, dass ich zehn und mehr Stunden schlafe, und es interessiert mich auch nicht, was um mich vorgeht, ich kann drei Stunden auf dem Balkon sitzen und ohne Gedanken auf die Felder und den Wald sehen, ich nehme oft kaum wahr, wenn mich mein Hund kratzt, weil es seine Zeit ist, spazieren geführt zu werden.

Ich wohne in einem Haus, das an einer interessanten Straße steht. Dem Wald, also dem Naturschutzgebiet zu, haben so genannte bessere Leute ihre Bungalows gebaut, Ärzte, Rechtsanwälte, Direktoren, Kaufleute – auf der anderen Seite beginnt ein großer Siedlungskomplex, in dem nur Berg- oder Stahlarbeiter wohnen. Interessant daran ist, dass die Männer der einen Seite die Gärten und Autos der Leute der anderen Seite in Ordnung halten, Frauen der einen Seite im Haushalt der anderen Seite aushelfen. Die wohlhabenden oder die besseren Leute haben immer dienstbare Geister zur Hand, sie brauchen nur über die Straße zu gehen und anzuläuten und zu sagen, wann Frau Sowieso kommen soll oder wenn Herr Sowieso kommen soll in seiner dienstfreien Schicht, weil der Rasen gemäht werden muss oder das Auto gewaschen werden muss, und die Leute der einen Seite haben einen kleinen Nebenerwerb, mit dem Nebenerwerb finanzieren sie nicht selten ihren Urlaub, und die Leute auf der anderen Seite haben stets Hilfskräfte zur Hand, sie brauchen keine Handwerker, brauchen ihnen nicht nachzulaufen.

In unserem Haus wohnt ein Friseurehepaar, ein junger Augenarzt, ein kleiner Bauunternehmer und ein Lieferwagenfahrer.

Ein ruhiges Haus, ein verträgliches Haus, wenngleich es zwischen den Frauen manchmal Reibereien gibt wegen des Wasch- oder Trockenraums. Ich kümmere mich wenig um meine Mitbewohner zum Verdruss meiner Frau, denn sie sagt ganz richtig, dass sie ja mit den Leuten im Haus auskommen muss, nicht ich, der ich in meinem Zimmer sitze und in anderen Realitäten lebe. Mein Zusammenleben mit den Leuten im Haus beschränkt sich auf das Entbieten der Tageszeit.

Wir haben einen Kater, einen Hund, da gibt es manchmal schon was zu reden, da gibt es auch Beschwerden, Bagatellen, aber Menschen brauchen, wenn sie in der eigenen Familie nichts finden, Reibungsflächen; was ist da näher als Tiere, die doch nur Schmutz ins Haus tragen. Meine Frau aber sagt: Wenn der Hausbesitzer uns zumuten sollte, die Tiere abzuschaffen, dann ziehen wir aus.

Und was sie sagt, das tut sie auch.

Die Stadt, in der ich lebe, ist eine schmutzige, eine staubige Stadt, aber ich lebe gerne hier, denn sie gibt mir die Möglichkeit, in ihr anonym zu leben und doch mit ihr, wenn ich will, eins zu sein. Man spricht außerhalb des Ruhrgebietes etwas verächtlich von den Städten an der Ruhr, zu Unrecht, denn auch diese Städte haben ihr Gesicht, wenn sie auch für einen Fremden uniform aussehen sollten. Wenn ich Städte an der Ruhr sage, dann meine ich natürlich die Vorstädte, wo sich manchmal noch dörfisches Leben hält, wie etwa in meinem Stadtteil, wo jeder jeden kennt, wo Bauern seit Jahrhunderten auf ihren Höfen sitzen, wo ihre Kühe und Schafe bis an den Zaun der Kokerei grasen. Manchmal stinkt es nach faulen Eiern, die Abgase der Industrie drücken an die Fenster, man gewöhnt sich daran, und wenn hier die Sonne an klarsten Tagen doch nicht wirklich scheint, weil die Industrie zwischen Sonne und Menschen ihren Abfall in den Himmel bläst, so sind es doch Sonnentage eigener Art, die Menschen hier sind dafür dankbarer als anderswo für Sonnenstrahlen, und den Wasserschlauch braucht man hier nicht nur, um den Rasen zu spritzen, auch und gerade, um den Staub von Sträuchern und Bäumen zu schwemmen.

Meine Frau war gerade zu Bett gegangen, ich mit meinen Korrekturen fertig geworden, als die Haustürglocke anschlug. Ich höre, wie meine Frau aufsteht und sich mit jemandem durch die Sprechanlage unterhält, sie lacht, dann steht Günter in meinem Zimmer, er kommt von Lübeck, er will nicht mehr bis Frankfurt fahren, er telefoniert erst mal mit seiner Frau, er sagt immer nur: Ja, ich weiß, jaja, du hast Recht, es wird schon ... jaja ...

Günter ist mein Freund, er ist Publizist und immer heißen Sachen auf der Spur, wie man so sagt. Günter ist abgespannt, er will nicht sprechen, meine Frau richtet ihm im Wohnzimmer die Schlafcouch für die Nacht, dann geht sie schlafen.

Nach dem dritten oder zehnten Schnaps beginnt Günter, über seine heiße Spur zu erzählen, sie ist weniger heiß als schmutzig, und er ist schon über drei Wochen unterwegs, die Hintermänner dieser Affäre zu ermitteln.

Unser Beruf ist wieder gefährlich geworden, sagt er, und ich meine, dass unser Beruf immer gefährlich war, sofern man diesen Beruf ernst nimmt.

Er nickt abwesend vor sich hin.

Man sollte Steine klopfen, sagt er wieder, und er weiß genau wie ich, dass man, einmal in diesem Beruf gelandet, nicht mehr zurück kann, nicht mehr sagen kann: Macht euren Dreck alleine. Nein, man ist zu sehr an die Öffentlichkeit gebunden, und die Öffentlichkeit fordert und braucht uns als Reibungsfläche oder als Alibi, sie können auf uns alles abladen, heißt die Öffentlichkeit nun Oberbürgermeister oder Rentner, Kulturdezernent oder Polizist.

Ich muss mich mal wieder zu Hause sehen lassen, sagt Günter. Ich nicke, ich kann ihm nichts sagen, er wird sowieso tun, was er für richtig hält.

Manchmal ist er wochenlang nicht zu Hause, auch seine Frau weiß nicht, wo er sich herumtreibt, wenn sie ihn in Frankreich vermutet, dann war er zwischendurch schon in Schweden – ein Zigeunerleben. Ein Fährtensucher.

Günter hat etwas von einem Sektierer an sich, er hat missionarischen Eifer, er ist mir nicht selten unheimlich, weil er den Standpunkt vertritt, dass alles auf der Welt rational erklärbar ist, und er lacht nur über den Satz, dass es zwischen Himmel und Erde Dinge geben soll, von denen sich unsere Schulweisheit nichts träumen lässt, er hält das für Volksverdummung, wie den größten Teil der Literatur überhaupt. Aber Günter tut nie etwas für sich, immer für die Sache, immer für die anderen, er ist ein völlig immateriell eingestellter Mensch, ich weiß, dass es seiner Familie nicht gut geht.

Wenn ich bei ihm in Frankfurt Station mache, dann gebe ich seiner Frau Geld, damit sie Kaffee holen kann, in ihrer Haushaltskasse hat sie dafür keine Mittel.

Günter schrieb jahrelang auf einer Schreibmaschine, die aus dem vorigen Jahrhundert zu stammen schien, ich schenkte ihm eine Reiseschreibmaschine, ich hatte drei, er nahm sie, er hat sich auch nicht bedankt, nur geguckt, ob sie auch funktioniert. Sollte man Günter fragen, ob sein Beruf ihm Freude macht, dann wird er bejahen und hinzufügen: Er befriedigt nicht, weil man trotz aller Anstrengung nichts verändern kann.

Vielleicht bleibe ich morgen noch einen Tag bei dir, sagt er. Ich sage: Nein, es ist besser, du fährst nach Hause, deine Frau hat in den letzten Tagen mindestens zwanzigmal angerufen, hat gefragt, wo du bist.

Na ja, dann fahre ich eben morgen wieder, erwidert er. Ich bin müde. Er legt sich auf die Couch und schläft sofort.

Anfangs habe ich mich geärgert, wenn mich meine Kumpels in der Kneipe anfrotzelten, ich verdiene mein Geld im Schlaf. Es macht mir nichts mehr aus, sie sehen mich ja nur in meinen freien Stunden, sie haben mittlerweile wohl begriffen, dass meine Arbeit unter anderen Gesetzmäßigkeiten abläuft als die ihre. Ihre kenne ich aus eigenem Erleben, sie meine nicht, sie wissen, dass meine Arbeit nicht an einen Wecker oder eine Sirene gebunden ist oder beendet wird, sie sich nicht nach Sonntag oder Feiertag richtet. Sie waren nach und nach alle einmal bei mir in der Wohnung, es kommt vor, dass sie nachts bei mir eindringen, wenn sie der Wirt um ein Uhr nachts auf die Straße setzt, sie sagen dann, komm, gehen wir mal zum Dichter, der hat bestimmt noch was zu saufen, dann kommen sie an und sehen, dass ich bei der Arbeit bin, auch wenn sie nur meine Schreibmaschine sehen und beschriebenes Papier, so begreifen sie doch, dass hier gearbeitet wird mit anderen Techniken und Abläufen, und allmählich beginnen sie mich zu respektieren. Sie nehmen mich manchmal aus, ich muss was für die Jugendhandballer stiften, für den Schäferhundverein, für den Schützenverein und was es da alles für Vereine gibt.

In meiner Stammkneipe wurde einmal ein Fernsehspiel von mir gedreht, das heißt, die Kneipenszenen in dem Film, drei Tage lang, da kamen viele und sahen zu, und nach Tagen, als Schauspieler und technischer Stab wieder abgezogen waren, da standen sie mit mir am Tresen und einer sagte: Möchte nicht den ganzen Tag so eine Kamera rumschleppen. Und ein anderer: Hast gesehen, wie der Regisseur geschwitzt hat. Und dann wurde das Fernsehspiel gesendet, und die Szene, der sie drei Tage zusahen, flimmerte in zwei Minuten über den Bildschirm, und sie hatten plötzlich begriffen, wie viel Arbeit hierfür investiert werden muss.

Ich bringe in meine Kneipe viele Besucher mit, Journalisten und Schauspieler, Dramaturgen und Lektoren, auch Ausländer, die kaum Deutsch sprechen, die Kumpels fragen mich dann heimlich, wer das ist, was er tut, dann geben sie ihm ein Bier aus und sagen du zu ihm, und manchmal begreifen auch meine Besucher, dass es eine Ehre ist, von ihnen geduzt zu werden. Sie sind immer wieder erstaunt darüber, dass andere Menschen auch nicht anders sind als sie. Welch eine Erkenntnis.

Ich gehe in meinem Zimmer auf und ab. Ich kann nicht mehr arbeiten, aber auch schlafen kann ich nicht. Ich tue dies und tue das, ich nehme etwas in die Hand und weiß nicht, warum. Ich lege es wieder weg. Um acht Uhr werde ich Wilhelm zum Bahnhof fahren mit seiner Familie.

Um diese Nachtzeit hört man in unserem Haus die Flöhe husten. Ich höre meine Frau im Schlaf röcheln, den Hund schnaufen, den Jungen gleichmäßig atmen, gedämpftes Brummen kommt von der Autobahn, irgendwo schlagen Güterwagen aufeinander, Eisen auf Eisen, Bremsen knirschen, die Industrie rings um mein Haus schläft nicht. Die Industrie stößt Laute in die Nacht, und die Laute wecken Phantasien. Ich versuche, in einem Manuskript zu lesen, erfasse nichts, das Gelesene schwimmt vor meinen Augen.

Jetzt höre ich auch Günter aus dem Wohnzimmer schnarchen. Einmal musste ich ihn früh wecken, als er auf der Durchreise bei uns übernachtete. Ich wollte es vorsichtig tun, ich tippte ihn nur an. Da sprang er auf, starrte mich an, keuchte: Was ist los? Beim Frühstück gestand er mir dann, er habe furchtbares Zeug geträumt, von riesigen Rädern, die sich rasend schnell auf ihn zubewegten, von Straßen, die sich wie Bänder um seinen Leib zu schlingen versuchten, und von Menschen ohne Gesichter, die dabeistanden und applaudierten.

Gut, dass du mich geweckt hast, wer weiß, was mir alles hätte passieren können. Das sagte er im vollen Ernst.

Du hättest ihn nicht fortfahren lassen sollen, sagte damals meine Frau. Aber sie weiß wie ich, dass er nicht aufzuhalten ist, wenn er überzeugt ist, wegfahren zu müssen.

Dann sitze ich doch wieder über dem Manuskript, ich lese und lese und staune über das Geschriebene, denn nichts, aber auch gar nichts stimmt daran, ich wundere mich, dass ich es geschrieben haben soll. Ich werfe die Blätter in den Papierkorb, und ich stelle mir plötzlich selbst die Frage, die mich sonst zur Raserei bringen kann: Warum schreiben Sie?

Auf der Fensterbank sitzt plötzlich der Kater, der am frühen Abend pirschen ging, ich lasse ihn durchs Fenster, ich gebe ihm Milch, er schlabbert und legt sich dann, weil die Tür zum Wohnzimmer geschlossen ist, auf meinen Schreibtisch und leckt sein Fell. Katzen haben etwas Beruhigendes an sich, ich weiß nicht, wer in die Welt gesetzt hat, Katzen wären falsch.

Ich korrigiere an meinem Stück. Dann kommt der Schlaf. Ich habe nicht mehr die Energie, mich auszuziehen und ins Bett zu gehen, ich lege mich angezogen auf die Couch in meinem Zimmer. Ich erinnere mich an die Zeit, wo ich, wie es so heißt, angefangen habe, als freier Autor zu leben. Da schlief ich, nur um das Übernachtungsgeld zu sparen, im Auto auf irgendeinem Parkplatz, später, als ich es mir leisten konnte, auch in einem teuren Hotel zu übernachten, behielt ich die Not von früher aus Gewohnheit bei, weil mir Hotels auf die Nerven gehen und ich lieber auf meinem eigenen Autositz schlafe als in einem fremden Bett.

Der Morgen verspricht wieder einen heißen Tag.

Ich höre meine Frau in der Küche hantieren.

Ich wecke Günter.

Dann stehen wir beide auf dem Balkon und schauen auf die Felder, auf die Büsche am Süggelbach, auf den Wald, auf die hohen Schornsteine hinter dem Wald.

Dass du in dieser Idylle leben kannst, sagt Günter.

Ich brauche das, sage ich, vielleicht bin ich doch ein Kleinbürger. Günter lacht.

Dann schreit aus dem Wald ein Tier. Günter fragt: War das ein Tier? Ja, sage ich. Aber ich kenne es nicht.

## Meine Erfahrungen mit Lehrern und Schülern

Wenn ich in Schulen lese – in den letzten drei Jahren hatte ich eine Vielzahl von Schulveranstaltungen mit meinen beiden Büchern »Vorstadtkrokodile« und »Wie war das eigentlich?« –, wird mir mit Sicherheit von Schülern die Frage gestellt: »Wie kamen Sie zum Schreiben?« Und wenn ich dann gegenfrage: »Warum stellt ihr die zweite Frage vor der ersten?«, ernte ich fragende Blicke. Die erste Frage müsste lauten: Wie sind Sie zum Lesen gekommen?

Warum wird die Frage nach dem Lesen nicht gestellt, warum das Erstaunen, wenn man nach dem Lesen fragt? Weil dem Schüler Lesen Last ist, hervorgerufen durch kaum verständliche germanistische Fragestellungen wie: Was hat sich der Autor dabei gedacht? Warum setzt er hier den starken Genitiv? Warum steht da ein Punkt, wo ein Komma doch besser angebracht wäre? Warum steht in diesem Falle das Adjektiv hinter dem Substantiv? Warum setzt der Autor keine Gänsefüßchen? Warum wechselt der Autor von der Ichform zur dritten Person und nach fünfzig Seiten kehrt er wieder zur Ichform zurück? Warum … Warum …

Treffen sich Autoren, die oft an Schulen lesen und diskutieren, beginnt ein reger Erfahrungsaustausch; na ja, wie kann es anders sein. Dieser Erfahrungsaustausch ist in Wirklichkeit ein Abtasten jener Gebiete, die wir vereinfacht ausdrücken würden mit: Wie steht es um die geistige Substanz unserer Schüler (und Studenten)? Sind sie interessiert? Haben sie Überblick? Sind sie informiert?

Ich schicke hier voraus, dass ich überwiegend von Gymnasiasten rede. Über die geistige Lebendigkeit habe ich an Haupt- und Realschulen oft bessere Erfahrungen gemacht als an Gymnasien, zumindest ist dort die Realitätsfremdheit nicht so groß.

Eine Schülerin in Köln sagte mir einmal: »Was nützt mir das Lesen, ich habe in Geographie eine Fünf, also, was nützt mir das Lesen?« Ich erwiderte: »Vielleicht hättest du keine Fünf, wenn du gelesen hättest und lesen würdest.« Das wiederum hat sie nicht verstanden.

Die Klage vieler Pädagogen, dass der größere Teil der Schüler nicht liest, habe ich selbst erfahren (Ausnahmen bestätigen auch hier die Regel), jedoch müsste man sich einmal ernsthaft die Frage stellen, warum das so ist. Das muss doch Ursachen haben. Vielleicht ist es auch der Deutschunterricht an unseren Schulen, der so angelegt ist, dass dem Schüler die Literatur vergrault wird, anstatt sie ihm schmackhaft zu machen. Lesen wird entweder zum Leistungsträger, zum Punktesammler oder zum reinen Luxus, mit dem in der Schule kein Staat zu machen ist.

Für mich ist Lesen heute immer noch ein Abenteuer. Obwohl natürlich das naive Herangehen an ein Buch längst der Vergangenheit angehört, möchte ich mich von der Lektüre überraschen lassen. Ich möchte in die Geschichte hineinfallen, ich möchte selbst ein Teil dieser Geschichte sein, ich bin schließlich selbst Denkender und Handelnder in dem Buch. Das kann natürlich nicht sein, wenn ich ein Buch lese unter der Voraussetzung: Was bringt es mir für Noten, was kann ich nach Beendigung der Lektüre sofort umsetzen in Wissen, in Punkte, in einem Fach, das mich weiterbringt? Die Literatur ist eine langfristige Investition, sie ist der Humus, auf dem alles gedeiht, was später zur Blüte und zur Frucht wird. Ein Buch ist niemals Abschluss, das Buch ist immer wieder Neubeginn, das Buch weckt die Neugierde, und Neugierde ist der eigentliche Lernantrieb.

Ich hatte einen guten Deutschlehrer. Er gab mir ab Ende 1939 (ich war gerade 13 1/2 Jahre alt) Literatur zu lesen, die in Deutschland verboten und verbrannt worden war, wie Stefan Zweig, Heinrich Heine, Tucholsky. Er hatte mir immer geraten, zum besseren Verständnis der Geschichte gute Monographien zu lesen (die jedoch kümmerlich waren in den Regalen der Büchereien im Dritten Reich), und er hat mir, wo sich die Gelegenheit bot, gepredigt, dass Geschichte nicht allein jene ist, die im Unterricht vermittelt wird. Die Schule kann immer nur ein Gerippe vermitteln, Literatur ist das A und O der Geschichtsschreibung, die von unten nach oben blickt, nicht von oben nach unten. In »Im Westen nichts Neues« ist mehr Geschichtsschreibung als in hundert Büchern, die von den Siegern verfasst wurden. Alle meine Geschichtskenntnisse, und ich glaube, dass ich ein guter Geschichtskenner bin, habe ich mir durch die intensive Beschäftigung mit der Literatur erworben. Balzac war für mich ein großer Geschichtsschreiber, ebenso Zola, Gorki und Jack London, um nur ein paar Namen zu nennen. Durch sie erfuhr ich nicht nur, wie die Herrscher lebten und dachten, nein, viel wichtiger: Ich erfuhr, was die Beherrschten dachten und wie sie lebten.

Für mich war, seit ich mich erinnern kann, Lesen immer ein Grundbedürfnis wie Essen und Trinken. Es war für mich immer Lust und nicht Last, war sogar manchmal Erholung. Ein Lehrer fragte mich einmal vor seinen Schülern, ob ich auch Karl May gelesen habe. Ich bejahte. Er fragte, ob mir Karl May etwas gebracht habe. Ich antwortete: »Er hat meine Phantasie so angeregt, dass ich lernte, in Bildern zu denken, und er hat mir die Angst vor dicken Büchern genommen.«

Es ist nicht bedenklich, Karl May zu lesen. Es ist aber schlimm, bei Karl May und seinesgleichen stehen zu bleiben. Karl May steht hier nur als Synonym.

Was bemängle ich bei Schullesungen, an die sich eine Diskussion mit Schülern anschließt, am meisten? Es werden zu viele Schüler in einer »Großveranstaltung« in die Aulen gepackt. 200-400 sind keine Seltenheit. Es ist mir dann wie in einer Kinoveranstaltung: Nur ich bin der Alleinunterhalter. In den hinteren Reihen wird sowieso nur gepennt oder Quatsch gemacht oder es werden »Schiffchen geschossen«. Es ist möglich, vor so vielen Schülern zu lesen, klar. Bei der Diskussion aber setzt es dann aus. Man bleibt an der Oberfläche, selten kommt man durch die Kruste. Der Schüler bekommt zum Autor nicht den persönlichen Kontakt, auf den ich zum Beispiel großen Wert lege. Denn verliert er die Scheu vor der Person des Autors, verliert er auch die Angst vor dem Buch. Das ist eine meiner elementarsten Erfahrungen. Zwei Parallelklassen genügen vollauf, dann kann man »unter sich sein«, tiefer schürfen, anstehende Probleme, die durch das Buch bewusst werden, nach allen Seiten abklopfen, man bleibt nicht mehr im Formalen, man geht zum Inhalt. Und noch was: Die Qualität von Literatur liegt in ihrer vielschichtigen Interpretierbarkeit. Die Interpretation eines

Schülers kann sich von der des Lehrers weit entfernen und muss deswegen nicht abwegig sein, denn ein Leser liest aus einem Buch nicht nur etwas heraus, er liest auch etwas hinein, und dieses Hineinlesen hat etwas mit seiner Lese- und vor allem seiner Lebenserfahrung zu tun. Ein Sechzigjähriger wird ein Buch anders lesen als ein Siebzehnjähriger, das ist vorweg zu berücksichtigen.

In meiner Schulzeit war es schon ein Verbrechen, eine andere Meinung als die vorgegebene des Lehrers zu vertreten, denn die des Lehrers entsprang der herrschenden und beherrschenden Ideologie, der offiziellen Staatsauffassung. Das wollen wir doch nicht in unserer jungen Demokratie, wo doch oberstes Gebot sein soll, junge Menschen zum Denken zu erziehen. Wir Jungen haben uns Bücher besorgt, wo wir nur die Möglichkeit dazu hatten – auf verschlungenen und verbotenen Wegen und nicht selten auf gefährlichen. Wir fanden immer ein Loch, durch das wir hindurchschlüpfen konnten. Wir waren Büchernarren, ausnahmslos. Die zwanzig Pfennige Taschengeld pro Woche brachten echte Probleme: Soll man damit ins Kino gehen, Bruchschokolade kaufen oder ein Heftchen (Taschenbuch)? Ich löste das später, indem ich an Wochenenden Zeitungen und Zeitschriften austrug, was mir vier bis sechs Mark jede Woche einbrachte.

Ein Schüler in Bad Hersfeld beklagte sich einmal bei mir während einer Schulveranstaltung, dass in seiner Klasse nicht Wallraff gelesen werde (anscheinend wollte er seinem Deutschlehrer eins reinwürgen). Ich erwiderte, gegenüber dem Schulkomplex befinde sich eine große Buchhandlung, dort könne er jedes Buch von Wallraff für wenig Geld als

Taschenbuch kaufen. Er glotzte mich an, als sei ich gerade von einem anderen Stern gekommen. Dass man Bücher auch außerhalb der Schule, noch dazu käuflich, erwerben könne, das schien ihm fremd. Ein Großteil der Schüler, mit denen ich zu tun hatte, wussten nicht einmal, wo das Gebäude ihrer öffentlichen Bücherei ist.

Wir wussten zum Beispiel sogar die Titel, die in unserer Bücherei an Jugendliche ausgeliefert werden durften und welche an uns auszuleihen verboten war.

Woran liegt es? Einmal an der Überflutung mit Informationen durch diverse Medien, zum anderen an der mangelnden Neugierde eines Teils der jungen Leute, die, mein Eindruck, schon ausgelernt haben, wenn sie die Schule verlassen. Sie glauben, alles zu wissen, schlimmer noch, alles besser zu wissen. Die ständige Abnahme von Phantasie fördert den Prozess der geistigen Verkümmerung und Eingleisigkeit, wobei ich unter Phantasie verstehe: Vorstellungskraft entwickeln, aus dem Vorfindbaren etwas machen.

Auch die Verunsicherung der Lehrkräfte bringt bedenkliche Auswüchse ans Licht. Einen Lehrer fragte ich nach einer solchen Schulveranstaltung, warum er mich in seine Klasse eingeladen habe. Antwort: »Sie sind ein freier Mann, Sie können sagen, was Sie wollen. Wenn ich das gesagt hätte, was Sie heute alles vor der Klasse gesagt haben, dann stünden morgen schon ein paar Eltern hier in der Schule auf dem Teppich und würden mich beschuldigen, ihre Kinder verhetzt zu haben.« Und das in einem Lande, in dem die Worte Demokratie und Freiheit allen Politikern so leicht aus dem Munde rutschen. Schüler kreiden nur zu leicht alle ihre Unzulänglichkeiten, für die in erster Linie das Elternhaus verantwortlich gemacht werden muss, der Schule an, aber auch viele Lehrer gehen heute den Weg des geringsten Widerstandes, das heißt: Nicht auffallen, nicht ins Kreuzfeuer der Meinungen geraten. Leider Gottes auch viele junge Lehrer, denen man Zivilcourage zutrauen müsste; die wenigen, die dann vorpreschen, werden von den Angepassten erdrückt.

Auch wenn man berücksichtigen muss, dass die Schule im Deutschunterricht der Gegenwartsliteratur zwangsläufig hinterherhinkt, ist es mancherorts beschämend, wie wenig Gegenwartsliteratur in den Schulen gelesen wird (es ist von Bundesland zu Bundesland sehr verschieden). Ich kenne Lehrer, die seit ihrer Verbeamtung kaum noch Periodika in die Hand genommen haben, um sich zu informieren, was auf dem Gebiete der Literatur heute läuft. Wenn man Statistiken glauben darf, dann lesen nicht einmal drei Prozent der Lehrer eine immerhin so wichtige Wochenschrift wie die »Zeit« oder eine Zeitung wie die »FAZ«, die über die Literaturszene umfassend berichten, wobei man mit der Berichterstattung oder dem politischen Standort der jeweiligen Zeitung nicht unbedingt einverstanden sein muss. Es ist darum nicht verwunderlich, wenn ein Großteil der Gymnasiasten nicht weiß, dass es eine Zeitung namens »Zeit« überhaupt gibt.

Dann kommt unter Garantie bei einer Diskussion immer das leidige Thema Preis. Die Bücher sind zu teuer. Für den, der nicht liest, ist schon eine Mark zu viel für ein Buch. Oder wird die Preisfrage als Alibi dafür vorgebracht, nicht lesen zu müssen? Ein Schüler sagte mal zu mir: »Ihr Buch ›Wie war das eigentlich?‹ ist mit 19,80 DM zu teuer.«

Ich fragte ihn, ob er einen Plattenspieler habe. Ja. Ob er sich LPs kaufe. Ja. Was die kosten. 16-24 Mark. Ob er sich schon mal gefragt habe, dass LPs zu teuer sind? Nein, das habe er sich noch nicht gefragt. Also!

Es ist jetzt zwei Jahre her, da schickte mir ein Studienrat aus einer Kleinstadt im Sauerland die Arbeiten von 28 Mädchen über meine Erzählung »Wenn der Abend kommt«. Am Anfang der Erzählung steht ein Wort aus der Bibel: »Herr bleibe bei uns, denn es will Abend werden, und der Tag hat sich geneigt.«

Nur kurz zum Inhalt: Ein Ehepaar, das arbeiten geht, hat einen zehnjährigen Sohn, der sich tagsüber selbst überlassen ist. Dieser sieht, wenn am Abend die Lichter und die Leuchtreklamen angehen, vom Küchenfenster aus die Reklame von Mercedes am Ruhrschnellweg: Ein blaulichterner Mercedesstern dreht sich in fünf Sekunden um seine eigene Achse.

Ich las die erste Arbeit und las mit Verwunderung, dass der Mercedesstern ein anderes Symbol für den Stern von Bethlehem ist. Das wäre nicht einmal schlimm, aber alle 28 Mädchen hatten das geschrieben. Alle 28 können nicht voneinander abgeschrieben haben. Es ging also von Seiten des Lehrers eine Vorinterpretation voraus, und die Mädchen haben das einfach übernommen, nur um keine schlechte Benotung zu bekommen.

Ja, wenn so Literatur in den Schulen vermittelt wird, dann lieber überhaupt keine, denn Lesen soll ja auch und gerade zum Denken erziehen. Es ist nicht wichtig zu fragen, was der Autor sich dabei gedacht hat – er hat ja geschrieben, was er sich dachte. Es ist viel wichtiger, was der Leser beim Lesen denkt, und da wird es wieder den Unterschied geben, ich sagte es schon, ob der Leser ein Sechzigjähriger ist oder ein Sechzehnjähriger. Als ich mit siebzehn Jahren zum ersten Mal »Die Leiden des jungen Werther« gelesen habe, dachte ich: Scheißbuch. Als ich es mit vierzig Jahren erneut in die Hand nahm, konnte ich meine Erschütterung nicht verbergen. Ein großartiges Buch. Das Buch hatte sich nicht geändert, aber ich hatte es in einer anderen Zeit und mit anderer Reife gelesen.

Ich sehe es immer wieder an meinem Buch »Vorstadtkrokodile«, was Kinder aus einem Buch herauslesen, was sie anspricht, was sie für unwichtig halten (bis heute weit über 5000 Briefe habe ich von Kindern bekommen). Die einen sehen nur das Problem des Behinderten, andere wiederum das Problem der beiden ungleichen Brüder, andere das der Einbrecher, andere wiederum jenes, dass nur ein einziges Mädchen in einer Jungenbande ist – alles richtig.

Ich habe immer wieder erfahren, dass es sehr entscheidend ist, welches Buch ein junger Mensch zuerst in die Hand bekommt, ein langweiliges oder ein spannendes, ein realistisches oder eines, wo die Pferde durch die Luft fliegen und die Gänse den Pflug ziehen. Die Schülerin aus Köln, von der ich eingangs sprach, fragte mich damals, welches Buch ich ihr empfehlen könnte, das in ihr Fach Geographie passt. Mir fiel nichts anderes ein als Stefan Zweigs »Magellan«. Wochen später schrieb sie mir einen begeisterten Brief, dass sie das Buch zweimal hintereinander nicht nur gelesen, vielmehr gefressen habe, und stellte mir zum Schluss die Frage: »Ist das wirklich gute Literatur?«

Manche Schüler glauben immer noch, gute Literatur müsse langweilig, seichte Literatur spannend und aufregend sein ...

Das ist nur ein Beispiel aus hunderten, die an mich herangetragen werden. Oder ein Schüler aus Erlangen, der mir in einer Diskussion auseinanderzusetzen versuchte, Geschichte sei für ihn das langweiligste Fach, das er sich denken könne. Ich empfahl ihm – im Unterricht waren sie gerade bei der Französischen Revolution – den »Fouché« von Zweig zu lesen. Auch hier dasselbe Ergebnis: Ich habe den jungen Mann vor Monaten ganz zufällig an der Uni in München wiedergetroffen, er studiert jetzt Französisch und Geschichte.

Auch Lesen muss gelernt sein. Ich kann einem ungeübten Leser nicht Casanova in die Hand drücken, er wird diesen Sprachkünstler wieder weglegen, weil Casanova in einer Sprache schrieb, die uns heute nicht geläufig ist. Einen Thomas Mann zu lesen oder einen James Joyce, bedarf der Geduld und der Vorinformationen, sie sind unerlässlich zum Verständnis der Lektüre. Deswegen haben mich wohl in meinen jungen Jahren amerikanische Autoren so fasziniert, weil ich kein akademisches Vorwissen mitzubringen brauchte, um einen Faulkner, Hemingway, Wilder oder Dreiser zu verstehen.

Bin ich über die Schule zum Lesen gekommen? Nein. Was mir in der Schule an Lektüre – von den Klassikern abgesehen – zugemutet wurde, war eine Qual. Das lag natürlich am politischen System. Erst mein Deutschlehrer, der mir im Dritten Reich verbotene Literatur zusteckte, wobei er sich – was mir später erst bewusst wurde – in Lebensgefahr begab, weckte mein ungeteiltes Interesse. Natürlich habe ich auch Groschenromane gelesen, billige Abenteuerromane. Geschadet hat es mir nicht. Aber als ich zum ersten Mal die »Sternstunden der Menschheit« las, begriff ich, was Literatur ist und zu leisten vermag. Natürlich durfte ich niemandem sagen, was ich las und wer mir die Bücher geliehen hatte. Ich musste sie sogar zu Hause unter der Matratze verstecken. Und so, wie mein Deutschlehrer seine Bücher hinter den Stößen des Winterholzes im Keller versteckte, so versteckte ich meine Bücher an immer neuen Orten, von denen ich sicher sein durfte, dass sie vor dem Zugriff meiner Mutter und meiner Großmutter sicher waren. Ich bin meiner Mutter ewig dankbar, dass sie mir das Lesen nicht verwehrte, wie es in den meisten Arbeiterfamilien auch heute noch praktiziert wird, denn Lesen bedeutet dort vergeudete Zeit. Hatte ich meine Arbeit im Haus und Garten erledigt, konnte ich tun und lassen, was ich wollte. Und weil im Haus kein ruhiger Platz zum Lesen war – immerhin waren wir das, was man eine Großfamilie nennt –, saß ich sommers im Garten und las, winters hinter dem Ziegenstall, wo es zwar stank, aber warm war.

Ich kenne einen heute Achtzigjährigen in Berlin, der las als Heranwachsender abends auf dem Bürgersteig vor einem erleuchteten Schaufenster in seinen Büchern, weil zu Hause am elektrischen Licht gespart werden musste. Natürlich wurde er einige Male verhaftet, denn für die preußische Polizei war nichts gefährlicher als ein Mensch, der ungeniert in der Öffentlichkeit ein Buch las. Wahrscheinlich lockt das heute einem Schüler oder Studenten nicht einmal mehr ein müdes Lächeln ab, denn sie haben ja alles: volle Büchereien und eine Taschenbuchproduktion, die, außerhalb Amerikas, vom

Sortiment her in der Welt ihresgleichen sucht – für billiges Geld dazu.

Drei Fragen sind es, die von Schülern und Studenten immer wieder gestellt werden:

1. Warum schreiben Sie? 2. Für wen schreiben Sie? 3. Wer ist Ihre Zielgruppe?

Meine Antworten: Ich schreibe, weil ich eine Geschichte erzählen will, die mich interessiert und von der ich hoffe, dass ich sie auch für andere interessant machen kann – ich vermittle also.

Ich schreibe für den Leser, aber ich kenne ihn nicht. Die dritte Antwort erübrigt sich.

Missverständnisse oder germanistische Zettelwirtschaft? Wenn man über Arbeiter schreibt oder über die Welt der Arbeit, dann ist man ein Arbeiterdichter. Schreibt man über eine Gruppe von Kindern, dann ist man ein Kinderbuchautor. Schreibt man ein Geschichtsbuch, das sich vornehmlich an Heranwachsende wendet, dann ist man ein Jugendbuchautor. Ich habe nirgendwo gelesen, Zola sei ein Arbeiterdichter, weil er »Germinal« geschrieben hat. Ich habe nirgendwo gelesen, B. Traven sei ein Arbeiterdichter, weil er die Baumwollpflücker beschrieben hat. Ist, jüngstes Beispiel, Peter Handke ein Kinderbuchautor, nur weil er zufällig Kindergeschichten geschrieben hat? Ich stehe nicht selten hilflos vor diesen Fragen und lege mir selbst die Frage vor: Sind diese Schülerfragen auf dem Mist der Schüler gewachsen oder wurden sie ihnen vom Katheder aus eingeträufelt? Die Katalogisierung der Literatur ist der Tod der Literatur und fördert noch dazu die Unlust am Lesen, denn mit dem Vorausstempel wird schon beim Leser oder möglichen Leser eine Spur gelegt, die Widerwillen erzeugen kann, dass nämlich ein Erwachsener um Gottes willen doch kein Kinder- oder Jugendbuch in die Hand nehmen darf. Da lob ich mir die Angelsachsen, da gibt es Fiction- und Nonfictionliteratur.

Nicht selten ernte ich Unwillen, weil ich die Erwartungen, die man an den Autor stellt – aus welchen Gründen auch immer – nicht erfülle. Aber: Ich kann doch einen Goethe nicht fragen, warum er den Faust geschrieben hat. Und wenn ich den Faust nicht auf Anhieb verstehe, dann muss es nicht am Goethe liegen – nach dem abgewandelten Satz Lichtenbergs: Wenn ein Kopf und ein Buch zusammenstoßen und es klingt hohl, muss es nicht unbedingt am Buch liegen.

Man wird einen jungen Menschen nie zum Lesen bringen, wenn man ihn mit Formalien traktiert. Man muss ihn gewähren, seine Phantasie ausgären lassen, damit er Zeit hat, sich überraschen zu lassen. Die Neugierde auf mehr Bücher ist die Neugierde auf mehr Leben. Das aber jungen Menschen zu vermitteln, ist nicht Aufgabe der Schriftsteller, sondern Sache der Lehrer.

Lesereise

Vierzehn Wochen unterwegs von Flensburg bis Graz, von Basel bis Eutin, von Merzig/Saar bis Hof/Saale, jeden Tag in einer anderen Stadt, jeden Tag in einem anderen Hotel, jeden Tag vor anderen Menschen, zwischen achtzig bis fünfhundert Zuhörer – da kommt schließlich ein Punkt, wo man nicht mehr will, seine eigenen Texte nicht mehr ausstehen kann, sich selbst zu hassen anfängt. Je länger die Lesereise dauert, desto drängender stellt sich die Frage: Warum tust du das eigentlich? Tust du es freiwillig, hat dich der Verlag dazu gedrängt – oder ist man letztlich doch schon sein eigener Promotor geworden?

Unter Kollegen wird oft die Frage diskutiert: Bringen Lesereisen, abgesehen vom Honorar, das man kassiert, wirklich etwas ein? Die Antworten darauf laufen so weit auseinander, so unterschiedlich die Temperamente der Autoren sind und wie sie sich selbst sehen in der Gesellschaft. Ob die Reisen auf den Verkauf eines Buches Einfluss nehmen, das wird ebenso bestätigt wie bezweifelt; es gibt sogar Stimmen, die sagen: Wenn ein Buch läuft, dann läuft es, ob ich nun zu Lesungen gehe oder nicht. Andere sagen: Wenn ich nicht zu Lesungen gegangen wäre, hätten die Leute nie zu meinem Buch gegriffen. Beides ist richtig. Beides ist aber ebenso fraglich.

Wer hat letztlich etwas von den Lesungen? Ich meine: derjenige, der gekommen ist, den Autor zu hören und mit ihm zu sprechen. Da gibt es nun mal den anonymen Leser, der endlich einmal zu »seinem« Autor geht, den er gelesen hat, den er im Fernsehen gesehen hat, der nun in der Stadt ist, um ihn endlich mal zu sehen, zu hören, vielleicht auch mit ihm zu sprechen.

Ich bin überzeugt – und Leserbriefe bestätigen mir das täglich –, dass der eigentlich Gewinnende bei solchen Lesungen der Leser oder vielleicht auch der mögliche Leser ist. Aber das überlasse ich nun auch wieder der Überlegung anderer, die Zuhörer sind – und auch meinen Kollegen selbst.

Ich bin – mit einer Ausnahme – immer mit der Bundesbahn gefahren. Da kann man lesen, vielleicht auch eine kleine Arbeit korrigieren. Am Bestimmungsbahnhof fragt man einen Taxifahrer: »Sagen Sie mal, ich muss zum Hotel ›Flensburger Hof‹, kann ich da laufen oder muss ich ein Taxi nehmen?« Ich kann laufen, fünf Minuten Weg. Unterwegs gießt es in Strömen. Ich stelle mich unter oder suche ein Café auf, der Regen hält eine Stunde an, ich trinke drei Kännchen Kaffee und lese von vorn bis hinten alle ausgelegten Provinzblätter.

Vor der Veranstaltung sagt dann die einladende Buchhändlerin: »Wir haben heute große Konkurrenz, Hanns Dieter Hüsch gastiert, mal sehen, wer kommt.«

Ein anderer Veranstalter ist beunruhigt, weil – entgegen der Ankündigung – nun doch ein Länderspiel live übertragen wird. Der eine Veranstalter will anschließend eine Diskussion (bei der meistens nichts herauskommt, außer, dass einer sich gerne reden hört), der andere will nach der Lesung noch groß essen gehen, dabei habe ich keinen Hunger; entweder habe ich vorher schon gegessen oder aber den Hunger längst übergangen. Und ich habe nur einen Wunsch: ins Hotel, ins Bett, Augen zu, nicht an die nächste Lesung denken in einer Stadt, die wieder 150 km entfernt ist.

Fährt man also von Rendsburg nach Kiel – man könnte fast zu Fuß gehen –, kommt man mittags da an, und die Lesung ist erst um 20 Uhr in der »Pumpe«: Was macht man den lieben und langen Nachmittag? Erst mal ins Hotel. An der Rezeption liegt ein lieber Brief vom Buchhändler (ganz selten), der einen willkommen heißt und mitteilt, er werde mich um 19.30 Uhr vom Hotel abholen. In die Stadt gehen – ja, und was dort tun? Wenn gutes Wetter ist, läuft man spazieren, wenn es regnet (und meistens hat es geregnet), geht man in ein Café, dort sitzt man eine Ewigkeit, sieht schließlich auf die Uhr und stellt fest, dass erst eine Stunde vergangen ist.

Dann kommen so eigenartige Begegnungen zustande: Das Telefon läutet im Zimmer. Die Dame an der Rezeption bittet mich, herunterzukommen. Unten wartet eine Dame, sie strahlt mich an und sagt lapidar: »Ich heiße auch von der Grün, wir müssen verwandt miteinander sein, wir müssen uns jetzt mal zusammensetzen und herausfinden, um wie viele Ecken wir miteinander verwandt sind.«

Dabei hat sie mich schon am Arm gepackt und in einen Winkel des Restaurants gezogen, und dann läuft eine Stunde meine Verwandtschaft (von der ich gar nicht wusste, wie groß sie eigentlich ist – ganze Clans tauchen da auf) an meinem teilnahmslosen Gesicht vorbei.

In einer anderen Stadt taucht einer auf und fragt: »Kennst mich nicht mehr, wir waren doch beide im selben Camp in Texas in Kriegsgefangenschaft?« Mein Gott, damals war ich neunzehn, jetzt bin ich dreiundfünfzig.

Wie oft habe ich leise gestöhnt: Lieber Gott, hilf mir aus der Patsche.

Und wenn man geglaubt hatte, im Zug hätte man seine Ruhe, da könnte man ungestört lesen, vor sich hin dämmern, durch das Fenster gedankenlos die Landschaft vorbeiziehen lassen – nein, da taucht einer auf, mustert einen verstohlen, sagt dann: »Sagen Sie mal, ich habe Sie doch vor vierzehn Tagen im Fernsehen gesehen, Sie sind doch ...« Ja, ich bin. Und dann geht es los: »Mein Gott, das muss ja wahnsinnig interessant sein, jeden Tag in einer anderen Stadt ...« usw.

Oder man trifft Leute, die zwar in der gleichen Stadt wie ich wohnen, denen man aber das ganze Jahr nicht begegnet. Auf dem Bahnsteig trifft man sich zufällig, hat den gleichen Weg nach Hamburg. Und ... und ... Das ließe sich nun ohne Übertreibung fortsetzen.

Ein Kapitel für sich ist dann auch das Ritual der Bezahlung. Es gibt Buchhandlungen, die haben vor der Lesung das Honorar schon abgezählt bereit in einem Umschlag, pauschal, also mit anfallenden Reisekosten. Es gibt andere, die fragen: Was war denn nun als Honorar ausgemacht?

Dabei mussten sie es wissen, sie haben ja an den Verlag und dem dort zuständigen Mann das ausgefüllte Antwortschreiben zurückgeschickt; dann wird auch manchmal an den Fahrtkosten herumgemäkelt.

In Süddeutschland ist es mir passiert, dass ein Veranstalter Anstoß nahm an zwei Taxiquittungen von je sieben Mark. Als ich ihm antwortete: »Soll ich vielleicht zu Fuß durch den Regen gehen und mein Hotel suchen«, hatte er erwidert: »Sie hätten uns ja am Bahnhof anrufen können, wir hätten Sie vom Bahnhof abgeholt.«

Natürlich – das hätte ich auch können, aber wer denkt

schon an so was; ich gehöre zu denen, die andere nicht unnötig belasten wollen. Aber das wird anscheinend nicht honoriert. Ein andermal wird in einer Stadt zur Veranstaltung Eintritt verlangt; junge Leute kommen zu mir und beschweren sich über die Höhe des Eintritts, anstatt zum Veranstalter zu laufen. Sie machen mich für die drei oder fünf Mark Eintritt verantwortlich und sitzen dann im Saal und pflegen während meiner Lesung ihre Vorurteile gegen mich.

Es war nicht selten, dass ich an einem Ort zwei Lesungen hatte, vormittags – genauer gesagt, gegen die Mittagszeit – in einer Schule vor Schülern der Sekundarstufe zwei und abends dann die öffentliche, entweder in der Buchhandlung oder in einem von der Buchhandlung angemieteten Saal. Da kommt man mit dem Zug eine Viertelstunde vor der Schullesung an, hopplahopp, noch eine Zigarette, eine Tasse Kaffee wäre auch noch recht, aber dafür reicht die Zeit nicht mehr, dafür hat man dann den ganzen Nachmittag Zeit.

In Flensburg stehen zwei auf dem Bahnhof, die beide nichts voneinander wissen, um mich abzuholen, ich stehe verlassen auf dem Bahnhof. Als wir uns dann doch zusammenfinden, sage ich: »Warum stellt ihr euch nicht mit einem Buch von mir in der Hand auf den Bahnsteig oder in die Bahnhofshalle, dann finde ich meine Anlaufperson.« – »Ach ja, das könnte man auch machen.«

Somit wäre das auch geklärt.

Jetzt, da die Lesereise zu Ende ist, überfliege ich noch einmal meinen Leseplan; es fällt mir manches dazu ein, und ich muss ehrlich sein und gestehen, das Angenehme überwiegt, weil doch meistens die Überzeugung vorherrschte (sowohl beim Buchhändler als auch beim Autor), dass sie Verbündete sein müssen: Ich als Autor verkaufe meine Bücher über die Buchhandlungen, und der Buchhändler kann nicht existieren ohne die Bücher des Autors.

Es gibt Buchhändler, vor denen zöge ich tief den Hut, würde ich einen tragen; die setzen sich ein, die investieren, und ich nehme ihnen auch ab, wenn sie behaupten, Autorenlesungen seien – kurzfristig gesehen – für sie ein Verlustgeschäft, auf Dauer aber eine Investition, die sich auszahlt.

Natürlich gibt es auch welche, für die sind Autorenlesungen entweder Routine oder Ritual, der Autor selbst ist unwichtig, bedeutend allein ist das kulturelle »Ereignis«. Die aber sind gottlob in der Minderheit.

Wenn man so eine Mammutreise hinter sich hat, ist es erlaubt zu fragen: Würdest du das noch einmal machen? Klare Antwort: Nein. Wenn Zeit vergangen ist, wird man da schon wieder unsicher.

Es ist schwer, einem Buchhändler abzusagen, von dem man weiß, dass er sich für meine Bücher einsetzt, dass er sie seinen Kunden empfiehlt – wie etwa Strohmeier in Regensburg, der Rührige, der auch die Schulen bekniet, den Autor dort lesen zu lassen, und das ist weiß Gott in Bayern nicht das Alltägliche. Dort sind manche Lehrer schon so angepasst, dass sie Literatur und Autor in die radikale Ecke stellen.

Als Kaufmann müsste ich jetzt eine Bilanz ziehen. Ich weiß aber nicht, wie viele Bücher durch diese Lesereise verkauft worden sind, ob meine Lesereise auf den Verkauf wirklich Einfluss hatte; ich weiß nur (ich habe mir die Besucherzahlen von den Veranstaltern immer geben lassen, selbstverständlich sind sie nicht exakt),

dass ich vor über 13 000 Menschen gelesen habe
dass ich zehn Pfund Körpergewicht verlor
dass nicht einmal kleinere Arbeiten erledigt worden sind
dass mir unterwegs dreimal die Stimme weggeblieben ist
dass ich eine Woche lang mit 39° Fieber gereist bin
dass ich fünfmal schlimmen Durchfall hatte
dass ich kaum eine Nacht richtig schlafen konnte
dass ich viele interessante Menschen traf und auch solche, die man möglichst schnell wieder vergessen sollte.

Am schönsten sind Lesungen vor Kindern. Die fragen nicht: Warum schreiben Sie? Für wen schreiben Sie? Wer sind Ihre Zielgruppen? Was haben Sie sich dabei gedacht? …

Kinder haben das noch: Spaß am Lesen, Spaß am Zuhören. Manchmal hatte ich wirklich den Eindruck, Literatur ist bei uns so verkrüppelt worden, dass Lesen entweder eine Prestigesache geworden ist oder eine Schwerarbeit, selten etwas, das auch Spaß machen kann.

Für mich als Kind und als Jugendlicher war ein Buch immer etwas, in das ich mich vergraben konnte, ich ganz allein.

Und das hat Spaß gemacht.

**Nachwort: Max on tour. Eine Nachlese.**

Es gibt immer noch Bücher, die wie manche Weine mit den Jahren immer besser werden.

Zugegeben, ich zögerte, den vor fünfunddreißig Jahren veröffentlichten Reisebericht Max von der Grüns aus gegebenem Anlass erneut zu lesen.

Die Konzentrationsprozesse im Buchmarkt haben dazu geführt, dass weder in den hierzulande den Markt beherrschenden Konzernverlagen noch in den Filialen der vier Großbuchhändler von einer Pflege der Backlist die Rede sein kann. Was im März in den Buchhandlungen angeboten liegt, wird – sofern es sich nicht zum »Schnelldreher« entwickelte – spätestens im Mai an den Verlag zurückgesandt oder landet in jenen Kisten vor der Ladentür, aus denen Bücher verramscht werden. Das Verfalldatum eines Titels nähert sich immer mehr dem eines Bechers Joghurt. Das bleibt kaum einem Autor erspart.

Als ich bemerkte, dass mir »Wenn der tote Rabe vom Baum fällt« bei einem Umzug abhanden gekommen war, wurde es sowohl von Bertelsmann als auch Rowohlt nicht mehr angeboten, obgleich beide Unternehmen mit von der Grüns »Vorstadtkrokodilen« erhebliche wirtschaftliche Gewinne erzielten. Ich erwarb den Titel für 0,01 Euro plus 3 Euro Versandkosten über das Internet.

Hatte dieses Buch dem Leser etwa nichts mehr zu sagen? Je länger ich darin las, desto mehr faszinierte mich dieser Oldie.

Gewiss, ich kannte Max gut. Ich lebe nicht nur in Dortmund, wo auch er im Stadtteil Lanstrop in seinem Eigenheim wohnte, sondern war ein paar Mal mit ihm auf Lesereisen unterwegs.

Wie gesagt, je länger ich wieder in diesem – wohl dem persönlichsten – Buch von der Grüns las, desto intensiver überfluteten mich Erinnerungen an eine lange vergangene Zeit.

Neunzehnhundertvierundsiebzig, vor fünfunddreißig Jahren, saßen wir wie so oft am Freitag in dem legendären Dortmunder Jazzlokal »Newport« zusammen.

Wir, das waren Jutta, die es nach der Lektüre der »Blechtrommel« gleichfalls schaffte, Biergläser durch schrille Töne zerspringen zu lassen. Und der großartige Fotograf Peter, der später in einem Diabetikerkoma erblindete. Und Willi, der sich jetzt als erfolgreicher Mädchenhändler in Norddeutschland niedergelassen hat. Und, selbstverständlich, Annette, die schwarze Pudeldame, damals Max' ständige Begleiterin.

»Ich werde für Goethe auf eine längere Lesereise gehen«, verkündete uns Max eines Abends. »Türkei, Persien, Afghanistan, Pakistan, und Israel.«

»Das solltest du dir gut überlegen«, meinte Willi. »Gibt es dort überall Bier?«

Das stimmte Max so nachdenklich, dass er an jenem Abend so viel Bier trank, dass ihm Jutta den Autoschlüssel abnahm und ihn samt Pudel in ein Taxi setzte.

Danach sprach Max vierzehn Tage nicht mit uns. Der Taxifahrer hatte ihn, liebevoll, wie Dortmunder mit Betrunkenen umgehen, in seinem Apartment unter die Dusche gesetzt, wo Max später, erheblich durchnässt, aus seinem Rausch aufwachte.

Da konnte ich ihm Stein und Bein schwören, daran völlig

unschuldig zu sein. Keiner von uns hatte den Taxifahrer zu diesem Verhalten angeregt. Doch wenn Max sich eine Meinung gebildet hatte, blieb er dabei.

Jetzt lese ich seinen Bericht mit den Tagebuch-Notizen seines Aufenthalts in Istanbul, und dieser Text beweist einmal mehr, wie genau Max seine Umgebung zu beobachten vermochte und wie er solche Beobachtungen in sein Weltbild integrierte.

Bei seiner Lesung im Goethe Institut erfährt er, dass Türkinnen, die einen Deutschkurs besuchen, oft von ihren Männern mit Gewalt aus dem Institut gezerrt und nach Hause geschleppt werden.

»Dort musst du sehr vorsichtig sein«, warnte er mich fünfundzwanzig Jahre später, als ich ihm erzählt hatte, dass ich mit meiner türkischen Freundin Iris nach Istanbul fliegen wollte, um ihre Familie zu besuchen. »Istanbul ist eine hochmoderne Stadt. Aber die Männer betrachten ihre Frau als ihren Besitz. Frauen sind weitgehend rechtlos. Pass auf, dass du kein Dönermesser in den Bauch bekommst.«

Hatte sich in fünfundzwanzig Jahren in der Türkei viel geändert?

Gewiss, Iris Schwägerin Esin, eine in der Ost-Türkei geborene Frau, leitet als Produktionsingenieurin drei Lackfabriken. Als wir über die Istiklal Cad zum Taxim spazierten, sah ich weniger Frauen mit Kopftuch als in Dortmund-Ewing.

Das könnte sich allerdings bald wieder ändern. Das Kopftuchverbot in türkischen Universitäten wird immer mehr aufgeweicht. Die Gattinnen der Politiker Gül und Erdogan lassen sich offenbar nur mit Kopftuch fotografieren. Sollte die Türkei dennoch, irgendwann am St. Nimmerleinstag, in die EU aufgenommen werden?

Immer wieder reflektiert Max während seines Aufenthalts in Istanbul die Situation türkischer Fremdarbeiter in Deutschland.

Ob es sinnvoll wäre, immer mehr Männer nach Deutschland ziehen zu lassen, fragt er einen Journalisten, während in der Ost-Türkei der Landwirtschaft immer mehr Arbeitskräfte fehlen?

Da solle er sich mal keine Sorgen machen, antwortet der Türke. Männer gäbe es so viel, dass man sehr viele exportieren könne.

Von »Globalisierung« ist in den Aufzeichnungen von der Grüns nicht ein einziges Mal die Rede. Dieser Begriff geisterte damals noch nicht wie heute ständig durch sämtliche Medien.

Dennoch waren die Staatsgrenzen vor fünfunddreißig Jahren wesentlich durchlässiger, als sie es heute sind.

Ohne sonderliche Schwierigkeiten, lediglich mit einem Visum in seinem Reisepass, gelangte Max nach Afghanistan, von dort aus nach Pakistan, nach Persien und schließlich nach Israel.

Immer die Augen weit offen. Lesend. Diskutierend. Oft erregt streitend.

Wie überzeugend er seine Texte darzubieten vermochte, habe ich mehr als einmal erlebt. Da modulierte er seine Stimme, wechselte in Dialogen die Tonlage und interpretierte Romanpassagen besser, als es ein geübter Schauspieler vermocht hätte. Und in der anschließenden Diskussion steigerte er sich oft zur Höchstform. Er beschreibt eine solche Diskussion wahrheitsgemäß, verschweigt allerdings seine Antwort auf die oft gestellte Frage, weshalb er schreibe.

»Entschuldigen Sie bitte«, antwortete er darauf gewöhnlich. »Weshalb scheißen Sie?«

Jenes Lampenfieber, das Autoren oft vor einer Lesung empfinden, kannte er nicht. Nur einmal habe ich ihn sehr nervös erlebt. Da hatte er in Aarhus sein Manuskript in einer Kneipe liegen lassen, wo er mit Studenten diskutiert hatte. Als er das nach seiner Rückkehr im Hotel bemerkt hatte, musste ich mit ihm erneut durch die Gaststätten. Es gibt deren nicht wenige in Aarhus, und mit jedem Lokal, in dem er vergeblich seinen Text gesucht hatte, stieg sein Alkoholspiegel, wie seine Stimmung sank. Völlig verzweifelt wanderten wir durch die nächtlich menschenleere kleine Stadt zum Hotel zurück, wo der Autor, nein, nicht etwa das viele Bier nochmals rückwärts trank, sondern einen Freudenschrei hören ließ. Ein Student der Universität hatte die dünne Tasche, in der Max auf Lesereise seine Texte mit sich führte, an der Hotelrezeption abgeliefert, während wir von Pinte zu Pinte gezogen waren. Das hat er leider nirgends erzählt. Es soll auf Wunsch des Herausgebers nachgetragen werden.

In Kabul, das schildert Max, reist er im Auto seines Gastgebers ungefährdet durch das Meer menschlichen Elends. Er lehnt es freundlich ab, wenn man ihm Tee anbietet. Die Teetasse, vermutet er, sei vermutlich noch nie gespült worden. Im Gebirge werden die beiden Deutschen von Soldaten aufgehalten. Doch auch diese Begegnung verläuft friedlich. Sie haben sich versehentlich in ein militärisches Sperrgebiet verirrt. Heute wäre ein solcher Ausflug, wenn überhaupt noch möglich, lebensgefährlich.

Max hatte seine Lesereise zu einer Zeit absolviert, als der Weltgeist offensichtlich kurz den Atem anhielt, um kommende Katastrophen vorzubereiten. Erst 1973, ein Jahr vor seiner Lesereise, war mit dem Sturz des Königs Afghanistan zur Republik geworden. Auch Max registriert in seinen Tagebuchnotizen auf Förderung der Landwirtschaft zielende »Entwicklungshilfe« aus der nahen Sowjetunion.

Vorauszusehen, dass die sowjetischen Truppen fünf Jahre später einmarschieren würden, war auch von einem genauen Beobachter wie Max, dem die weitgehend autonomen Paschtunen im Grenzgebiet zu Pakistan keinesfalls entgingen, nicht zu erwarten. Geschweige denn, dass Mudschaheddin (damals noch Freiheitskämpfer) die sowjetischen Truppen mit Hilfe amerikanischer Stinger Raketen aus dem Land jagen könnten. Jetzt kämpfen sie (inzwischen Terroristen) gegen amerikanische Truppen, an deren Seite deutsche Soldaten »unsere Freiheit am Hindukusch verteidigen«. (Ich habe selten einen dümmeren Satz aus dem Munde eines deutschen Politikers gehört.)

»Werde ich wiederkommen?«, fragt sich Max in seinem Tagebuch am 4.12.1974. »Und wenn ich nach zehn Jahren wiederkommen sollte, wie werde ich Kabul dann vorfinden?«

Solche Gedanken eines vorurteilsfreien Beobachters sind es, die mir dieses Buch heute fast noch wertvoller erscheinen lassen als bei der Erstveröffentlichung.

Beobachtungen, die jetzt, Jahrzehnte später, anders gelesen werden können als damals.

Nach Teheran fliegt Max in einer russischen Iljuschin zusammen mit Russen, die aus dem Urlaub in Sri Lanka nach Moskau zurück reisen.

Max liest – wie während der einsamen Abende im Hotel – in der englischen Ausgabe des Guinness Book of Records, aus dem er von Zeit zu Zeit zitiert.

»Den größten Bahnhofswartesaal gibt es in Peking«, staunt er. »Er kann vierzehntausend Menschen aufnehmen.« Solche lapidaren Informationen erschienen dem Autor so wichtig, dass er sie seinem Leser ebenso wenig vorenthält, wie Einsichten in die soziale Lage in den von ihm bereisten Ländern.

Da blitzen oft verblüffende Momentaufnahmen auf, deren Signifikanz sich dem Leser vielfach erst heute erschließt.

In Teheran erlebt Max in einem Kino, wie die Besucher jedes Mal begeistert aufspringen, wenn Schah Mohammad Reza Palavi auf der Leinwand gezeigt wird. Damals flüchtete Max aus dem Kino. Er fürchtete, zusammengeschlagen zu werden, weil er sich nicht wie die anderen Zuschauer erhob. Fünf Jahre später allerdings flüchtete der letzte Schah von seinem Pfauenthron. Vermutlich fürchtete er, von den Anhängern des Ayatollah Khomeini erschlagen oder erschossen zu werden.

Offenbar gehen tiefgreifenden gesellschaftlichen, politischen und kulturellen Umwälzungen scheinbar bedeutungslose Ereignisse voraus, wie ein leichtes Zittern des Bodens gewaltige Erd- oder Wasserbeben ankündigt.

Max von der Grün, so laut und streitlustig er auch manchmal sein konnte, war sensibel genug, sehr genau zu registrieren, was um ihn herum vorging. In diesem Buch hat er seine

Eindrücke aufgezeichnet. Kann man mit einem Reisebericht mehr leisten?

Inzwischen ist Max mehr als fünf Jahre tot. Es wäre ein Wunder, wenn er nicht auch Anzeichen seines nahenden Endes bemerkt hätte.

»Mach dir nichts vor«, sagte er, als ich ihn kurz nach seiner gelungenen Herzoperation im Dortmunder Johannes Hospital besuchte. »Mit mir geht es zu Ende.«

»Unsinn«, antwortete ich. »Du wirst schon wieder auf die Beine kommen.«

Ja, so leid es mir tut. Was soll ich viel sagen. Max hat auch diesmal Recht behalten.

Wolfgang Körner

**Editorische Notiz:**

»Wenn der tote Rabe vom Baum fällt«
(C. Bertelsmann Verlag, München, 1975)

»Ein Tag wie jeder andere«
(Eremiten-Presse, Düsseldorf, 1973)

»Meine Erfahrungen mit Schülern und Lesern«
(aus: »Klassengespräche. Aufsätze, Reden, Kommentare«,
Luchterhand Verlag, Darmstadt und Neuwied, 1981)

»Lesereise«
(Erstdruck in: Buchreport, Nr. 55, 1979, aus: »Klassengespräche.
Aufsätze, Reden, Kommentare«
Luchterhand Verlag, Darmstadt und Neuwied, 1981)

# MAX VON DER GRÜN
## Männer in zweifacher Nacht | ROMAN

Drei Männer – verunglückt im Schacht.
Die Uhr tickt und die Luft wird knapp.

In der Zeit zwischen Weihnachten und Neujahr werden bei einem Strebbruch die Bergleute Stacho, Johannes und Sepp unter Tage eingeschlossen. Ihr Wasser wird knapp. Der erfahrene Stacho spart ihre letzte Ration für den verletzten und fiebernden Sepp auf. In dieser angespannten, fast aussichtslosen Situation wird die Stimmung immer aggressiver. Da packt den Jüngsten und Unerfahrensten der Gruppe plötzlich der Grubenkoller: *»Einen Stein an seinen Kopf werfen, ganz zufällig. Er hielt einen kopfgroßen Stein in der Hand. Er sah nicht hin, als er ihn nach Stacho warf ...«*

»Männer in zweifacher Nacht« ist ein Kammerspiel tief unter der Erde. Was ist der Mensch, wenn es nur noch ums nackte Überleben geht?

**»Es ist kein bequemes Buch, aber wann ist die Wahrheit schon bequem gewesen.«**
*»Einheit«, Zeitschrift der IG Bergbau*

---

**Werkausgabe Band I**, ISBN 978-3-86532-120-6
Herausgeben von Günther Butkus
Mit einem Nachwort von Frank Göhre
248 Seiten, Hardcover mit Schutzumschlag, EUR 19,90

# MAX VON DER GRÜN
## Zwei Briefe an Pospischiel | ROMAN

Eine Reise in die Vergangenheit. Ein Mann auf der Suche nach Wahrheit – mit einer bitteren Konsequenz.

Paul Pospischiel ist in der Schaltzentrale eines Dortmunder Kraftwerkes tätig. Er muss nicht mehr unter Tage schuften und ist ein gefragter Spezialist. Eines Tages erreicht ihn ein Brief seiner Mutter, der einen schwerwiegenden Konflikt auslöst. Sie hat den Mann entdeckt, der vor Jahrzehnten den Vater von Pospischiel ins KZ gebracht hat. Die Mutter verlangt Rechenschaft von diesem Mann und Pospischiel soll ihn zur Rede stellen. Aber als er Sonderurlaub beantragt, bekommt er diesen nicht genehmigt. So fährt Pospischiel auf eigene Verantwortung. Als er zurückkehrt, findet er die Kündigung vor. Doch nicht nur das führt dazu, dass Pospischiel an seinem bisherigen Leben zu zweifeln beginnt …

Band III enthält zusätzlich die Texte ›Mittelalter‹, ›Im Tal des Todes‹ und ›Wer steuert wen? Automation und Mensch‹.

---

**Werkausgabe Band III**, ISBN 978-3-86532-122-0
Herausgeben von Günther Butkus
Mit einem Nachwort von Wolfang Delseit
368 Seiten, Hardcover mit Schutzumschlag, EUR 22,90

# MAX VON DER GRÜN
## Stellenweise Glatteis | ROMAN

Ein mächtiger Konzern. Ein Bespitzelungsskandal. Und der Kampf eines Mannes um Gerechtigkeit.

Karl Maiwald, Fernfahrer eines Industriebetriebes und Mitglied im Betriebsrat, lebt in einem Arbeiterviertel in Dortmund. Durch einen Zufall entdeckt er, dass die Firmenleitung die Mitarbeiter abhört und jedes gesprochene Wort abtippen lässt. Mit einem Kumpel bricht er in das Büro der Firma ein und stiehlt die Akten. Bei der Weihnachtsfeier lässt Maiwald die Bombe platzen! Anfangs stehen alle hinter ihm, Kollegen und Gewerkschaft, aber nur kurze Zeit später, will davon niemand mehr etwas wissen. Nur Maiwald fordert Gerechtigkeit und steht nun plötzlich ganz alleine da …

*Wolfgang Petersen verfilmte lange vor seiner Hollywood-Karriere Max von der Grüns Roman mit Günther Lamprecht in der Hauptrolle.*

Band IV enthält zusätzlich die Texte ›Dortmund‹, ›Arbeit – was das war und was das ist‹ sowie ein Interview mit Max von der Grün.

---

**Werkausgabe Band IV**, ISBN 978-3-86532-123-7
Herausgeben von Günther Butkus
Mit einem Nachwort von Stephan Reinhardt
384 Seiten, Hardcover mit Schutzumschlag, EUR 22,90

# MAX VON DER GRÜN
**Flächenbrand** I ROMAN

Lothar Steingruber ist arbeitslos. Trotz intensiver Bemühungen gelingt es ihm nicht, in seinem alten Beruf als Maurer Fuß zu fassen. Deshalb nimmt er auch das Angebot des windigen Fuhrunternehmers Balke an, mit seinem Wagen Kisten zu transportieren. Eines Tages entdecken er und sein Freund Frank den brisanten Inhalt: Waffen. Steingruber kündigt, um als Friedhofsgärtner zu arbeiten. Gerade an diesem vermeintlich friedvollen Ort entdeckt er eines Nachts eine Gruppe junger Leute, die auf dem Friedhof Waffen verstecken. Sie gehören alle der neuerstarkten rechten Szene an. Dagegen muss er etwas unternehmen! Wäre da nicht seine Tochter Claudia, die er in der bewussten Nacht auf dem Friedhof gesehen hat. Die schwierige Entscheidung zwischen Moral und Vaterliebe macht ihm das Leben zur Hölle. Wie soll er sich verhalten?

Band V enthält zusätzlich die Texte ›Kapituliert oder befreit?‹, ›Rede zum neunhundertjährigen Bestehen der Stadt Feuerbach‹ sowie ›Ortsbesichtigung – und das nicht nur zur Festspielzeit‹.

---

**Werkausgabe Band V**, ISBN 978-3-86532-124-4
Herausgeben von Günther Butkus
Mit einem Nachwort von Heinrich Peuckmann
472 Seiten, Hardcover mit Schutzumschlag, EUR 22,90